Gamsbartmassaker

Klaudia Blasl ist süchtig nach gutem Essen. Kaum hat sie Hunger, kommt sie auf böse Gedanken. Kein Wunder also, dass die gebürtige Steirerin als Kolumnistin und Kulinarikjournalistin tätig ist. Wegen ihrer kalorischen Triebhaftigkeit hat sie bereits die halbe Welt bereist, lange Jahre in Italien verbracht und als Zeitvertreib zwischen den Mahlzeiten mit dem »Morden« begonnen. Heute lebt die Germanistin wieder vorwiegend in Graz, sofern sie nicht gerade auswärts isst.
www.damischtal.at

Alle Charaktere, Handlungen, Orte und fremdenfeindlichen Unterstellungen sind frei erfunden und stimmen in keinem Fall mit der Wirklichkeit überein. Dort, wo Schilcher, Käferbohnen und Kernöl zu Hause sind, dort leben nach wie vor freundliche, friedliche, offenherzige und hilfsbereite Menschen, die bis heute niemandem etwas zuleide getan haben, weder mit Waffen noch mit Worten. Daher ist das Einzige, was der Besucher bei einem längeren Aufenthalt in dieser Gegend riskiert, seine schlanke Figur.
Ein Glossar der Austriazismen und Dialektausdrücke sowie ausgewählte Kochrezepte für Hund und Herrl befinden sich im Anhang.

KLAUDIA BLASL

Gamsbartmassaker

KRIMINALROMAN

emons:

Bibliografische Information der Deutschen Nationalbibliothek
Die Deutsche Nationalbibliothek verzeichnet diese Publikation in der Deutschen Nationalbibliografie; detaillierte bibliografische Daten sind im Internet über http://dnb.d-nb.de abrufbar.

FSC
www.fsc.org
MIX
Papier aus verantwortungsvollen Quellen
FSC® C083411

Umschlagmotiv: fotolia.com/weseetheworld
Umschlaggestaltung: Tobias Doetsch
Gestaltung Innenteil: César Satz & Grafik GmbH, Köln
Druck und Bindung: CPI – Clausen & Bosse, Leck
Printed in Germany 2016
ISBN 978-3-95451-814-2
Originalausgabe

Ach, ich fühl es! Keine Tugend
Ist so recht nach meinem Sinn;
Stets befind ich mich am wohlsten,
Wenn ich damit fertig bin.

Dahingegen so ein Laster,
Ja, das macht mir viel Pläsier;
Und ich hab die hübschen Sachen
Lieber vor als hinter mir.

Wilhelm Busch

Die Bewohner vom Damischtal

Alois Feyertag
Bürgermeister von Gfrettgstätten, der den Ort durch die Errichtung eines elitären Kurhotels für Hund und Herrl zur tierlieben Tourismusdestination Nummer eins in ganz Österreich gemacht hat. Zur Freude des Gemeindesparstrumpfs und zum Leid der Jägerschaft.

Balthasar Schragl
Situationselastischer Fremdenverkehrsobmann von Plutzenberg, verbitterter Bürgermeisteraspirant und Befürworter einer gewinnorientierten Willkommenskultur.

Bartl Mostburger
Fleischer mit dubiosen Geschäftspraktiken und bedrohlichen Umgangsformen, der immer wieder unter Mordverdacht gerät.

Bibiana Doppler
Feinstofflich veranlagte Schönheit, die ihr Recht auf eine Armlänge Anstandsabstand zur Not auch mit Stilettos und spitzer Zunge einfordert.

Familie Bartenstein
Deutsche Feriengäste, die ihrem Eheversprechen während eines mehr oder weniger freiwilligen Aufenthalts in der Wauness-Welt in jeder Hinsicht untreu werden. Der pubertierende Sohn Kevin-Karl hingegen entpuppt sich als Held des ganzen Damischtals.

Ferdinand Kapplhofer
Revierinspektor vom Damischtal, dessen einzige Bewegung darin besteht, jeder Bewegung aus dem Weg zu gehen – sofern er sich nicht gerade bei Muttern am Küchentisch den Bauch vollschlägt.

Hermine Holzapfel
Moralischer Imperativ des Damischtals und altgediente Obfrau

der katholischen Kernölkoalition, deren rechter Glaube von Leichenfunden im Gemüsebeet schwer erschüttert wird.

Hochwürden Corolianus Hafernas
Damischtaler Vertreter Gottes, der – seit er nicht mehr in weltlichen Sphären verkehrt – vermehrt zu religiösen Wahnvorstellungen und profanen Gräueltaten neigt.

Jonas Schmidt und Manuel von Breisenberg
Homosexuelles Paar aus besseren Kreisen, das seine Nase zu tief in fremde Angelegenheiten und weiße Glückspülverchen steckt.

Kilian Klöpfer
Walrossförmiger Schuldirektor mit entsprechend großem Resonanzvolumen und einer Vorliebe für gesunde Watschn und germanisches Kulturgut.

Lorenz Klöpfer
Bildungsresistenter Sohn des Pädagogen mit magersüchtigem Körper und Geist. Als einkommensloser Langzeitstudent primär an der Erforschung von Alkohol und Drogen interessiert.

Paul Pimmelmoser
Langhaariger, unbeweibter Landwirt und versierter Leichenentsorger, der neben seinen Kukuruzäckern auch Katzenfriedhöfe und Hanfplantagen kultiviert.

Poldl Unterkofler
Umtriebiger wie triebgesteuerter Altbauer, dessen erotischer (Alp-)Traum mit einem toten Mops in seiner Regenwassertonne beginnt.

Polizeihauptmann Hartmuth van Trott
Ergebnisorientierter Emotionsminimalist aus der Großstadt Graz mit einem Hang zu Triebtätertheorien und drastischen Kommunikationsmethoden.

Willibald Pfnatschbacher
Bankdirektor und Trophäensammler, der gern Treibjagden auf wehrlose Schweine veranstaltet.

Doggy Wellness & Human Beauty Spa Resort, auch Wauness-Welt oder Wowness-World genannt
Eine durch Gelder der Gräfin Gundula von Hechelsdorff zur Hälfte vorfinanzierte Luxuskuranstalt für arthritische Hunde mit Figurproblemen und deren wohlfühlorientierte Besitzer.

Prolog

Wir befinden uns im Jahre 2016 nach Christus. Ganz Österreich erbebt unter Rauchverboten und Registrierkassenpflichten, Flüchtlingskrisen und Gatterjagdskandalen. Nun ja, beinahe ganz Österreich. Denn in einem kleinen südweststeirischen Tal verläuft das Leben weiterhin in gewohnt gemächlichen Bahnen. Skandalös genug, dass der liederliche Bankert von der Strammelbock Xandi mit einer Zuagroastn liiert ist und der blade Bauernschädl von Bartl einen immer mit dem Gselchten bescheißt; wen soll da noch die Volkswirtschaft bekümmern? Und während rundherum gewagte Tunnelbauten und gewitzte Bankenmanager bedrohliche Löcher ins Budget reißen, reißen die Menschen aus dem idyllischen Damischtal schlimmstenfalls das Maul auf, aber auch nicht immer und meist nur untereinander. Etwa dann, wenn sie, je nach Alter und Geschlecht, am Wirtshaus- oder Küchentisch sitzen und die Lage der Nation kritisieren. Sofern es nichts Wichtigeres zu bereden gibt. Dass in Gfrettgstätten schon wieder eine Kuh in die Klärgrube gestürzt ist, ist selbst in Plutzenberg von lokaler Relevanz. Und das ernüchternde Überholverbot zwischen Buschenschank und Schrottfriedhof erscheint von nahezu weltpolitischer Brisanz. Zumindest, solange nichts Schlimmeres passiert. Aber das war bisher nur vereinzelt der Fall.

Zwar hauen die an Ackerland vermögenderen überlegenen Plutzenberger bei den einwohnermäßig bessergestellten Gfrettgstättenern gern mal auf den Festzeltputz, und hin und wieder – vor allem in der Bärlauchzeit – fällt ein rüstiger Rentner in den Bach, aber das war's dann schon. Allein die motorsportliche Jugend sorgt mit ungebremster Lebenslust für sporadischen Polizeieinsatz und ein Umsatzplus beim Autohaus.

Davon abgesehen gleicht das Tal einem beschaulichen Bollwerk der Gemütlichkeit. Die Damisch windet sich sanft und träge zwischen Kürbisäckern, Kukuruzfeldern und Klapotetzen dahin, die Damischtaler – etwas weniger sanft und manchmal sogar rege – wenden sich derweil ihrem mehr oder weniger rechtschaffenen Tagwerk zu. Doch der Unterschied zwischen

Gut und Böse fällt Fremden kaum ins Auge. Viel auffälliger sind die vielen Rehe, Rebstöcke und Rapunzeltürmchen, die der Landschaft einen beinahe bukolischen Reiz verleihen. In Plutzenberg, auf dem Schornstein vom alten Sägewerk, campieren sogar zwei Störche. Was aber weder die Geburtenrate noch das touristische Verkehrsaufkommen hebt.

Doch gerade, als Plutzenberger und Gfrettgstättener ihre jeweiligen Gemeindesparstrümpfe durch ein Kurhotel für überfettete Hunde und ein Flüchtlingsheim für ausgehungerte Asylanten zu stopfen versuchen, befleckt ein Mord die blütenreine Botanik. Und mit der Idylle aus dem Fremdenverkehrsprospekt ist es für einige Zeit vorbei.

Alptraum im Morgengrauen

»Ja, bist du deppert, da legst di nieda.« Fassungslos starrte der Unterkofler Poldl auf die rostige Regenwassertonne, in der ein sichtlich toter Mops schwamm. Mit aufgedunsenem Bauch und grauenvoll entstellten Zügen. Allerdings wusste der alte Bauer im blassblauen Frotteepyjama nicht zu sagen, ob das jetzt typisch für zwergwüchsige Wasserleichen oder für ebensolche Schoßhunde war, denn mit beiden war er bislang nicht in Berührung gekommen. Und das wollte er auch weiterhin gern so halten. Daher blieb er erst einmal stehen, wo er war. Das ersoffene Vieh würde ihn zwar mit großer Wahrscheinlichkeit nicht mehr beißen, aber auf Bergungsarbeiten oder gar Wiederbelebungsversuche verspürte er definitiv keine Lust. Dafür hatte sein Weib eindeutig das geübtere Händchen.

Poldl, der eigentlich nur zum frühmorgendlichen Frischluftbrunzen in den Garten getreten war – hier brauchte er sich weder um seine Treffsicherheit noch um die korrekte Lage der Klosettbrille Sorgen zu machen –, sah sich bereits suchend nach einem neuen Strahlplatz um, als er den roten Faden bemerkte, der eng um den Hals der malträtierten Töle geschlungen war. Offenbar hatte man das aufgeblähte Tier erwürgt, dachte Poldl. Das würde auch dessen grotesk hervorquellende Augen erklären. Doch dann erkannte er, dass Würgefaden und Hundehals kein gemeinsames Ende nahmen, denn die dünne blutrote Linie verlief auch noch dort, wo der Mops bereits um Längen zu Ende war. Der Strich rannte die Tonne hinab, querte ein Gemüsebeet, bog hinter dem Schnittlauch nach links und verzog sich nahezu geradlinig unter die Brombeerbüsche neben der Gartenhütte. Mehr konnte der Poldl nicht erkennen, da es ihm generell an Weitblick mangelte. Irgendwie litt er seit Jahrzehnten an einer kuriosen Verkürzung des Sehnervs. Nie, nicht einmal in den naheliegendsten Fällen, sah er die Dinge rechtzeitig kommen. Seine chronische Fehleinschätzung von Situationen hatte ihm im Laufe seines Lebens einen bösen Verkehrsunfall und neun Kinder beschert.

Aber Poldl war dem Schicksal nicht böse. Ganz im Gegenteil.

Die Kollision mit jenem PS-starken, flammend roten Schlampenschlepper seinerzeit hatte ihm zwar drei Wochen Krankenhaus mit Liegegips und Lungenquetschung eingebracht, danach aber eine angenehme Frühpension auf Lebenszeit. Seither konnte er sich als Vollzeitinvalide in Ruhe um seine Teilzeitlandwirtschaft kümmern. Und den väterlichen Betreuungspflichten inklusive Kindergeschrei auf Feldern, Äckern, Wiesen und in Wäldern großräumig aus dem Weg gehen. Ganz nach seinem Lieblingsmotto: Was der Bauer nicht hört, ihn beim Mähen nicht stört. Das mit dem »Aus den Augen, aus dem Sinn« war ihm ohnedies angeboren.

So gesehen hatte sich der bauernschlaue Unterkofler, ganz der österreichischen Tradition verhaftet, entsprechend situationselastisch verhalten und sich mit den Kollateralschäden seiner strategischen Kurzsichtigkeit aufs Bequemste arrangiert. Demnach war es nur konsequent, dass er selbst in diesem Todesfall nicht das geringste Verlangen verspürte, einer derart unüberschaubaren Angelegenheit ernsthaft auf den Grund zu gehen beziehungsweise zu sehen. Er wollte sich weder nasse Füße noch Hände holen. Also tat er lieber das, was er in solchen Situationen immer schon getan hatte: stöhnen, seufzen, Augen schließen.

Danach wischte er sich ein paarmal über die gefurchte Stirn, kehrte der bemopsten Tonne den Rücken zu und schlich auf leisen Sohlen zurück ins Haus. Schlafende Hunde sollte man keinesfalls wecken, hatte er irgendwo gelesen. Dass der cremefarbene Vierbeiner im Wasserbett längst Richtung ewige Jagdgründe gehechelt war, hatte der alte Bauer bereits erfolgreich verdrängt.

Mit leerer Blase und ebensolchem Kopf betrat er das kleine Kabuff, in das ihn sein Eheweib aus Lärmschutzgründen verbannt hatte, und ließ sich erschöpft zurück auf die Laken fallen. Vielleicht war ihm noch ein Stündchen Bettruhe vergönnt, bevor Walpurga ihr Tagwerk begann. Und dabei unweigerlich auf das krepierte Vieh stoßen würde. Aber das war dann ihr Problem.

Der Poldl wälzte sich gerade wohlig im warmen Sand, da er von heißen Zeiten am Strand träumte, als ihn ein kühler Hauch streifte. Instinktiv zog er die Tuchent enger an sich. Gleich würde ihn eine tropische Welle küssen. Er spürte bereits die ersten Tropfen auf seinem Gesicht.

»Aussi aus die Federn, du damisches Mannsbild, du!«

Der betagte Mann schreckte aus seinen zensurpflichtigen Träumen hoch.

»Hiatzt liegt der alte Depp um achte noch in der Harpfn, als warat er auf Urlaub.«

Poldl öffnete ein Auge. Vor ihm stand seine Walpurga gleich einem Fels in der Brandung. In der linken Hand hielt sie einen tropfnassen Kescher, die rechte hatte sie drohend zur Faust geballt.

»Jetzt schaust aber, dasst weiterkommmst, Himmelarschnochami.«

Poldl riss das zweite Auge auf und schnappte verwirrt nach Luft, um im Fluss ihrer Worte nicht unterzugehen. Er verstand Walpurga ohnehin selten bis nie. Jedem ihrer lautstarken Monologe hinkte er gedanklich ein paar Sätze hinterher. Aber eine derartige Morgenpredigt mit Kescher in der Hand überstieg definitiv sein zerebrales Fassungsvermögen. Um ihr zu folgen, hätte er schon einen geistigen Allradantrieb gebraucht. Ihm blieb nichts anderes übrig, als dumm aus den Federn zu schauen, während sein Weib ihn nach seinen Träumen nun auch noch seiner Bettdecke beraubte.

»Ja, da schau her! Dass dich nicht schamst, in deim Alter. Nix im Kopf haben, aber zwischen die Füß denken. Meiner Seel, als wenn neun Kinder net schon genug wärn. Aber eins sag ich dir, das dreckige Leintuch, das kannst dir selber waschen, du Saubartl, du! – Und jetzt aussi mit dir.«

Poldl erhob sich so schwungvoll, wie es seinen siebzigjährigen Knochen noch möglich war, drehte Walpurga verschämt den Rücken zu und fischte im Wäscheberg auf dem Dielenboden umständlich nach seiner blauen Montur. Im Wachzustand fühlte er sich unsäglich alt, müde und schlapp. Aber er wollte nicht klagen. Immerhin hatte er noch Gefühle. Im Unterschied zum toten Mops. Kaum hatte der alte Bauer sein Arbeitsgewand angezogen, schleppte ihn Walpurga schon resolut nach draußen, direkt vor die rostige Regentonne.

»Hiatz schau dir diese Schweinerei amoi an!«, keifte sie und stieß ihn dabei unbarmherzig Richtung Corpus Delicti.

Poldl warf einen halbherzigen Blick in die Tonne. Der hässliche Hund lag immer noch drin. Aufgedunsen, mit hervorquellenden Augen und nach wie vor mopsetot. Sein Eheweib hatte seinen zwanghaften Ordnungswahn ganz offensichtlich nicht wie erhofft ausgelebt. Wo die Walpurga doch sonst immer alles auf Nimmerwiedersehen verräumte.

»Hiatz mach schon. Fisch des Viech endlich aussi«, natterte und viperte sie stattdessen mit bedrohlichem Zungenschlag. »Alles muss man dem depperten Mannsbild extrig ansagn.«

Langsam begann Poldl der praktische Sinn des Fischfanggeräts zu dämmern.

»Da, nimm!«

Ohne es – wie meist – kommen zu sehen, hielt der Bauer plötzlich den Kescher in der Hand. Zögerlich ließ er das Ding zu Wasser, bevor Walpurga auch noch ihre Giftzähne ausfuhr. Die haarige Leiche mit dem hündisch treuen Blick wog schwerer als gedacht. Zweimal drohte ihm das Tier wieder zurück in die Tonne zu plumpsen, doch beim dritten Versuch brachte er seine ungewollte Beute sicher ins Trockene. Oder besser gesagt auf die schmutzige Gummimatte, die seit Jahrzehnten vor der Tonne lag. »Noch wos?« Poldl sah mittlerweile aus, als würde er sich an einer höchst anspruchsvollen Yoga-Übung versuchen. »Sterbender Kranich blickt ins Auge des Taifuns« – oder so. Den tropfnassen Kescher hielt er dabei weit von sich gestreckt.

»Da, schau!« Walpurga war leider noch nicht fertig mit ihm und der Leichenbeschau. »Der rote Faden da, was solln des sein?«, fauchte sie ihn unvermittelt an.

»Weiß ich doch nicht. Is ja nicht mei Hund.«

»Aber dein Grund.« Walpurgas Logik zufolge war Poldl dadurch automatisch zum Hundehalter mutiert.

»So a Schas.« Er war ja auch kein Schulbusfahrer, nur weil das alte dottergelbe Gefährt am Wochenende immer vor seinem Heustadl parkte. Außerdem mochte er keine Hunde, weil die ihm sein Privileg des Baumpinkelns streitig machten. Aber das würde keine Frau verstehen. Und seine schon gar nicht. Er blickte also weiterhin ratlos zu Boden und schielte dabei ein wenig nach links, damit er dem toten Hund nicht direkt in die Glupschaugen sehen musste.

Plötzlich wackelte das Tier mit dem Kopf.

Poldl ließ vor Schreck den Kescher fallen, der den Mops mitten auf der Stirn traf.

Abrupt stellte dieser das Wackeln wieder ein.

»Hiatz pass halt auf. Das arme Viech.«

»Und wenn des noch lebt?«

»Dann warat es g'schwommen.«

»Und wenn es des nicht kann?«

»Dann warat es abg'soffen.«

Aber des is es ja eh, wollte Poldl noch erwidern, besann sich jedoch eines Besseren und hielt den Mund. Er konnte Walpurgas Überlegungen sowieso nicht folgen. Ihre komplexen Gedankengänge fanden in seiner faltenfreien Großhirnrinde wie gesagt keinen Halt.

»Wie der Köter noch g'lebt hat, is dem sein Leben jedenfalls am roten Faden g'hängt«, bemerkte sie jetzt und zupfte zum Beweis erneut an der Schnur. Sofort ruckelte auch der Mopskopf in Wackeldackelmanier auf und nieder. »Des is so eins von diese neumodernen Haltebandl, des sag ich dir.« Triumphierend blickte Walpurga ihren Gatten an. »Des, wo die Leut mit ihre Hund spazieren gehen, und die Hund laufen eana trotzdem davon.«

Poldl nickte zustimmend. Er hoffte, die hausfraulichen Erhebungen durch Verzicht auf seine Einspruchsmöglichkeit ein wenig zu verkürzen. Noch mehr aber hoffte er, schleunigst das Weite suchen zu können. Er hatte das Vieh bereits geborgen, begraben wollte er es wirklich nicht. »Ich muss hiatz dann nach dem Woazfeld schauen«, warf er schüchtern ein.

»Der Woaz läuft dir schon net davon.«

Ein abgemurkster Köter ah net, dachte Poldl, behielt das aber vorsorglich gleichfalls für sich.

Doch Walpurga hätte ihn gar nicht mehr hören können, denn sie war ihm mittlerweile schon wieder ein paar Schritte voraus. Gerade hatte sie das Brombeergestrüpp neben der Gartenhütte erreicht. Offenbar war sie dem Verlauf der mikroskopisch dünnen Ausziehleine gefolgt und sah sich nun suchend um. »Poldl, da kommst her!«

Nach vierzig Jahren Ehe wusste der Bauer, wann akustischer Widerstand zwecklos war. Kam er jetzt nicht, würde er abends schon gar nicht kommen dürfen. Deshalb stapfte er missmutig los, um seiner Frau zur Seite zu stehen. Doch das wollte sie gar nicht.

»Hiatz musst dich bucken, dort unter die Büsch eini.« Mit einem ihrer Wurstfinger wies sie ihm den Weg ins dornige Gestrüpp, das ihren Grund von dem des Nachbarn trennte.

Aufgrund seiner hageren Figur stand von vornherein fest, dass nur Poldl sich durch die Hecke würde zwängen können. Walpurgas gewichtige Gestalt eignete sich eher zur Durchführung von Abriss- und Planierarbeiten.

Also ließ er sich zögernd auf die Knie nieder und quälte sich mit zusammengebissenen Zähnen vorsichtig durchs Dickicht. Walpurga trieb ihn von hinten an, die Dornen hielten ihn von vorne zurück. Nach schmerzhaft langen Minuten erreichte er endlich sein Ziel, die andere Seite der Brombeerhecke.

»Und? Siehst was?«, wollte Walpurga wissen.

»Ja, des komische Bandl halt.«

»Und sonst?«

»Nichts.«

»Dann musst besser schauen!«

Poldl schaute und schaute, aber die Leine schien einfach kein Ende zu nehmen. Sie verlief über das nachbarschaftliche Rasenstück, querte ein kleines Rinnsal und verkroch sich schließlich im hohen Gras hinter einer stämmigen Fichte.

Dem Bauern blieb keine andere Wahl, als dem roten Faden Meter für Meter zu folgen und hinter den Baum zu sehen. Dort konnte zwar unter widrigsten Umständen eine böse Überraschung auf ihn warten, aber so böse, wie Walpurga sein würde, wenn er unverrichteter Entdeckungen einfach den Rückwärtsgang einlegte, könnte selbst ein tollwütiger Säbelzahntiger nicht sein. Er schritt, für seine Verhältnisse nahezu tapfer, weiter voran und warf einen flüchtigen oder besser gesagt fluchtbereiten Blick hinter die mächtige Fichte. Was dort auf dem Boden lag, schien ihm allerdings nicht sonderlich besorgniserregend: das Ende der Leine mitsamt Verpackung oder was auch immer dieses seltsame Plastikkästchen mit Loch sein sollte. Und daneben ein Schuh.

»Und? Siehst was?«, brüllte Walpurga.

»Nichts. Nur ane Schlapfn.«

»Was? Ane Schlapfn? Sonst nichts?«

Poldl riskierte einen zweiten Blick.

»Na, sonst nichts, nur solche Haxnbrecher halt. Hoch, rot und mit dem glänzenden Glumpert drauf.«

Mehr konnte er im üppigen Gras nicht erkennen. Außer er würde sich erneut bücken, aber das wollte er seinen alten Knochen ersparen.

»Dann nimm's mir mit!«

Poldl verfluchte sich dafür, schon wieder nicht vorausgedacht zu haben. Sein Weib gierte ständig nach diesen furchtbaren Funkelsteinen, um damit Blumentöpfe, Lampenschirme, Milchkannen und Marmeladengläser zu bekleben. Kürzlich war ihrer verschandelungswütigen Fingerfertigkeit sogar die alte Butterdose, in der er seine dritten Zähne aufbewahrte, zum Opfer gefallen. Vielleicht sollte er seine Gattihose auch mit diesem Glitzerkram verzieren, dann würde Walpurga bestimmt viel öfter Hand an ihn legen. Eine Vorstellung, die ihm durchaus gefiel. Nur die dafür nötigen Vorbereitungsarbeiten wollten ihm ganz und gar nicht gefallen. Vielleicht könnte er …

»Poooldl!«

Genervt unterbrach der Bauer seine erotischen Machbarkeitsstudien und ließ sich wieder auf die Knie fallen, um den Schlapfn endlich aufzuheben. Er stöhnte, seufzte und schloss vor Anstrengung kurz die Augen. Leider schien der Schuh – genau genommen handelte es sich um eine Komfort-Pantolette mit Strasssteinchen und Regenbogenpailletten, aber der alte Mann stand mit derartigem Vokabular nicht auf vertrautem Fuß – in der Erde festgewachsen zu sein. Poldl langte mit all seiner Kraft zu, so als würde er einer Kuh beim Kalben helfen, und plötzlich begriff auch er das Unbegreifliche. Der Schuh steckte an einem Fuß, der in ein langes, schlankes Bein überging. Und der zweite, der unter einer dicken Schicht Grünzeug nahezu zur Gänze verborgen war, auch. Nun musste der arme Mann sich zum dritten Mal an diesem unseligen Morgen beschwerlich aus der Hocke in die Höhe hieven, um zu sehen, wohin die im wahrsten Sinne des Wortes schwindelerregenden Beine ihn letztlich führten. Seiner verzückten Ansicht nach wenigstens ins Paradies.

»Bist es bald? Mir wird langsam kalt.« Walpurga, die fest daran glaubte, über die halbe Welt und das ganze Damischtal detailliert Bescheid zu wissen, ahnte nichts von den wahr gewordenen Morgenphantasien ihres Mannes.

Poldl hingegen konnte sein Glück kaum fassen. Allein für die Beine hätte er einen Mord begangen. Je länger er sie betrachtete, desto größer wurde sein Verlangen, noch einmal in Körperkontakt mit diesem Wunder zu treten. Ganz kurz nur. Und etwas zielgerichteter. Danach konnte er immer noch nach dem Rest sehen, der sich unter einem riesigen Haufen Grünschnitt verbarg. Eine derartige Erscheinung betrachtete er jedenfalls als ausreichenden Grund, um zum vierten Mal an diesem Morgen auf die Knie zu fallen. Nun aber freiwillig und ohne geschlossene Augen. Nur das Seufzen und Stöhnen behielt er in etwas ausgeprägterem Tonfall bei.

Derartige Genussstelzen waren ihm bislang noch nie über den Weg gelaufen. Nur geträumt hatte er oft genug von ihnen. Aber das hier war kein Traum, sondern eine greifbare optische Grenzerfahrung. Seine Augen begannen bereits zu tränen, während er dieser Gottesgabe erneut an die zarten Knöchel griff. Rasch gönnte er sich noch einen kleinen moralischen Ausrutscher Richtung Knie, bevor er sich schwerfällig erhob und nach einer Heugabel Ausschau hielt, um das wunderbare Wesen von seiner Rasenburka zu befreien. Dass der gefallene Engel wie tot darniederlag, obwohl Poldl sein Jahreskontingent an Zärtlichkeit an ihm verschwendet hatte, beunruhigte ihn nicht sonderlich. Er kannte es nicht anders.

»Ja, Herrgottnochamoi, was treibst denn dort drüben?« Walpurga war generell ein recht geduldiger Mensch. Außer sie musste auf ihren Mann warten, denn der besaß das Zeitgefühl eines spätsommerlichen Hagelschauers. Nie wusste man, ob, wie oder wann er kommen würde. Aber wenn er endlich kam, dann stets im ungünstigsten Moment und mit oftmals verheerenden Folgen. Und wenn er nicht kam, dann gnade ihren Nerven. »Poldl, was ist los? Tust jetzt weiter, oder muss ich rüberkommen?«

Der Bauer, der mittlerweile eine Mistgabel gefunden hatte und seinen langbeinigen Schatz Schicht für Schicht vom säuerlichen Grünschnitt zu befreien suchte, verdoppelte instinktiv sein Arbeitstempo. Walpurga an seiner Seite hätte ihm gerade noch gefehlt. Sie würde ihren unförmigen Schatten flächendeckend auf die graziöse Gazelle werfen, seine andächtigen Gefühle mit ihrem feldwebelartigen Organ profanieren und dabei herumstampfen wie ein Nilpferd mit Bauchgrimmen.

»Ja, sag amoi, was machst du denn da?« Mit weit aufgerissenen Augen starrte der Pimmelmoser Paul auf den schwitzenden Poldl in blauer Montur und seine Mistgabel. Seit der letzten Regierungsangelobung hatte der mieselsüchtige Mittvierziger nichts mehr gesehen, das gleichzeitig derart lachhaft und bedrohlich wirkte.

»Die fesche Puppn ausgraben, siehst ja eh, oder?«

Dass der alte Bauer bei der Mindesthirnverteilung leer ausgegangen war, war ja allgemein bekannt, aber von dessen offenbar recht ausgeprägtem Hang zu pantomimischen Wahnvorstellungen hatte der Pimmelmoser bislang nichts gewusst. Nur dass selbst halluzinatorische Grabungsarbeiten echte Leichen ans Tageslicht befördern konnten, zumindest auf seinem Grund und Boden, das wusste er ganz sicher. Energisch trat er einen Schritt nach vorne und griff nach der Mistgabel, um dem gefährlichen Treiben ein Ende zu bereiten, als auch er sie sah. Die Beine. Diese unglaublich langen, nackten, schlanken Beine. Diese … Leider fehlten dem Paul die Worte, um Dinge zu beschreiben, die er allein aus Castingshows oder von den Kalenderansichten in seiner Autowerkstatt kannte. »Ja, bist du deppert, da legst di nieda.« Mehr fiel auch ihm nicht dazu ein.

Die Damischtaler verfügten ja generell über eine recht eingeschränkte emotionale Ausdrucksvielfalt, was hochgradig positive Empfindungen betraf. Dafür besaßen sie an die dreißig Umschreibungen für alkoholbedingte Verfallserscheinungen.

Jedenfalls begann der Paul, ernsthaft an seinem Verstand zu zweifeln. Was ihm hier zu Füßen lag, überstieg eindeutig seinen Horizont. Hoffnungslos überfordert von dem Anblick, fasste er sich zur Beruhigung erst einmal in den Schritt, kratzte sich unschlüssig am Kopf, stammelte dann ein paarmal leise »Jessas Maria« und verfiel, beide Hände fest um den Griff der Mistgabel gefaltet, in eine kontemplative Andachtshaltung.

»Jetzt tummel dich halt. Oder willst eppa warten, bis a neichs Gras auch noch drüberwachst?« Der Poldl wollte endlich den Rest dieser fleischgewordenen Fata Morgana zu Gesicht bekommen und fieberte vor Tatendrang.

Sein unwillkommener Helfershelfer hingegen schien in einen religiös motivierten Energiesparmodus gefallen zu sein, was aber primär an seinen ekstatischen Auferstehungsszenarien im Beckenbodenbereich lag.

»Leck mi.« Völlig unvermittelt erwachte der Paul wieder aus seiner Bewegungsstarre und begann, wie ein Berserker auf den Grünschnitt einzustechen. Ihm war eingefallen, dass zu Beinen meist auch ein Busen gehörte.

»Jetzt pass doch auf, nicht dass das abstichst.«

»Na geh.«

»Gib her, lass mich. Schließlich hab ich's g'funden.« Der schon etwas unglückliche Finder Poldl sah sich nicht nur seiner rechtmäßigen Beute beraubt, er fürchtete auch Löcher an Stellen, wo diese anatomisch nicht hingehörten.

Sein Nachbar schien den gefallenen Engel mit einem Gabelbissen zu verwechseln. »Aber sie liegt auf meinem Grund.«

Bei derart grundlegenden Sachverhalten kannten die Damischtaler kein Pardon. Da zählte jeder Rasenstängel als Privateigentum. Also rangen die beiden verbissen weiter um die Vorherrschaft über die Mistgabel.

»Poldl, jetzt reicht's, ich komm umi!« Walpurgas Gebrüll hörte sich an wie Donnergrollen. Es dröhnte den beiden derart heftig um die Ohren, dass ihnen die Haare zu Berge standen.

Dem Poldl brach der Schweiß aus, im Paul die Panik. »Halt dei Oide z'ruck«, flüsterte er. »Sonst bin ich am Arsch.« Plötzlich konziliant geworden, reichte er dem Bauern die Mistgabel.

»Ich komm schon, ich muss dem Pimmelmoser nur schnell was helfen!«, brüllte der Poldl wunschgemäß. Und hatte dabei nicht einmal gelogen.

»Ich schick 'n eh gleich z'ruck, den Poldl, er hilft mir nur schnell mit dem Grünfutter«, setzte der Paul zur Sicherheit noch eins drauf. Wobei er gleichfalls bei der Wahrheit blieb. Die beiden hatten zwar kein Ehrlichkeitsgelübde abgelegt, aber für ausgefeiltere Ausreden fehlte ihnen derzeit schlichtweg die dazu nötige Gehirndurchblutung.

Walpurga hingegen, die in Gedanken bereits begonnen hatte, die zerkratzte Pfeffermühle auf der alten Kredenz mit dem neuen Paillettenfund zu verzieren, wurde nachdenklich. Auf die versprochenen Schuhe wollte sie keinesfalls verzichten – zu ihrem großen Missfallen hatte die Glitzersteinchenindustrie das Damischtal bislang noch nicht als aufstrebenden Markt entdeckt –, auf einen Arbeitseinsatz beim Nachbarn hatte sie allerdings auch keine Lust. Der Pimmelmoser war ihr sowieso nicht ganz geheuer. Ein Mannsbild in dem Alter, das lange Haar hatte, aber weder Frau noch Kind – das war ja nicht normal. Sogar kleine Katzen würde er fressen, sagten die Leut. Mit solchen Menschen hatte man besser nichts zu tun. »Aber dasst mir auf die Schuh net vergisst!«, knurrte sie schlussendlich über die Hecke, bevor sie bedrohlich schnaubend den Rückzug antrat.

Kaum lag der Schatten ehelichen Ungemachs nicht länger über ihm, ging Poldl ganz langsam ein Licht auf. Konzentriert biss er auf seinen rissigen Lippen herum, runzelte bedächtig die Stirn und starrte angestrengt die Mistgabel an, die er in Händen hielt. Sein runder Kopf war einfach nicht für geradlinige Gedanken gemacht. Verzweifelt blickte er zu Paul, doch der sah unverändert und unbeweglich zu Boden, was einerseits am Anblick der langen Beine lag, andererseits aber auch am kurzen Zeitraum, der seit seinem rituellen Morgenjoint vergangen war. Mit zweifach benebeltem Verstand konnte er keine gedankliche Geburtshilfe leisten. Poldl musste allein zur Erleuchtung der Umstände gelangen.

Aus diesem einfachen Grund passierte längere Zeit absolut

nichts. Der alte Bauer suchte sein eingerostetes Gehirn unter Kontrolle zu bringen, der jüngere den Inhalt seiner ausgebeulten Hose.

Schweigend schnauften sie gemeinsam vor sich hin, bis es Poldl endlich gelang, das Unfassbare in verständliche Worte zu fassen. »Du, ich glaub, die is tot.« Zwar wies das göttliche Geschöpf keinerlei Ähnlichkeit mit der mopsigen Wasserleiche in seinem Garten auf, aber eine derart ausdauernde Unbeweglichkeit hätte nicht einmal seine Walpurga während ihrer erotischen Performance zustande gebracht. Schon gar nicht, wäre ihr dabei so ein riesiger schwarzer Käfer über den Oberschenkel gekrabbelt.

»Jo eh.« Paul tat sich mit der zielgerichteten Dialogführung noch etwas schwer. Zum Zeichen seines Einverständnisses stieß er den Frauenkörper leicht mit der Schuhspitze an.

»Bist deppert? Jetzt lass es in Ruh! Das is ja betetlos.« Das sagte seine Walpurga immer zu ihm, wenn Poldl seine dritten Zähne nach dem Essen im Herrgottswinkel platzierte, um sich mit dem sauberen Tuch unter dem Kruzifix den Mund abzuwischen. Irgendwann hatte sie ihm auch erklärt, was das Wort bedeutete, doch das war bestimmt schon einige Jahrzehnte her. Jedenfalls hatte »pietätlos« etwas mit Anstand, Würde und religiösen Gefühlen zu tun. Und genau das schien ihm derzeit der Fall zu sein. Tote Engel trat man nicht mit Füßen. Nicht einmal dann, wenn man inbrünstig auf deren fleischliche Auferstehung hoffte. Poldl, der an diesem wundersamen Morgen sein persönliches Maximum an kognitiven Kapazitäten auszuschöpfen schien, hatte schließlich einen zweiten klaren Gedanken zu fassen bekommen. »Die is bestimmt abg'murkst worden«, stellte er stoisch fest. »Weil die hat so an blutigen Streifen um den Hals. Und a bissl blau im Gesicht is sie auch.«

Im Unterschied zu Paul, dessen schmaler Horizont sich unverändert zwischen Kniekehle und Rocksaum bewegte, hatte Poldl zwischenzeitlich seltenen Weitblick bewiesen, indem er seinen im Knöchelbereich festgefrorenen Blick kurz hatte loseisen können, um der liegenden Göttin in die Augen zu schauen. Wobei ihm nicht nur der unnatürlich blaue Teint aufgefallen war, sondern auch ein seltsames rot-violett-schwarz geflecktes Band um ihren Hals. Nachdem die schwarzen Flecken sich auf einen zweiten Blick als fette Fliegen entpuppt hatten, war Poldl der furchtbare Verdacht gekommen, dass es sich bei dem Band weder um großstädtisch gewagten Modeschmuck noch um eine misslungene Tätowierung des Suezkanals handelte, sondern um einen vorsätzlich gezogenen Trennstrich zwischen Leben und Tod.

Die gefallene Göttin hatte ihn nämlich an den Binder Franzi erinnert, der sich mit einem Abschleppseil erhängt hatte, nachdem er von seiner Frau wegen eines Mechanikers verlassen worden war. Auch der hatte so eine verkrustete, blutunterlaufene Wunde am Hals gehabt. Nur im Gesicht, da war er eher blass gewesen. Poldl sinnierte immer noch über die mysteriöse Farbenlehre der Strangulation, als Paul unvermittelt aus seinem wachkomatösen Geisteszustand in eine frenetische Betriebsamkeit wechselte.

»Schaut net guat aus«, meinte er abrupt, wobei unklar blieb, ob er damit die partiell verunstaltete Tote oder ihre derzeitige Lage meinte. »Gar net guat.« Erstaunlich gelenkig ging er in die Knie und begann ruckartig an der Hundeleine zu ziehen.

»Spinnst? Da hängt ja noch der Köter dran.«

»Was für ein Köter?«

»Na, der von mein Regenwasserfassl.«

»Seit wann hast du an Hund?«

»Ich hab kan Hund. Nur des dersoffene Viech halt. Und des a nur wegen meiner Oiden.«

Paul sah ein, dass allein aus freundlicher Fragerei kein verwertbarer Erkenntnisgewinn resultieren würde. Deshalb griff er seinem Nachbarn direkt an die magere Brust, zog ihn an den Knöpfen seines Arbeitsgewandes ganz nah zu sich heran und flüsterte: »Entweder derzählst du mir jetzt die ganze Gschicht von Anfang an, oder ich geh auf der Stell umi zu deiner Walpurga und sag ihr, dass du mir schöne Augen g'macht hast.« Dabei sah er den Bauern an wie ein Kaninchen den Kopfsalat.

Poldl erstarrte. Im Laufe seiner Ehe hatte Walpurga nicht nur die Eifersucht zur Kunstform erhoben, sie ging auch mit schwulen Männern gnadenlos ins Gericht, seit sie erkannt hatte, dass ihre Liebe zu Robert Redford niemals erwidert werden würde. Und auf einmal entwickelten Gehirnzellen wie Stimmbänder eine – für Poldls Verhältnisse – nahezu gigantomanische Arbeitsmoral, was Pauls Verständnis der Lage sehr zugutekam.

»Also is des quasi ein Doppelmord«, fasste er nach Poldls panischer Berichterstattung zusammen. »Zuerst der Hund, dann das Herrl.«

»A wenn des Herrl a Frau ist«, warf Poldl ein, der damit erstmals im Leben seine Stimme gegen Sexismus in der Sprache erhoben hatte.

»Is doch völlig wurscht, das sagt man halt so.« Der Pimmelmoser Paul hatte nicht die geringste Lust auf Wortklaubereien. »Die Leich muss so oder so weg. Und des Hundsviech a.« Nicht auszudenken, wenn die Kieberei bei ihm einfallen würde. Sein Leben wäre hoffnungslos ruiniert. Und das der Gfrettgstättener gleich mit. Allein seine Hanfplantage hinterm Hühnerstall, die sich bestimmt nicht als freigeistiges Landschaftspflegeprojekt deklarieren ließ, würde ihm einiges an Schwierigkeiten bescheren – die unzähligen toten Katzenbabys jedoch, die er jährlich im Acker vergrub, garantiert das Genick brechen. Wo doch gerade Gfrettgstätten sich als tierliebste Gemeinde von ganz Österreich zu etablieren suchte.

Nach dem touristischen Desaster vor zwei Jahren, das mit Mord, Totschlag und einem veritablen Lebensmittelskandal für wenig erfreuliche Schlagzeilen und einen nahezu hundertprozentigen Rückgang an Urlaubern gesorgt hatte, hatte ihr kleines Dorf im südweststeirischen Damischtal sein großes Herz für Tiere entdeckt und in Rekordzeit ein luxuriöses Wohlfühlhotel für Hunde und deren Halter aus dem Boden gestampft. Und da es immer mehr überfettete, arthritische oder verhaltensgestörte Wauzis mit ähnlich veranlagten Besitzern gab, war das Damischtaler Doggy Wellness & Human Beauty Spa Resort – kurz Wauness-Welt genannt – von Anfang an bis auf das letzte Hundekörbchen belegt. Was den Bürgermeister zum Strahlen, die Gemeindekasse zum Klingeln und die Arbeitslosen zu neuer Beschäftigung gebracht hatte. Nur der ansässigen Bauernschaft war der Hundezirkus gar nicht recht. Überall latschten betuchte Hundehalter mit ihren Kötern herum, zertrampelten die Felder, hinterließen Löcher im Boden und Gackerlhaufen auf den Wegen, und während die Tölen Tag und Nacht vor sich hin kläfften, durften die Bauern nicht einmal protesthalber das Maul aufreißen.

»Jeder einzelne Scheißdreck von so einem Hundsviech ist Goldes wert«, hatte ihnen Alois Feyertag, der amtierende Bürgermeister, bei jeder passenden wie unpassenden Gelegenheit eingebläut und sich wiederholte Male an einer umsatzsteigernden Gehirnwäsche der gesamten Dorfbevölkerung versucht. Bei einigen Bewohnern war seine Rechnung aufgegangen, anderen allerdings stank die Sache mittlerweile zum Himmel. Und zwar offensichtlich so stark, dass jemand nun zur mörderischen Selbstjustiz gegriffen hatte. Was ein ernstes Problem darstellte. Für die Tote, aber auch für Paul.

Irgendwie musste er den Unterkofler Poldl von der Notwendigkeit einer Umlagerung überzeugen, ohne ihm die wahren Hintergründe dafür zu verraten. Er hielt seinen Nachbarn zwar keinesfalls für einen fanatischen Tierschützer, sehr wohl aber für einen ambulanten Risikofaktor, der oftmals unter Sprechdurchfall bei gleichzeitiger Gehirnverstopfung litt. Sollte der Poldl Wind von den vergrabenen Katzenbabys bekommen, würde bereits am Tag darauf ein Orkan der Entrüstung sein Haupt umwehen. Davon war der Pimmelmoser – durchaus zu Recht – überzeugt. Die heutige Kuscheltierfraktion verwechselte einen Bauernhof ja unweigerlich mit einem Streichelzoo, wo jeder Hahn allein aus Altersschwäche vom Mist fiel. Dabei hatten sie vom harten Leben der Landwirtschaft so wenig Ahnung wie seine Kühe von Zwölftonmusik. Er jedenfalls hielt seine Katzen nicht zum Köpfchenkraulen, sondern zum Mäusefangen. Und das taten sie auch brav. Leider wurden Katzen auch rollig und warfen zweimal pro Jahr an die fünf Junge. Bei vier Katzen waren das vierzig Kostgänger pro Jahr, und so viele Mäuse gab sein Grund und Boden nun auch nicht her. Also musste die Brut fort, das war halt der heimische Brauch. Die einen ertränkten die Neugeborenen, die anderen brachen ihnen das Genick. Paul bevorzugte letztere Methode, sie kam ihm humaner vor. Danach vergrub er die kleinen Leichen einfach in der Wiese hinterm Haus. Genau dort, wo jetzt die Tote unter seinem Grünschnitt lag, waren – sozusagen einen Stock tiefer – bestimmt schon ein paar hundert Schrumpfmiezen zu Kompost zerfallen. Ein Vorgehen, für das man ihn in der heutigen Zeit selbst zu tausend Toden verurteilen würde. Der haustierhysterische Mob, die versnobten Gackerlklauber vom Hundehotel, der Bürgermeister und der gesamte Tourismusverband, sie alle würden die Krallen ausfahren und ihm das Fell über die Ohren ziehen, bekämen sie sein Kadaverfeld zu sehen.

Der hiesige Fleischer hatte ja im Vorjahr schon Kopf und Kragen riskiert, weil so depperte deutsche Touristen auf seine Sauschädlgruft gestoßen waren. Als wenn so ein paar vergrabene Tierknochen ein Verbrechen gegen die Menschheit wären. Aber egal. Paul durfte hier nicht länger herumstehen und selbst in eine Leichenstarre verfallen. Ein Plan musste her und die Tote weg. »Poldl, wir müssen jetzt z'sammenhalten, und du des Maul, wenn wir die Leich verschwinden lassen.«

»Das versteh ich net.« Der alte Bauer schien erneut einer Art geistiger Atemnot erlegen zu sein.

»Ja, schau mal her: Da liegen a tote Frau bei mir auf der Wiesen und ein toter Köter bei dir auf dem Grund. Beide hast berührt, das Weibsbild sogar an'grapscht. Was glaubst denn, wie die Polizei das auslegen wird, wenn deine Fingerabdrück überall drauf sind. Du kannst der Toten ja nicht die Haut abziehen, um deine Spuren verschwinden zu lassen.« Der Pimmelmoser legte eine kurze Pause ein, damit der Unterkofler mit dem Denken nachkommen konnte.

»Du meinst, ich muss mit die Kieberer reden?«

»Na, ich mein nicht, dasst mit die Kieberer nur reden musst, ich mein, dass sie dich wegen Mord verhaften werden.«

Der Poldl verfiel in Schnappatmung und bekam einen leichenblassen Teint. »Aber ich hab sie ja nur a bissl g'streichelt.«

»Und zuvor zu Tode g'würgt, damit sie sich das auch g'fallen lasst.«

»Aber das stimmt doch net, das weißt ganz genau.«

»Weiß ich das? Sie is ja schon dag'legen, wie ich dich mit der

Mistgabel g'funden hab. Und lang kann sie net dag'legen sein, weil ich erst gestern g'maht hab.«

»Ja, bist du total überg'schnappt? Ich bin doch kein …« Hektisch rang Poldl nach Luft, das schreckliche Wort schien ihm im Hals stecken geblieben zu sein.

Damit der Alte nicht auch noch auf seinem Grund krepierte, musste Paul schleunigst von seiner Schuldgefühlstrategie auf Beschwichtigungsmanagement umschalten. Zumindest würde Poldl nun garantiert den Mund halten, weil er ja quasi der Hauptverdächtige war. »Ich weiß schon, dass du kein Mörder bist, das hab ich eh nie 'glaubt, aber die Polypen, die wissen das net. Also, vielleicht noch unser Dorfpolizist, der glaubt ja heut noch ans Gute im Menschen, weil's weniger anstrengend is, aber die Oarschkrätzn aus der Stadt, die sind wie die Kampfhund, die werden sich in dich verbeißen und dich in Fetzen reißen.«

Poldl griff sich entsetzt an den Hals, während seine Gesichtsfarbe von Leichenweiß zu Gruftgrau changierte.

Beruhigend legte Paul ihm den Arm um die magere Schulter. »Das war natürlich nur symbolisch gemeint. Brauchst keine Angst haben, die haben eh alle schlechte Zähne vom vielen Zuckerlessen, weil jetzt ja überall Rauchverbot ist.«

Der Bauer riss sich den obersten Knopf von seinem Blaumann ab und starrte auf seine Schuh.

»Jetzt musst mir zuhören, Poldl. Damit das eben nicht passiert, dass sie dich ins Gfängnis bringen, werden wir heut Abend die Leich unter eine Heuladung stopfen und still und heimlich in der Damisch entsorgen. Dann wird sie auch gleich ordentlich g'waschen und kann friedlich bis nach Plutzenberg treiben. Sollen die des Gfrett mit ihr haben. Und mit dem hinigen Köter verfahren wir gleich. Hast mich verstanden?«

Aber Poldl hatte sich von Pauls verbalem Hardcore-Beschuss noch nicht erholt. Er sah immer noch aus, als hätte er einem weißen Hai soeben den Zahnstein entfernt.

»Willst an Schnaps?«, fragte Paul besorgt.

Poldl riss am zweiten Knopf der Montur, während er weiterhin seine Arbeitsschuhe anstarrte, als läge unter ihnen der Heilige Gral verborgen.

»Magst was rauchen?« Der Pimmelmoser bekam es mit der Angst zu tun. Konnte man einen Hirnschlag erleiden und dennoch eine aufrechte Haltung bewahren? Der Alte stand ja immer noch da wie in Wachs gegossen. Warum hatte diese verdammt vermaledeite Kreatur denn keinen Reset-Knopf? Poldl hatte doch ganz offensichtlich einen Systemabsturz erlitten. Leider verfügte Paul über keinerlei medizinische Kenntnisse, sein Milchvieh funktionierte ganz nach dem binären System: hopp oder dropp, Funktionstauglichkeit oder Notschlachtung. »Poldl, so sag doch was!« Energisch packte er den alten Mann bei den Schultern und schüttelte ihn durch. So wurde es immer in den TV-Serien gezeigt, wenn jemand weggetreten war.

Und weil Fernsehen offenbar doch manchmal bildete, funktionierte es auch in der Realität. Poldl blinzelte ein paarmal, riss sich von seinen Arbeitsschuhen los, sah Paul fest in die Augen und sagte dann laut und deutlich: »Die Schuh, wenn ich ohne die glitzernden Schuh heimkomm, bringt mich mei Oide um.«

Geht's dem Hund gut, geht's dem Herrl schlecht

Beinahe hätte Rüdiger Bartenstein das Weinglas erwürgt, so erschrak er beim Anblick seiner Frau. Hildegund sah aus, als wäre sie mit einer Käseplatte kollidiert. Glitzernde Trauben hingen ihr im Haar, cremige Würfelchen zierten das Dekolleté, und auf die Hände hatte sie sich eine camembertartige Masse geschmiert.

Vorsichtig stellte er das Glas auf den Tisch zurück. In der exklusiven Wowness-World, in der sie seit drei Tagen auf unverbindliche Einladung der Gemeinde Gfrettgstätten und verbindliche Drohung seiner Gattin verweilten, wurden die Getränke ausschließlich in filigranen Kunstwerken der Glasindustrie serviert. Ein Griff daneben, ein unachtsamer Moment – und schon hätte man einen für Kleinanleger durchaus beträchtlichen Vermögenswert ruiniert. Rüdiger schien das moralisch verwerflich und zudem schlecht für Hundepfoten. An die alte Weisheit, dass Scherben stets nur Glück brächten, glaubte er sowieso nicht. Und selbst wenn das Sprichwort stimmte, hätte er seinem unseligen Eheweib mindestens eine massiv gerahmte und zweifach verglaste Fensterfront an den Kopf donnern müssen, um glücklich zu werden, aber die hatte er leider nicht zur Hand.

Seit er von Hilda vor Wochen zu einem erneuten Aufenthalt in diesem damischen Tal gezwungen worden war, das ihn bereits bei ihrem ersten Urlaub durch seine lebensbedrohlichen Landschaften, hinterwäldlerischen Provinzidioten und schmerzhaften Einsichten in die örtlichen Fallgruben der Nutztierzucht an den Rand eines Nervenzusammenbruchs getrieben hatte, hing ihr Eheglück ohnedies an einem ausnehmend dünnen Faden. Er hasste die Menschen hier, er hasste den dämlichen Wellness-Schuppen, er hasste den Hund seiner Schwiegermutter, diese verzogene, stinkende Töle, die sie ihnen kaltherzig aufs Auge beziehungsweise deren Leine in die Hand gedrückt hatte, und am allermeisten hasste er natürlich Hildegund, seine Frau. Ohne ein Wort der Vorwarnung, ohne jedes partnerschaftliche Gespräch, sogar ohne das klitzekleinste bittende Wimpernklimpern hatte sie ihn eines Abends statt vor dampfende Teller vor vollendete Tatsachen gestellt.

Die Zimmer seien längst reserviert, hatte sie ihn gnadenlos wissen lassen, die Koffer gepackt, der schwiegermütterliche Hund ausreisefertig und eine Urlaubsvertretung für die häuslichen Topfpflanzen organisiert. Zudem sei Kevin-Karl, ihr gemeinsamer Sohn, vor Vorfreude ganz aus dem Häuschen, was der gesunden Entwicklung des pubertierenden Stubenhockers ja so was von förderlich sei. Von der des allerliebsten arthritischen Hundes ihrer guten Mami ganz zu schweigen. Dem würde ein Gesundheitsurlaub im Grünen genauso gut bekommen wie der armen gebrechlichen Mami ein paar erholsame Tage ohne ihren Liebling. Der Verweis auf seine ganz und gar nicht gebrechliche Schwiegermutter, die ihre hysterische Taschenratte schlichtweg loswerden wollte, um sich ihrem neuen Freund ungestört an den Hals werfen zu können, hatte Rüdiger zutiefst empört. Für wie doof hielt ihn sein eigenes angetrautes Weib eigentlich?

Und überhaupt könne man so eine wahnsinnig nette Einladung – immerhin hätte der gesamte Gemeinderat von Gfrettstätten persönlich unterschrieben – doch nicht einfach ausschlagen. Umso weniger, als sie der unermessliche Luxus im Fünf-Sterne-Resort keinen einzigen Cent kosten würde. Der so großzügig offerierte Aufenthalt war sozusagen der Dank der Damischtaler an ihren cleveren Kevin-Karl, durch dessen kluges Köpfchen man seinerzeit einem gefährlichen Giftmischer auf die Spur gekommen war.

Doch damit hatte Rüdiger ein ernstes Problem; natürlich nicht mit der überdurchschnittlichen Intelligenz seines Sohnes, sondern mit der Dankbarkeit der südweststeirischen Schrumpfhirne. Ihm wäre es weitaus lieber gewesen, sie hätten sich als undankbar erwiesen und nie wieder etwas von sich hören lassen. Denn dann könnte er nun beschaulich auf seiner Veranda klönen und ein kühles Helles kippen oder bei einer entspannten Radtour durchs Wuppertal gesunde Luft schnappen. Stattdessen musste er die bleihaltige Atmosphäre dieses damischen Tals ertragen. Bei ihren ersten Ferien hier waren ihm beim Waldspaziergang sogar Kugeln um die Ohren geflogen. Verglichen damit erachtete er die Abgase des Ruhrpotts als nahezu gesundheitsförderlich.

Aber nein, statt still und leise von einer endemischen Krankheit dahingerafft, von der Schweinepest ausgerottet oder von einem Meteoriten erschlagen zu werden, erfreute sich das Damischtaler Volk offensichtlich erneut guter Gesundheit und eines noch besseren Erinnerungsvermögens.

Weshalb er nun hier sitzen musste, als Ehrengast in dieser flachländischen Zauberbergimitation, wo das ständige Röcheln und Hecheln der Hunde tatsächlich an ein Sanatorium für Lungenkranke erinnerte. An eins, das nicht nur aus dem letzten Loch pfiff, sondern auch noch vorsätzlich vor die Hunde gegangen war.

Die zweibeinigen Gäste hingegen hätten eher in eine geschlossene Anstalt gepasst, allen voran sein Eheweib in ihrem nachmittäglichen Käsethekenkostüm. All die belämmerten Knallköppe – Rüdiger konnte sich nicht vorstellen, dass ein Mensch mit normaler Hirnleistung freiwillig hier verweilen würde – schienen sich durchweg für feingeistig veranlagte Übermenschen zu halten. Was für die Diskrepanz zwischen Selbst- und Fremdwahrnehmung sprach.

Er jedenfalls nahm mit zunehmender Verweildauer nur eins spürbar wahr: Was Körper und Geist hier erleiden mussten, das grenzte schlichtweg an Nötigung. Zudem wurde Hildas Erscheinungsbild von Tag zu Tag nebulöser und beeinträchtigte spürbar seine Denkfähigkeit.

Einen derartigen Anblick konnte man sich nicht einmal mehr schöntrinken, stellte Rüdiger ernüchtert fest. Selbst die viel gerühmte geschmackliche Harmonie zwischen Käse und Wein hatte sich bei ihnen mittlerweile ins Gegenteil verkehrt: Ihm lag diese Kombination schwer im Magen.

Während Rüdiger sich also durchweg betrüblichen Gedanken hingab, zupften Hildegunds Camembert-Finger unnachgiebig an seinem Hemd herum und hinterließen kleine, schmierige Streifen auf dem Stoff. »Schatz, jetzt guck doch mal!« Aufgeregt tippten die Käsestifte nun auf das Hochglanzpapier eines Prospekts. »Morgen findet in der Fellnasen-Lounge eine Waaaaaahnsinns-Phytobiodermie-Veranstaltung statt.«

Seit einigen Wochen war bei ihr alles der helle »Waaaaaahnsinn«, angefangen von der grindigen Großwetterlage bis hin zu den kleingeistigen Auswüchsen ihres derzeitigen Lieblingsgurus. Nur ihren eigenen Zustand nahm sie offensichtlich davon aus.

»Phytobiodermie«, Hilda zischte ihn an wie eine Python, während sie vorlas, »ist eine vitalisierende Kosmetik, die durch das Prinzip von Yin und Yang, mit kosmischen Farblicht-Bädern und der energetischen Fünf-Elemente-Philosophie«, sie zischte erneut, was vermutlich an ihrem Unterlippen-Piercing lag, »alle Hautprobleme beseitigt.«

Auch Rüdiger hätte derzeit ganz gern so einiges beseitigt. Sein esoterisch-eklektisches Eheweib etwa. Aber da Salzsäurebäder nicht im Ruf standen, besonders vitalisierend zu sein, zumindest nicht für den Badenden, fanden sich derartige Angebote nicht einmal hier in Gfrettgstätten, wo es doch sonst alles gab. Dabei hatten Mord und Totschlag in diesem Landstrich durchaus Tradition. Ihm persönlich schwebte eine Art Wellness für zukünftige Witwer vor, an deren befreiender Wirkung bestimmt nicht nur er sich nachhaltig erfreuen könnte.

»Jetzt hör doch mal zu, Rüdiger!« Hilda rief ihn harsch in sein ehemännliches Dasein zurück. »Die hätten hier sogar ein ayurvedisches Pretty-Women-Anti-Aging-Paket mit basischen Kartoffelwickeln. Das stell ich mir waaaaaahnsinnig toll vor. Das könnten wir doch gleich mit der Schokoladen-und-Granatapfel-Kuschelkoma-Kur verbinden, während Griselda im Doggy-Wellness-Bereich ihre Arthrose-Akupunktur erhält.«

Griselda, die akustisch hyperaktive, körperlich allerdings recht eingeschränkte Yorkshireterrier-Hündin der Schwiegermutter, lag derweil in ihrem orthopädischen Hundebett und erholte sich von den Strapazen ihrer Pfotenreflexzonenmassage, weshalb sie ausnahmsweise keinen Laut von sich gab.

Hilda hingegen plapperte ohne Punkt, Komma und Hirn munter weiter. »Wir könnten natürlich auch«, eilig bewahrte sie eine ihrer filigranen Busenpailletten vor dem Untergang in den profanen Tiefen des Teppichbodens, »die erotisierenden Zweisamkeitstage mit dermatologisch tiefenwirksamer Kernöldrainage sowie einer stimulierenden Sauerkrautmassage nehmen.«

Rüdiger konnte sich nichts weniger Erregendes vorstellen als Hilda am Hals und Sauerkraut auf der Haut. Oder umgekehrt.

Die kosmisch-kulinarischen Dimensionen der modernen Wohlfühlwelt waren eindeutig nicht nach seinem Geschmack. Und die verworrenen Vorstellungen seines Eheweibes stießen ihm sowieso sauer auf. Er konnte dem Geschwafel von ganzheitlicher Selbstfindung, das seit einem guten – für ihn allerdings eher schlechten – halben Jahr zu ihren neu erkorenen Lieblingsthemen gehörte, beim besten Willen nichts Positives abgewinnen. Warum stellte sie sich nicht einfach vor einen großen Spiegel? Das wäre zu Zwecken der Selbsterkenntnis vermutlich ebenso effizient. Und ihr kryptisches Gerede von stimulierten Chakren, kosmischen Orgasmen und sinusierten Erdschwingungen führte bei ihm nur zu Magendrücken und Mordgelüsten.

Doch es hatte wenig Sinn, gegen Hildas energetisierte Eloquenz anzureden. Derzeit kommunizierte sie bevorzugt in sphärischen Klangdimensionen, welche er genauso schlecht verstand wie das bodenständige Gebrabbel der Einheimischen. Seit Hilda sich zu Höherem berufen fühlte, scheiterten ihre Dialoge meistens am gemeinsamen geistigen Nenner, der sich immer seltener fand. Wie so vieles andere auch.

Denn während Hilda ihrem Leben in genüsslich gewellnessten Häppchen auf den faltenfreien Grund ging, wühlte Rüdiger sich durch den banalen Bodensatz der Alltagsprosaik. Woraus sich bereits in aller Herrgottsfrühe abstruse Dialoge ergaben, die dem Wort »Morgengrauen« eine gänzlich neue und doch äußerst konkrete Bedeutung verliehen.

»Hilda, hast du meine grauen Socken gesehen?«

»Weiß ich nicht, Schatz. Frag mal das Universum. Das Universum weiß alles. Und wenn du offen dafür bist, wird es dir auch antworten.«

»Hiiiilda! Hier sind drei Schubladen. Ohne graue Socken! Ich hab's eilig, Griselda muss dringend raus.«

»Schatz, das Universum lässt sich nicht drängen. Und du solltest dich nicht aufregen, das schadet deinem Karma. Außerdem bekommst du hässliche Falten davon.«

»HIIILDAAA! Die grauen Socken. Ich bitte dich.«

»Hör dir lieber das an!« Standhaft verweigerte Hildegund jegliche Mitarbeit und sah lieber nach den Sternen. »Steinbock:

Sie müssen mit Turbulenzen im Eheleben rechnen, denn derzeit steht Jupiter in einem großen Spannungswinkel zum Mars. Gönnen Sie sich eine angenehme Auszeit, um energetisch wieder auf die Beine zu kommen.« Mit diesen Worten reichte sie ihm das aufgeschlagene »Damischtaler Tagblatt«.

»Ich muss nicht energetisch auf die Beine kommen, sondern den Hund ausführen, Mensch, Hildegund.«

Aber sein Weib ließ sich kaum aus der Ruhe bringen. Hilda sah ihn nur mitleidig an und rührte nachdenklich in ihrer grünlich braunen Detox-Brühe. »Das Universum ist aufgewühlt. Daher wühlst du in deinen Kommoden. Sobald sich die Lage der Planeten etwas entspannt hat, wirst du auch deine blauen Socken wieder finden.«

»Die grauen. Ich suche meine grauen Socken.«

Seit vier Tagen, also exakt seit ihrer Ankunft im Damischtal, musste Rüdiger am Frühstückstisch derartige morgendliche Dialoge verdauen, welche in seinen Augen ähnlich zielführend waren wie drei Runden im selben Kreisverkehr. Danach hatte er zumeist kurzfristig etwas Ruhe, weil er den Hund ausführte und Hildegund zu einer ihrer unaussprechlichen Behandlungen schritt, von denen sie meist in bescheuerter Aufmachung und mit noch bescheuerteren Ideen zurückkam, die sie leider viel zu selten für sich behielt.

»Ach was, Rüdiger, nun mach doch mal vorwärts, Kuschelkoma-Kur oder vitalisierende Kosmetik, was willste nun?«, bedrängte sie ihn.

Für Rüdiger klang die Frage, als müsste er sich zwischen Guillotine und Genickschuss entscheiden. Alles, was er wollte, war, ungestört ein gutes Buch zu lesen und seine Haut vor abartigen Übergriffen und Gemüsewickeln jeglicher Art zu schützen. »Hör mal, Hilda«, er versuchte sich an einem suggestiven Lächeln, »ich fühl mich im Moment nicht so ganz wohl. Vielleicht könntest du dich einfach allein einwickeln lassen, während ich mich um Griselda kümmere und mir meine Urlaubslektüre genehmige. Und am Abend führe ich dich dann so richtig toll zum Essen aus.«

Gleich drei Dinge, die er besser nicht gesagt hätte. Unter

ihrer zentimeterdick aufgetragenen Tofu-Buttermilch-Tonerde-Trester-Packung stieg Hildegund die Zornesröte ins Gesicht, was man aufgrund des vielschichtigen Belags aber nicht sehen konnte. Doch Hilda konnte durchaus auch verbal erröten. »Rüdiger, du hast wohl 'nen Knall weg? Erstens«, der käsige Camembert-Finger wackelte in gefährlicher Nähe des teuren Weinglases herum, »haben wir heute erst mit den veganen Schnuppertagen in Kombinaischon mit dem Detox-Basenfasten angefangen, und schon willst du dir deine Wampe in einer dieser ssschweineschmalzlastigen Bauernssschenken vollstopfen.« Was wegen des Piercings an korrekter Aussprache verloren ging, schlug Hilda einfach an Lautstärke drauf. »Das kommt mal nicht in die Tüte. Zweitens solltest du dir endlich deine Bücher aus dem Kopf schlagen, die schädigen dein ohnedies schon schwächliches Yang, und drittens«, sie holte Luft, als wollte sie ihn in Richtung letztes Gericht blasen, »habe ich deine Unwohlgefühle langsam satt. Schließlich bist du keine Frau.«

Rüdiger begann, seinen rationalen Lebensentwurf in Frage zu stellen. Vielleicht war an dem karmischen Glauben doch etwas dran? Vielleicht hatte er in seiner vorigen Existenz einen Genozid zu verantworten gehabt oder zumindest drei minderjährige Hausmädchen geschwängert? Anders konnte er sich seine derzeitige Lage nicht erklären. Erschöpft griff er nach dem Weinglas, um es vor Hildas gestikulierenden Rundumschlägen in Sicherheit zu bringen. »Ich habe einen anstrengenden Beruf, Hildegund. Ich habe eine Familie zu ernähren, und ich bin nicht mehr der Jüngste«, suchte er sein Bedürfnis nach Ruhe und temporärer Strohwitwerschaft zu begründen. Aber erneut hatte er die gänzlich falschen Worte gewählt.

Jetzt kam sein Weib erst richtig in Fahrt. »Ach was, du bist nicht mehr der Jüngste. Das ist doch Kacke: Alt wirst du, schlichtweg alt. Was an und für sich nicht einmal schlimm ist, schließlich werden wir alle älter. Aber dir sieht man dein Alter auch an. Das ist das Problem.«

»Hildegund, ich sehe aus wie fünfzig, weil ich fünfzig bin.« Hoffnungsfroh schielte Rüdiger Richtung Hund. Da sprang einem der Köter ständig zwischen den Beinen herum, kläffte ohne Unterlass und wollte permanent beschäftigt sein, aber nun, wo er diese Taschenratte dringend brauchte, lag Griselda reglos in ihrem Korb und schlummerte unbewegt vor sich hin.

»Heute schaut niemand mehr so alt aus, wie er ist.« Hilda zog offenbar die Stirn in Falten, denn die Buttermilchkruste begann ihr langsam vom Gesicht zu bröseln. »Auch du könntest locker wie fünfundvierzig aussehen, wenn du mehr auf mich hören würdest.«

»Aber warum sollte ich denn aussehen wie fünfundvierzig, wenn ich doch fünfzig bin?« Eher würde das sprichwörtliche Kamel durchs Nadelöhr gehen, als dass einer von Hildas krausen Gedanken in seinem Gehirn Einlass fände, sinnierte Rüdiger.

»Weil du dich dann besser fühlen würdest, attraktiver und natürlich gesünder.«

»Ach menno, ich fühl mich weder schlecht noch krank.« Solange du mich mit deinen spatzenhirnigen Ansinnen in Ruhe lässt, fügte er in Gedanken hinzu.

Das offensichtliche Unverständnis ihres Gatten überstieg wiederum Hildas Verstand. Da mutierte er zunehmend zum visuellen wie konditionellen Problemfall und schien damit auch noch zufrieden zu sein. »Du sagtest eben selbst, dass du dich ein wenig unwohl fühlst. So wie schon gestern. Und auch vorgestern und am Tag zuvor.« Sie sah ihn an, als wäre sein Verfallsdatum bereits in bedrohliche Nähe gerückt. »Da musst du doch einfach einsehen, dass es an der Zeit für altersgerechte Adaptierungen ist.«

Allein ein derartiger Ausdruck verursachte Rüdiger erneut starke Unwohlgefühle. Zudem verstand er darunter bestenfalls Automatikgetriebe und Treppenlifte, Lesebrillen oder dritte Zähne. Möglicherweise auch noch eine jüngere Geliebte. Aber Hilda ging es um ganz andere Dinge. Dinge, die L'Odidal-Herbstzeitglanz oder Graukopf-Spätsommerbraun hießen und mit denen sie ihm schon länger an seine ergrauten Schläfen wollte, dazu Anti-Falten-Cremes, Yoga-Seminare, Walkingstöcke, Diätkost, dreimal täglich Gehirnwäsche durch irgendeine esoterische Quasselstrippe und – derzeit besonders hoch im Kurs stehend – das umfassende Angebot an all den unsinnigen Packungen, Behandlungen und Kuren des Doggy Wellness & Human Beauty Spa Resorts.

Bereits bei ihrer Ankunft hatte man ihnen huldvoll zwei in Cellophan verschweißte Wellness-Plaids mit farblich abgestimmten Kuschelsocken überreicht, die sich weder auf den ersten noch auf die folgenden zehn Blicke von gewöhnlichen Fernsehschlafdecken unterschieden. Offensichtlich handelte es sich auch bei der Gfrettgstättener Wowness-World um eine dieser ultramodernen Wohlfühleinrichtungen, in denen selbst Wärmflaschen einen klingenden Namen trugen. Doch damit nicht genug, fand Rüdiger im Badezimmer einen großen goldenen Cremetiegel mit der Aufschrift »Golden Age Perfect Hydra Nutrition Moisturizer for Men« mit Geschenkband und den besten Wünschen für einen erholsam-regenerierenden Aufenthalt. Er hatte keinen blassen Schimmer, was ein Moisturizer tat, aber er wusste mit Sicherheit, dass die Creme es nicht an ihm tun würde. Mit derart schmierigen Angelegenheiten wollte er nichts am Hut und schon gar nichts an der Haut haben. Wozu Fassadenpflege betreiben, wenn es im Fundament krachte? Das war doch alles nur ein einziger Etikettenschwindel. Nicht nur, dass einem beim Lesen der Produktbeschreibung schon ganz schwummerig wurde, nein, es wurde einem auch noch vorgeschwindelt, dass man in diesen modernen Zeiten neben seiner Familie und seinem Bauch auch noch sein Gewebe zu ernähren hatte.

Seine Gattin sah das naturgemäß anders. Sie zeigte sich waaaaaahnsinnig begeistert von ihrem Willkommensgeschenk und schmierte sich das Zeugs gleich flächendeckend ins Gesicht. »Da sind total viele wertvolle Nährstoffe, Vitamine und Antioxidantien drin«, dozierte sie und starrte hingebungsvoll auf die lange Liste mit Inhaltsstoffen, die für Rüdiger allesamt wie Zutaten eines Bausatzes für Wasserstoffbomben klangen. Seiner Ansicht nach führten Ingredienzien wie Ammonium Acryloyldimethyltaurate, Phenoxyethanol oder Propylene Glycol Dicaprate zu Risiken und Nebenwirkungen, über die einen nicht einmal mehr Arzt oder Apotheker, sondern längerfristig gesehen nur noch Schönheitschirurg oder Leichenbeschauer aufklären konnte.

Angesichts all der unverständlichen sprachlichen Anreicherungen, die mittlerweile selbst in die Kochtöpfe flossen, verging ihm ohnedies zunehmend sein gesunder Appetit. Um in dieser kuschelsüchtigen Parallelwelt noch mitreden zu können, musste man erst einmal deren kryptische Ausdrucksweise erlernen. Zudem hatten sich, zu Rüdigers allergrößtem Leidwesen, auch die Ernährungsgewohnheiten radikal verändert.

Sein geliebtes Backhendl, der einzige Lichtblick des Urlaubs, galt mittlerweile nicht nur in den tadelnden Augen Hildas, sondern selbst in der gehobenen Gastronomie nur noch als altbackene Kalorienkatastrophe für ewig Gestrige. Stattdessen standen Dinge wie pochierte Wachteleier im Steinsalzmantel oder kross angebratene Flugentenbrust an Zitronengras-Chutney mit sautiertem Pastinaken-Curry auf der Karte. Sogar Rüdigers ebenso innig geliebter Schweinsbraten war vielerorts zum hausgemachten Confit der handgestreichelten Wollsau mutiert. Er hatte diese komplexen Kochtrends, bei denen die Substanz durch Dekoration wettgemacht wurde, jedenfalls so was von satt.

Egal, ob profane Hausfrauen oder heiliggesprochene Sterneköche am kulinarischen Werk waren, sie alle hatten im vereinten Kampf gegen freie Radikale, überflüssige Pfunde und negative Schwingungen eine beachtliche Meisterschaft in der Kunst entwickelt, köstliche Kalorien durch üppige Worte zu ersetzen. Aus nichtssagenden Zutaten wurde sozusagen ein sättigender Ohrenschmaus geschaffen, bei dessen Konsum der Magen größtenteils leer blieb, während der Kopf sich mit unnützem Wissen füllte.

Auch der exklusive Wowness-Schuppen mit seiner gesunden Gourmetküche für Zwei- und Vierbeiner stellte da leider keine Ausnahme dar. Man ließ Rüdiger zwar die Wahl zwischen vegan, laktosefrei, Detox, Trennkost, Metabolic Balance, Ayurveda und einer Kur nach F. X. Mayr, aber zwischen Backhendl und Schweinsbraten durfte er nicht entscheiden.

Ein kulinarisches Dilemma, angesichts dessen Rüdiger auch verstand, warum er in den hehren Gourmethallen bislang keine einheimischen Gäste zu Gesicht bekommen hatte. Die saßen vermutlich allesamt beim Kirchenwirt und schlugen sich die Bäuche genüsslich mit Breinwurst, Kübelfleisch und Käferbohnensalat voll. Beinahe beneidete er diese Dumpfbacken um deren zügellose Essgewohnheiten. Denen ging das böse Cholesterin bestimmt am dicken Arsch vorbei. Wobei er sowieso der Ansicht war, dass die echte Problemzone heutzutage der Kopf und nicht der Hintern war. Leider teilte sein in solchen Belangen äußerst meinungsstabiles Eheweib diese Ansicht nicht. Ganz im Gegenteil.

Nachdem sie sich endlich von ihrer Buttermilchschicht befreit hatte, ging es Rüdiger rabiat an den Kragen. »Entweder muss ich dich bald unter Denkmalschutz stellen, oder du beginnst ernsthaft mit ein paar Renovierungsarbeiten, mein Schatz.« Dabei tätschelte Hilda seine Hand und lächelte ihm aufmunternd zu, als wäre er ein Kind, dem vor dem ersten Zahnarztbesuch graute. »Am wichtigsten ist natürlich gesunde Ernährung, damit deine Zellen regenerieren und das Körperfett schmilzt. Danach werden wir deinem Haar zu neuem Glanz verhelfen und das fehlende Yang durch energetisierende Übungen anregen.«

Rüdiger hingegen erwog kurz, stattdessen Hildas Denkvermögen durch ein paar gezielte Schläge aufs Hinterhaupt anzuregen, aber vor den juristischen Konsequenzen schreckte er dann doch zurück. Zudem hatte er keine Bratpfanne zur Hand, sondern allein ein leeres Weinglas sowie eine asiatisch anmutende Schale, in der ihnen der perfekt geschulte Zimmerservice kurz zuvor ihre nachmittägliche Miso-Suppe serviert hatte. Mit Astragalus, Ginseng und Koriander, gut für das Herzensfeuer und das Nieren-Yin, so stand es jedenfalls auf der beiliegenden Serviette.

Was sollte er mit so einer grünstichigen Plörre?, fragte Rüdiger sich. Er hatte es nicht mit Leber oder Nieren, sondern mit den Nerven. Und daran war kein spärliches Feuer im Herzen schuld, sondern die Sparflamme am Esstisch. Bei einem derart eklatanten Mangel an verwertbaren Inhaltsstoffen, worunter die Speisen ebenso litten wie Hildas Monologe, würde er bald freiwillig den Löffel abgeben.

Allein die Miso-Brühe sah aus wie pürierter Kompost und schmeckte wie pürierter Kompost. Ein Festtagsmahl für jeden Regenwurm. Aber noch hatte Rüdiger nicht vor, deshalb ins Gras zu beißen. »Hör mal, Hildegund«, mit diplomatischer Bedachtsamkeit setzte er zu einem Plädoyer für Eisbein und Co. an, »dieses Zeug ist sicher ausgesprochen gesund, aber nicht sonderlich nahrhaft. Wir Männer allerdings brauchen eine vollwertige Ernährung, viel Eiweiß und vor allem, das ist evolutionär bedingt, ausreichend Fleisch, am besten mit leckeren Klößen, und dazu ein kühles Pils. Nicht diese minimalistischen Variationen in Blassgrün. Davon wird ja nicht einmal das Auge satt, geschweige denn ein ausgewachsener Mann. Zudem schadet eine allzu kalorisch reduzierte Küche der Gehirnleistung.« Wofür du das beste Beispiel bist, dachte er als Nachsatz dazu.

»Tatsächlich?« Aufmunternd zwackte Hilda ihm in die Wange. »Mein armes Männlein, du verstehst das einfach nicht. Dir fehlt noch die Reife, um dein wahres mantrisches Bewusstsein zu erkennen.«

Auf derartige Erkenntnisprozesse konnte Rüdiger allerdings gut und gern noch drei weitere Reinkarnationszyklen verzichten.

»Weißt du, im Leben geht es nicht darum, Fettzellen zu mästen, sondern kosmische Energien zu sammeln«, fuhr Hilda fort. »Und dafür brauchst du weder Messer noch Gabel, sondern ausschließlich harmonisierende Substanzen.«

Rüdiger fand, dass Schweinsbraten und Klöße zwei Substanzen waren, die ausgesprochen gut miteinander harmonierten, aber das behielt er gleichfalls für sich. Ihm fehlte zunehmend die Energie für einen Ehekrach.

Nicht so Hilda. Was ihr am Herzen lag, drang umgehend und mitleidslos an sein Ohr. »Rüdiger«, die Vokale schrammten gefährlich nahe an seinem müden Haupt vorbei, »Rüdiger, komm her. Ich erklär dir das jetzt.«

Zwar wollte er weder kommen noch aufgeklärt werden, aber Hilda zog ihn bereits entschlossen mit sich. Mit ihren für das schwache Geschlecht erstaunlich kräftigen Armen zog sie ihn resolut vom Sofa hoch.

Als sie auf dem Ehebett landeten, fehlten ihm die Worte.

Als sie ihn in die Horizontale kippte, stockte ihm der Atem.

Als sein Weib ihm zu schlechter Letzt auch noch an die Wäsche ging, erstarrte er, wenngleich nur innerlich.

Sie hingegen flötete: »Entspann dich doch, Schatz«, und begann, seltsam brummige Töne von sich zu geben. »Ommmmmmm.« Anschließend gurrte sie ihm irgendetwas über Nabel- und Milzchakra vor, während ihre Finger seinen Nabelbereich massierten.

Rüdiger fiel zusehends in sich zusammen. Ihn gelüstete es nach Schweinebauch, nicht nach Bauchschweinereien. Aber es kam noch schlimmer.

»Und nun wollen wir mal sehen, wie es um dein Wurzelenergie-Chakra bestellt ist«, befand Hilda und nahm Dinge in den Mund, dass es Rüdiger vor Entsetzen die Haare aufstellte.

Allerdings nur die. Seine Anteilnahme hätte ätherischer nicht sein können. Er fragte sich ernsthaft, ob es wohl am pürierten Kompostsüppchen lag, dass er sich mit einem Mal wie ein winzig kleiner Regenwurm vorkam.

Was auch seinem Widerpart nicht entging.

Nach einer Zeitspanne, die ihm so lang und grausam wie der Untergang des Römischen Reichs vorkam, nahm Hilda endlich wieder Worte in den Mund. Doch auch die versprachen wenig Gutes. Die Rede kam auf kosmische Orgasmen, universelle Bewusstseinsebenen, polarisierte Verschmelzungen und spiritualisierte Erotik.

Rüdiger dröhnte der Kopf, während sein Magen leise knurrte. Das mit der Fleischeslust hatte sein Weib wohl ziemlich missverstanden. Ihm stand weder der Sinn noch Sonstiges nach erotisch-esoterischen Höhenflügen, ihn verlangte es allein nach kulinarisch-kalorischer Bodenständigkeit, idealerweise nicht in der Gesellschaft seiner Ehefrau. Die lag derzeit ohnedies in ziemlich allem falsch, bemängelte Rüdiger. Nicht nur im Ehebett, sondern auch in ihrem Bemühen, seiner erschlafften Lust durch wegweisende Wellness-Behandlungen auf die Sprünge zu helfen.

Rüdiger jedenfalls schmerzte mittlerweile der Kopf, während sich in seiner Leistengegend ein angenehmes Taubheitsgefühl breitgemacht machte. Wieder einmal dachte er, dass Hilda das Zeug zu einer politischen Karriere hatte. Sie konnte stundenlang reden, ohne etwas zu sagen, sie konnte sich Ewigkeiten in irgendeine sinnlose Beschäftigung vertiefen, ohne je ein Ergebnis zu erzielen, und sie besaß das beachtliche Talent, einem jedes einzelne Wort so lange im Mund umzudrehen, bis man selbst nicht mehr wusste, was man eigentlich hatte sagen wollen. Doch weil Hildegund nicht das geringste Interesse an politischen Gebilden zeigte, hatte er sie weiterhin im Haus beziehungsweise am Hals.

Insofern kam ihm der Köter seiner Schwiegermutter sogar gelegen. Durch ihn fand er immer wieder plausible Gründe, sich dem gut gemeinten Zugriff seiner Gattin zumindest zeitweise zu entziehen. So befand er auch nun, dass der einzig gangbare Weg aus der beziehungskritischen Misere der Weg nach draußen war.

Entschlossen setzte er sich auf, entstieg dem Bett, legte Griselda die Leine an und zog das verschlafene Tier auf dessen kurze Beinchen. Dann wandte er sich grußlos zum Gehen.

»Rüdiger, so warte doch, ich zieh mir nur schnell was Passendes für die Aquafit-Amphibien-Gymnastik an, dann komme ich mit.« Hektisch riss Hilda den Kleiderschrank auf und kippte dessen gesamten Inhalt auf den flauschigen Teppichboden. Nie wusste sie, was sie zum Ausziehen anziehen sollte. Immerhin war man bei den meisten Behandlungen und Kuren ja ohnedies nackt. Aber für die weibliche Psyche machte es womöglich einen gewaltigen Unterschied, ob man sich aus einem bordeauxfarbenen Bademantel schälte oder einer zinnoberroten Wohlfühljacke entstieg.

Rüdiger fielen derart feine Nuancen nicht einmal mehr auf, da er bei Hilda generell rotsah.

Die hatte ihre Suche inzwischen beendet und schlappte in einem rosigen Plüschkleid und Flip-Flops neben ihm her. »Rüdiger, bitte vergiss nicht, dass du vor dem Abendessen zur ayurvedischen Senfkornmassage angemeldet bist und Griselda ihre Goldstaubinjektion bekommt«, herrschte sie ihn noch an. Dann drückte sie ihm einen harschen Kuss auf die Wange und eilte in Richtung Lagunenlandschaft davon. »Ach ja, und weil du dich ja nie entscheiden kannst, merke ich uns dann mal für die Kuschelkoma-Kur mit Faserschmeichler-Peeling vor!«, rief sie ihm noch nach, ohne sich auch nur umzudrehen. Dann verschwand sie hinter den riesigen Topfpflanzen.

Rüdiger hingegen, dessen Nerven nicht einmal mehr die

allgegenwärtige Klangschalen-Kakophonie ertrugen, welche in jedem einzelnen Gang widerhallte, zerrte den kleinen Hund im Laufschritt nach draußen. Griselda blieb vor lauter Hecheln nicht einmal genügend Puste, um lautstark ihren Protest zu kläffen.

In einem Bächlein helle ...

Panisch stoben die Forellen davon, als die langbeinige Leiche ins Wasser plumpste. Der Unterkofler Poldl hingegen stand reglos am Ufer und klappte den Mund auf und zu, während er mit weit aufgerissenen Augen zusah, wie die Tote langsam zu Boden sank.

Er war sich der Tragweite des Geschehens durchaus bewusst, fand aber keinerlei Worte, um dieses epochale Ereignis entsprechend zu kommentieren. Über Vaterschaftsstreitereien in der Schweinezucht oder Wildfraß im Kukuruzfeld, da wusste er so einiges zu sagen, aber im Privatbereich seines Lebens machte er schon seit Jahrzehnten von seinem Schweigerecht Gebrauch. Seiner Ansicht nach waren persönliche Befindlichkeiten ein reines Frauenthema, weshalb es nur logisch war, dass Walpurga bei derartigem Weiberkram den Ton angab, während er zu den verbalen Emotionsminimalisten zählte. Bislang hatten ihm Stöhnen, Seufzen und Augenschließen genügt, um seinen jeweiligen Gemütszustand mitzuteilen. Doch angesichts der Tatsache, dass er gerade zusehen musste, wie seine fleischgewordene Masturbationsvorlage den Bach runterging, um ihn von einem Mordverdacht reinzuwaschen, verspürte selbst Poldl das Bedürfnis, seinen multiplen Verlustgefühlen hörbaren Ausdruck zu verleihen. Also seufzte er besonders tief, stöhnte gleich dreimal bedrohlich auf und setzte zudem nach: »Echt schad um die Puppn.« Als fulminanten Schlussakkord seiner Trauerrede zog er lautstark schniefend die Nase hoch und schluckte seine Tränen hinunter.

Dennoch blieb er mit seinem Kummer allein, weil der Pimmelmoser, auf dessen Grund und Boden die schöne Leich zur vorletzten Ruhe gebettet worden war, vor Freude über den erstaunlich reibungslosen Ablauf dieser Problemstoffentsorgungsaktion laut jubilierte. »Hiatzt samma s' endlich los«, strahlte er den Poldl an und schlug ihm so hart auf den Rücken, dass dem alten Mann erneut die Tränen in die Augen schossen – diesmal vor körperlichem Schmerz. Dann griff Paul beschwingt nach dem toten Mops, um auch das geschundene Tier endgültig den Fluten zu übergeben. Den Vorwaschgang in Poldls Regenwassertonne hatte der kleine Hund ja bereits hinter sich.

***

Die Sonne schien, die Vögel zwitscherten, die Damisch plätscherte sanft vor sich hin, und kein störender Laut drang an Rüdigers geplagte Ohren. Selbst Griselda hielt ausnahmsweise ihre kleine rosige Hundeschnauze und schnüffelte stattdessen begeistert an jedem zweiten Grashalm. Das Tal hatte durchaus seine Reize, sofern man ungestört auf Gottes weiter Flur verweilen konnte, musste der Deutsche sich widerwillig eingestehen. Vor ihm lagen unberührte Streuobstwiesen, hinter ihm erhob sich der idyllische Märtyrermugl und dort, wo das Grenzland zu Slowenien begann, zierten Klapotetze, Weingärten und Kirchtürme die beschauliche Landschaft. Dazwischen mäanderte die Damisch dahin, gesäumt von schattenspendenden Bäumen und wild wuchernden Brombeerhecken.

Genau dorthin zog es Rüdiger Bartenstein, wenngleich weniger aus landschaftlichen denn aus strategischen Gründen. Direkt am Wasser wähnte er sich vor unliebsamen Begegnungen jeglicher Art am sichersten. Die grenzdebilen wie gemeingefährlichen Einheimischen sollten sich zur späten Nachmittagszeit ja entweder im Wirtshaus oder auf ihren Äckern herumtreiben, und die in seinen Augen gleichfalls grenzdebilen, wenngleich zumindest harmlosen Gäste des Hundehotels schnauften um diese Zeit zumeist den anstrengenden Agility-Parcours zur Klachlkapelle rauf. Schlimmstenfalls würde er am Flussufer also auf blutrünstige Insekten stoßen, und die schienen ihm im Vergleich zu Ersteren das geringere Übel zu sein.

In trauter Zweisamkeit näherten Hund und Herrl sich dem Bach. Der kleine Terrier mit der großen Schleife auf dem Kopf sprang lustig herum und schnappte nach Schmetterlingen, während Rüdiger sich die Frage nach dem Sinn eines langjährigen Ehelebens stellte. Schon bald waren sie am lauschigen Ufer der Damisch angelangt. Träge strömte das Wasser gen Süden, irgendwo quakte ein Frosch, und der beziehungsmüde Gatte sann über den

Zeitpunkt nach, an dem seine Frau begonnen hatte, ihm mit ihrer gut gemeinten Erbarmungslosigkeit zu begegnen, als Griselda in einer Tonlage zu kläffen begann, die jeden Blechtrommler auf die Plätze verwiesen hätte. Mit erhobener Vorderpfote und wildem Blick – aber vielleicht trug sie den ja immer zur Schau, Rüdiger hatte ihr nie zuvor bewusst in die Augen gesehen – stand Griselda am abschüssigen Ufer und bellte ihn in den Wahnsinn. Das Lungenvolumen der kleinen Töle schien umgekehrt proportional zu ihrer Körpergröße zu sein.

Rüdiger musste das Tier zum Schweigen bringen, bevor er einen Hörsturz erlitt. »Aus! Sitz! Schweig! Platz! Klappe! Fresse! Ich bring dich um, du verdammtes Biest!«

Doch Griselda keifte ungebremst weiter. Wie seine Frau. Der Drang zum Dauerton lag den Weibern offenbar in den Genen, dachte Rüdiger missmutig. Und so wenig es ihm daheim gelang, seine Gattin lautlos zu stellen, so wenig schaffte er es jetzt mit dem Vieh. Als hundesittende Urlaubsvertretung hatte er nie eine Hundeschule besucht und der Hund bestimmt auch nicht. Für so konsequent hielt er seine Schwiegermutter nicht. Wenn dieses Untier wenigstens einen Ausschaltknopf hätte.

Als letzter Ausweg blieb ihm nur noch der Richtung Wasser, wo er dem Krawall durch zielgerichtete Handgreiflichkeiten ein Ende setzen wollte. Vorsichtig stieg Rüdiger die Böschung zur Damisch hinab, vorsichtig bückte er sich nach der vierbeinigen Lärmquelle und ergriff diese – etwas weniger vorsichtig – am Genick, als er sie sah. Zwei überirdisch lange, nackte Beine, die sich im leichten Wellengang auf- und abbewegten.

»Mannomann!« Unsanft ließ Rüdiger den Hund fallen, der dieses unfaire Verhalten mit erneutem Gekläffe quittierte. Doch nun ging Rüdiger der Krawall nicht einmal auf den Geist, denn der war durch diesen unglaublichen Anblick vorübergehend außer Betrieb.

»Mannomann.« Rüdiger begann zu schwitzen, obwohl er im Schatten der Erlen und Weiden stand. Die Waden der Gestrandeten sahen einfach zu herzerwärmend appetitlich aus. Einfach zum Reinbeißen.

Und genau das versuchte Griselda jetzt auch.

Entsetzt stakste Rüdiger ins Wasser und griff ein weiteres Mal nach dem Hund. Das dumme Tier hatte den Unterschied zwischen einem Kauknochen und einer Damenwade offensichtlich noch nicht kapiert. Beruhigenderweise waren selbst aus nächster Nähe keine Bissspuren zu sehen, vermutlich hatte Griselda das Bein erst einem Geschmackstest mit der Zunge unterzogen. Dennoch konnte man ein derartiges Verhalten nicht einfach durchgehen lassen. Gerade wollte Rüdiger dem ungezogenen Terrier einen ordentlichen Klaps auf den Hintern geben, als sein Gehirn den Dienst wieder aufnahm. Und zwar so angestrengt, dass ihm umgehend ein schrecklicher Gedanke kam. So schrecklich, dass er den Hund zum zweiten Mal fallen ließ.

Dass eine hübsche Frau in der Damisch naturnahe Badefreuden suchen ging, konnte er sich durchaus vorstellen. Dass man im hundefreundlichsten Ort des Landes einen kläffenden Köter erst einmal ignorierte, fand er auch nicht sonderlich seltsam. Aber dass man ruhig liegen blieb und sich von so einer Töle auch noch abschlecken ließ, das schien Rüdiger sogar für Damischtaler Verhältnisse äußerst unwahrscheinlich.

Denn selbst wenn das hiesige Volk den Intelligenzquotienten eines Schafwollpullovers aufwies, sollte es dennoch so etwas wie Schmerzempfinden besitzen. Dem derzeit grassierenden pseudoliterarischen Masochismustrend à la »Shades of Grey« frönten die Damischtaler bestimmt nicht. Fremdverstümmelung war da schon eher deren Domäne. Und das Maul rissen sie ohnehin stets weiter auf als nötig. Die stillschweigende Duldung eines hündischen Beißversuchs war also mehr als suspekt. Als aufrechter Bürger war es seine Pflicht, der Sache nachzugehen. »Hallo? Ist da jemand?«

Doch außer einer fetten Kröte, die wie auf Zuruf aus dem Wasser kroch, bewegte sich nichts. Zumindest kein weibliches Bein.

Genau das hatte Rüdiger befürchtet. Die Frau war verletzt, möglicherweise mit dem Kopf auf einen Stein gefallen, vielleicht hatte sie auch nur einen Sonnenstich mitsamt temporärem Ohnmachtsanfall erlitten. Im Wasser konnten derartige Unpässlichkeiten einen rasch das Leben kosten.

Behände, wenngleich nicht beherzt, betrat er das Bachbett und zwängte sich durch das dornige Gestrüpp, bis er auf den Oberkörper der Dame stieß. Sie lag auf dem Rücken, mit dem Hinterkopf im Wasser und weit aufgerissenen Augen, an ihrem linken Ohr knabberte ein Fisch, und ein paar bläulich schimmernde Libellen umschwirrten ihr blondes Haar. Am auffälligsten aber war der rotbraune Streifen, der um ihren ganzen Hals zu verlaufen schien.

Mehr brauchte Rüdiger nicht zu sehen. Er machte kehrt, nahm den Hund auf den Arm und rannte los.

Kurz vor der Weggabelung, dort, wo das kleine Marterl mit der wurmstichigen Statue der Muttergottes stand und der Feldweg zum Sterzkogel abbog, erblickte er Hermine Holzapfel. Die Obfrau der katholischen Kernölkoalition und Vorsitzende des örtlichen Friedhofsblumenvereins war gerade damit beschäftigt, die florale Dekoration der Schrumpfkapelle aufzuhübschen, indem sie der Madonna ein Bündel blühendes Grünzeug in den Arm zu legen versuchte.

Kaum hatte Rüdiger die ältliche Anstandsdame der Gemeinde, deren penetrante Bigotterie ihm seit seinem letzten Aufenthalt hier in unguter Erinnerung war, erblickt, schrie er sie an: »Flehen Sie zu Gott um Beistand, in Ihrem damischen Bach liegt eine Leiche!«

***

A so a depperte Bagage, solln sie doch hamdrahn, dei elendigen Sumpfwachteln mitsamt ihre Schasdackln, dachte der Mostburger Bartl bei sich und sandte ein Stoßgebet zur Hölle.

Der Fleischer von Gfrettgstätten wollte nur still und leise am Ufer der Damisch sitzen und in Ruhe ein paar fette Fische an Land ziehen. Seit seinem Gefängnisaufenthalt wegen falsch deklarierter und preismäßig aufpolierter Schweinshaxn hatte er seine Liebe zu Freizeitbeschäftigungen in freier Natur entdeckt. Und weil man ihm bei seinem Schlachthandwerk seit seinem saumäßigen Etikettenschwindel sehr genau auf die Schweinsklauen sah, beförderte er nun zur Entspannung lieber Forellen, Saiblinge und Schleien über den Jordan. Was aber zunehmend schwieriger wurde, seit die Wauness-Welt ihre Pforten geöffnet hatte. Tag und Nacht stapften Heerscharen an hochmotivierten Hundehaltern übers Land, zogen ihre übergewichtigen Vierbeiner hinter sich her und benahmen sich so, als wäre das gesamte Damischtal eine einzige Spielwiese für verzogene Köter. Damit nicht genug, traten nicht nur die Tiere, sondern auch die Hundehalter bevorzugt in lärmenden Rudeln auf. Hatschen und Ratschen war offenbar das Einzige, was solche Großstadttrampel konnten. Am liebsten hätte der Bartl die gesamte Brut verwurschtet und seinen Säuen zum Fraß vorgeworfen. Aber das war natürlich nur ein Wunschtraum.

Während der Fleischer noch seinen mörderischen Gedanken nachhing, schwollen die Stimmen der Doggywalking-Gruppe immer mehr an.

»Also, du musst unbedingt mal das Unterwasserlaufband versuchen, das wirkt Wunder bei so einer Hüftgelenksarthrose!«

»Sag, ist der Neue vom Herwig jetzt eigentlich ein Viszla oder ein Ridgeback?«

»Der Waldemar ist doch tatsächlich allergisch auf Rinderpansen.«

»Kira, such das Stöckli!«

Bestens gelaunt marschierte die Horde voran und machte direkt vor Bartl halt. »Herrliches Angelwetter heute, gell?«, meinte eine aufgeplusterte Brünette und sah ihn strahlend an.

»Und? Beißen sie wohl ordentlich?«, wollte eine andere wissen, die schnaufte und schwitzte, als hätte sie soeben den Mount Everest bestiegen.

Bartl stand kurz vor einer Implosion. Er war auf Bewährung frei und durfte sich keinen noch so kleinen Fehltritt leisten. Nicht einmal einen gegen das Schienbein von so einem Trampel. Der Hundezirkus schien eindeutig in weiblicher Hand zu sein. Männer sah er nur selten durch die Botanik latschen. Und wenn, dann meist im Schlepptau ihrer Ehegattinnen.

Der Fleischer empfand diese massive weibliche Präsenz als nahezu bedrohlich. Da standen fünf Frauen flächendeckend um ihn herum und starrten ihn mit geballter Aufdringlichkeit an.

Wie trauerte er den Zeiten nach, als die Weiber noch in der Küche am Herd und die Hunde an der Kette im Hof zu finden waren. Aber dank moderner Gefriertechnik und ebensolcher Tierschutzgesetze hatte sich alles zum Schlechten gewandt. »Schleichts eich doch, narrische Funzn, weg mit eich«, brummte er schließlich und kramte entnervt nach seinen Zigaretten.

Für Bartls Verhältnisse war eine derartige Formulierung bereits im Bereich ausgesuchter Freundlichkeit anzusiedeln, aber das wussten die Fraulis natürlich nicht. Empört riefen sie ihre Waldis, Wuffis und Bellos zu sich und wanderten weiter. »So a Ungustl«, bemerkte die aufgeplusterte Brünette noch, dann verschwand auch sie um die Ecke.

Bartl suchte erneut, zu innerer Ruhe zu finden, indem er den Zigarettenrauch in großen Kringeln in die Luft blies, sich hingebungsvoll die große linke Zehe kratzte und in Gedanken mit einer Planierraupe Amok fuhr.

Endlich hatte er sich so weit beruhigt, dass er wieder ans Fischen denken konnte. Kunstvoll befestigte er einen neuen Mehlwurm an der Angel, schlüpfte in seine Plastikpatschen und warf die Rute aus. Eine Zeit lang passierte erst einmal gar nichts, aber dann alles auf einmal.

Ein Fisch hatte angebissen! Aufgeregt rollte Bartl die Leine auf, doch die musste sich irgendwo verhakt haben. Er konnte sich kaum vorstellen, mit einem Mehlwurm einen zehn Kilogramm schweren Hecht geködert zu haben. Vermutlich hatte die dünne Schnur sich um ein Holzstück gelegt. Der Fleischer zog und zog, aber etwas leistete vehementen Widerstand. Damit ihm die Schnur nicht noch riss und seine Beute auf Nimmerwiedersehen abtauchte, beschloss er, selbst ins Wasser zu stiefeln, um der Sache auf den schlammigen Grund zu gehen. Die Damisch war ja nicht sonderlich tief.

Schon bald hatte er die Stelle gefunden, an der es klemmte. Augenscheinlich hatte sich die Angelschnur im Treibholz verfangen. Bartl krempelte die Ärmel auf, trug die angeschwemmten Bretter und Äste ab und zog erneut an der Leine. Endlich gab die sich einen Ruck, und seine Beute trieb beschwingt nach oben.

»Mariaundjosef, i werd narrisch.« Mit weit aufgerissenen

Augen starrte der Mostburger Bartl auf den toten Mops, der an seinem Haken hing.

Das war jetzt eine richtig hundsgemeine Situation, in die ihn dieser verreckte Köter gebracht hatte. Wo doch gerade er sich in den letzten Jahrzehnten sehr um einen schlechten Ruf als notorischer Haustierhasser verdient gemacht hatte. Seinen Beteuerungen, dem Viech keinesfalls an den fetten Hals gegangen zu sein, würde kaum jemand Glauben schenken. Und da Hunde ja bekanntlich gut schwimmen konnten, war der Mops garantiert nicht freiwillig aus seinem Hundeleben geschieden. Das war selbst dem Fleischer klar. Zudem hatte sich der Angelhaken tief ins linke Schlappohr gebohrt und dort einen deutlich sichtbaren Riss hinterlassen, was gleichfalls auf sein Verschulden wies. Am besten, er ließ das Tier spur- wie rückstandslos verschwinden, ganz nach seinem bevorzugten Leitsatz: Was der Pöbel net weiß, macht die Polypen nicht heiß. Das hatte er mal im deutschen Fernsehen gehört, klang gut und traf auch auf einheimische Verhältnisse zu.

Zum wiederholten Male verfluchte Bartl also sein Schicksal. Dieser Tag hatte ihm mittlerweile eine Familienpackung an – seiner Ansicht nach – völlig unverdientem Petri Unheil beschert. Eindeutig zu viel für einen eingeschworenen Einzelgänger wie ihn. Dabei war es erst früher Nachmittag. Das Leben konnte so ungerecht sein. Da gab es Vogelgrippe, Rinderwahn und Schweinepest, allesamt zum Schaden der Nutztierhalter, aber eine Unnutztierseuche war zu seinem Leidwesen bislang noch nie ausgebrochen.

Wenigstens hatte er als erfahrener Fleischermeister keinerlei Berührungsängste mit organischen Ablebensformen. Rasch packte er den mopsetoten Hund in seine Regenjacke und verstaute ihn unter dem Traktorsitz. Es würde ihm schon noch einfallen, wie er diesem Kleinviech zur Wiedergeburt als Bio-Dünger verhelfen konnte.

Die Angst vorm schwarzen Mann

Entnervt biss Balthasar Schragl in sein fettes Verhackertbrot. Es gehörte zwar durchaus zum viel gerühmten steirischen Brauch, während der Gemeinderatssitzung den Mund zu voll zu nehmen, aber an kulinarische Ingredienzen hatte man dabei vermutlich nicht gedacht. Was dem leidgeprüften Fremdenverkehrsobmann und langjährigen Bürgermeisteraspiranten von Plutzenberg jedoch schlichtweg egal war. Wenn er seine Zähne jetzt nicht in das Bauernbrot schlug, würde er stattdessen einigen der versammelten Gemeinderäten an die Gurgel gehen. Eine derartig geballte Ignoranz war ja nahezu meldepflichtig. Würde man hier und heute die Deppensteuer einführen, wäre das Dorf garantiert mit einem Schlag aus den tiefroten Zahlen. Aber so, wie es aussah, stand ihm noch ein schweres Stück Überzeugungsarbeit bevor, denn den meisten der Anwesenden lagen betriebswirtschaftliche Belange ferner als die Andromedagalaxie. Womit Schragl durchaus gerechnet hatte.

Nicht gerechnet hatte er allerdings mit deren kategorischer Weigerung, auf noch so verlockende Annäherungsversuche einzugehen. Diesen hinterwäldlerischen Realitätsverweigerern schien das Gemein- beziehungsweise Gemeindewohl total an ihren fetten Ärschen vorbeizugehen, obwohl die Haushaltskasse von Plutzenberg kurz vor dem Hungertod stand. Doch er würde nicht von seinem Plan ablassen. Und schon gar keine halbherzigen Kompromisse akzeptieren. Immerhin hatte ihn die politische Oberliga bereits seiner jahrelang innigst gehegten Hoffnung auf den Posten des Bürgermeisters beraubt, weil die parlamentarischen Gfraster ihnen die Gemeindezusammenlegung mit dem Nachbarkaff Gfrettgstätten aufgezwungen hatten. Und dort gab es bereits einen Bürgermeister, der das Amt vermutlich erst am Tage seiner eigenen Beerdigung abgeben würde. Es sei denn, Gfrettgstätten würde seine wirtschaftliche Vormachtstellung zur Gänze verlieren und auch in finanzieller Hinsicht vor die Hunde gehen. Dank der Wauness-Welt hatte der verhasste Nachbarort der flächendeckend grassierenden Damischtaler Touristenflaute ja binnen kürzester Zeit ein Ende bereitet und sich in ein blühendes – und vor allem bellendes – Mekka für Hundeliebhaber verwandelt. Während Plutzenberg nicht einmal mehr über genügend Gelder verfügte, um den alljährlichen Fotzhoblwettbewerb in gebührendem Ambiente auszurichten.

Doch dieser Misere würde er, Balthasar Schragl, nun ein Ende bereiten. Sein Plan war bis zu den Fußnoten ausgereift, er bedurfte nur noch der mehrheitlichen Zustimmung der Ratsmitglieder. Und um das zu erreichen, würde er ihnen so lange das Trommelfell massieren, bis sie keine andere Wahl hatten, als die Genialität und Gewinnaussicht seiner Strategie einzusehen. Und wenn er bis Weihnachten hier sitzen und sich den Mund faserig reden musste. Zur Stärkung von Nerven und Stimmbändern gönnte er sich rasch einen ordentlichen Schluck Schilcher, dann griff er kampfeslustig zum Mikrofon.

»Liebe Gemeindemitglieder und Gemeindemitgliederinnen«, hob er an und verfluchte diese neumodische Sitte, wegen der man die Weiber nicht einmal mehr gebührend ignorieren durfte. Sie redeten einen im privaten Bereich doch eh schon an den Rand eines Nervenzusammenbruchs, warum konnte man sie nicht wenigstens in der Politik mundtot machen? »Wir haben uns heute und hier nicht versammelt, um eine Trauerrede auf den Untergang unserer schönen Gemeinde zu verfassen. Ganz im Gegenteil. Wir sind hier, um Plutzenberg zu einer soliden und finanzkräftigen Wiedergeburt zu verhelfen. Und jeder Einzelne – natürlich auch jede Einzelne – ist heute und hier moralisch verpflichtet, dabei als Geburtshelfer zu fungieren.«

»Des is ja a Weiberangelegenheit, so a Hebammentschop!«, rief irgendjemand von den hinteren Plätzen dazwischen und erzielte damit einen beträchtlichen Lacherfolg.

Schragl, der als Träger des goldenen Verdienstabzeichens der heimischen Blasmusik über einen sehr langen Atem sowie ein ausgesprochen geübtes Gehör verfügte, hatte den Scherzbold allerdings umgehend anhand dessen Stimme ausgemacht. »Da schau her. Der Herr Gemeinderat Popotschnig«, Schragl wusste genau, dass der Genannte Pototschnig hieß, aber mit der vorsätzlichen Namensverstümmelung hatte er die Lacher jetzt auf seiner Seite, »ist wieder von seinem Wachkoma genesen. Das freut mich jetzt wirklich. Vielleicht möcht er aber seinem Gehirn auch noch zu einer Auferstehung verhelfen, bevor er sich erneut zu Wort meldet? Weil nur zwischen die Füß zu denken, das führt leider in den allerseltensten Fällen zu einer Konsolidierung des Haushaltsbudgets. Außer«, Schragl setzte zu einem seiner fulminanten rhetorischen Todesstöße an, »der Herr Popotschnig ist inzwischen zum Zuchtbullen mutiert.« Schragl räusperte sich kurz und sehr bühnenwirksam. »In dem Fall möchte ich natürlich ganz, ganz herzlich zum jahrzehntelang vergeblich ersehnten Nachwuchs gratulieren.«

Das hatte gesessen. Da allgemein bekannt war, dass der Pototschnig Hugo seit Ewigkeiten auf einen Stammeshalter hoffte, seine mittlerweile dritte Ehe aber nach wie vor kinderlos war, zog der Zwischenrufer beschämt seinen hochroten Kopf ein, und der Fremdenverkehrsobmann konnte mit seiner Standpunktpauke fortfahren.

»Fakt ist, dass unsere schöne Gemeinde nicht nur im tiefsten Schatten von Gfrettgstätten steht, Fakt ist auch, dass wir, sofern sich unsere Lage durch keinen himmlischen Geldregen ändert, kurz vor dem Konkurs stehen. Mit einfacheren Worten ausgedrückt: Der Pleitegeier ist bereits im Landeanflug.«

Der Rechnungsprüfer, dem Balthasar Schragl nicht nur die Zahlen und Kostenstellen des Plutzenberger Gemeindebudgets, sondern auch ein paar Kisten besten Weins hatte zukommen lassen, damit der arme Mann bei der trockenen Materie nicht Durst leiden musste, nickte als Dank besonders besorgniserregend.

»Damit auch wirklich jeder Einzelne hier, die anwesenden Frauen, Damen und Weibsbilder natürlich eingeschlossen, versteht, was das bedeutet«, dramatisch hieb er mit der Faust ein Ausrufezeichen auf den Tisch, »das bedeutet, dass wir in Zukunft nichts mehr zu sagen und schon gar nichts mehr zu bestimmen haben, weil wir zum schmerzhaften Wurmfortsatz Gfrettgstättens geworden sind. Zwangsfusioniert mit dem Feind und obendrein bankrott. Wir werden in jedem einzelnen Belang auf dessen gönnerhafte Gnade angewiesen sein.«

Und damit auch wirklich der allerletzte Pleampl verstand, was genau Schragl damit hatte sagen wollen, lieferte er ein paar anschauliche Beispiele aus der Praxis gleich hinterher. »Im Klartext: In naher Zukunft werden wir für jeden vereinseigenen Fußball ein dreifach ausgefertigtes Ansuchen um saisongerechte Bewilligung an den Gemeinderat unserer *lieben* Nachbargemeinde stellen müssen.«

Eine Aussicht, die zumindest die Sportbegeisterten im Auditorium zusammenzucken ließ.

»Wir werden bitten, betteln und zu Kreuze kriechen müssen, um uns eine Buschenschankbank in den eigenen Weingarten zu stellen.«

Jetzt fuhren auch die Winzer betroffen zusammen.

»Und ab jenem tief tragischen Augenblick allein für das Wohlergehen der Gfrettgstättener arbeiten müssen. Die Gfraster werden uns die Bratlfettn vom Brot stehlen und ihren depperten Hundsviechern ums Maul schmieren.«

Die Gemeinderäte und -rätinnen verfielen in kollektive Zuckungen.

Wenn es um Mundraub ging, kannten die Damischtaler weder Vergeben noch Vergessen. Dann galt nur noch Erschlagen und Vergraben. Zumindest symbolisch gesehen. Selbst wenn sie, gemeinsam mit den ansässigen Landwirten und der einheimischen Jägerschaft, dem Gfrettgstättener Hundezirkus auch im wirklichen Leben gern den Garaus gemacht hätten. Und den Dorfbewohnern idealerweise gleich mit. Immerhin hatten beide Gemeinden vor gerade mal zwei Jahren vor dem Ruin gestanden, damals, als ein schießwütiger Jäger, ein Meuchelmörder und ein Giftmischer den gesamten Fremdenverkehr zum Erliegen gebracht hatten. Dank diesem Damischtaler Trio Infernal hatten sich sämtliche Gästebetten geleert, während die Krankenhausbetten bis auf den letzten Tropf belegt worden waren. Doch als endlich das sehnlichst erhoffte Gras über die leidige Angelegenheit gewachsen war, kamen auf einmal die sogenannten Volksvertreter daher und traten ihnen nachhaltig in den Hintern, indem sie – ungeachtet aller Bürgerinitiativen – das Plutzenberger Krankenhaus schlossen. Und das nicht, weil die Damischtaler plötzlich nur noch gesundfeierten, sondern weil die privatisierte Gesellschaft für Krankenanstalten ganz fürchterlich kränkelte. Damit nicht genug, zwangen sie diese fürstlich gelohnten Totengräber des gesunden Menschenverstands auch noch zur Zusammenlegung der beiden Gemeinden. Wobei Gfrettgstätten aufgrund seiner höheren Einwohnerzahl zum Verwaltungssitz bestimmt wurde. Dabei besaßen sie, die Plutzenberger, dreimal mehr an Grund, Boden und Ackerland, aber ihre Kukuruzkolben, Kürbisse und Weinstöcke konnten halt nicht Einspruch erheben.

Nun standen sie also da, geldlos, krankenhauslos und gemeindeamtslos, während das vermaledeite Nachbarkaff dank der Unterstützung einer verknöcherten, blaublütigen und stinkreichen Hundezüchterin, mit der die Schwägerin der Großtante der Bürgermeistergattin über sieben Ecken verwandt war, tatsächlich das große Los gezogen und ein hochklassiges wie -preisiges Hundehotel aus dem Boden gestampft hatte. Das sich zum Unglück der Plutzenberger seit dem Tag seiner Eröffnung als wahre Goldgrube erwies.

Eine derartige Ungerechtigkeit konnten und durften sie nicht einfach so hinnehmen, fand Schragl. Sie mussten zum Gegenangriff blasen. In diesem Sinne blies auch er für den inzwischen zumindest ansatzweise nachdenklichen Gemeinderat die Posaunen von Jericho. »Meine lieben Anwesenden und Anwesendinnen, wir haben uns heute und hier also versammelt, weil es an euch, und zwar nur an euch, liegt, ob wir in Zukunft bei den Nachbarn um Almosen betteln oder uns selbst in den Geldadelsstand erheben wollen.« Schragl legte einen kurzen rhetorischen Boxenstopp ein, um allen Gelegenheit zu geben, sich einige Sekunden lang am Wohlklang des Wortes »Geldadelsstand« zu erfreuen. »Wenn wir uns auch weiterhin ein neues Auto, ein g'scheites Essen, Skiurlaub und Sommerfrische leisten wollen«, die Zweitfrau hatte er sich gerade noch verkniffen, um die vier Gemeinderätinnen nicht gegen sich aufzubringen, »dann brauchen wir eine verlässliche wie auch gewinnbringende Einkommensquelle. Und zwar schnell.«

Bis zu diesem Punkt stimmten ihm die Anwesenden auch

durchaus zu, nur mit dem daraus resultierenden Lösungsvorschlag hatten die meisten von ihnen nach wie vor ein ernstes Problem. Daher erhob sich unter allen, die bereits wussten, was nun kommen würde, schon vorab eine Woge der Entrüstung. Ein Verhalten, für das Schragl sie am liebsten erwürgt hätte. Keine Ahnung haben, aber stur auf seiner Meinung beharren, dieser Charakterzug ging ihm an seinen Landsleuten am meisten auf den Geist. Aber für mehr waren deren Spatzenhirne offenbar nicht zu gebrauchen. Ergo musste er sie zu ihrem Glück zwingen, selbst wenn er ihnen dazu mit der Rhetorikkeule so lange eins überziehen musste, bis sich das Unvermeidliche in ihren kleinen grauen Zellen festgesetzt hatte.

Gestärkt von einem weiteren Glas Schilcher und getrieben von ganz vielen bösen Gedanken, setzte er zum verbalen Endspurt an. »Warum also weiterhin vor dem Offensichtlichen die Augen verschließen? Weder verbergen sich Ölquellen unter unseren Kürbisäckern, noch fließt Thermalwasser aus unseren Hähnen. Wir besitzen kein Eigenkapital und keinerlei Hoffnung auf Fremdfinanzierung, weder atemberaubende touristische Attraktionen noch eine nennenswerte Industrie. Wir sind bar jeglicher Mittel und aller Möglichkeiten. Daher«, noch einmal unterstrich er seine Worte durch einen weithin hörbaren Handkantenschlag, »bleibt uns nur das Projekt Flüchtlingsheim. Entweder nehmen wir Fremde auf, oder wir ziehen selbst in die Fremde, um dort zu überleben. Auch das ist Fremdenverkehr.« Das war zwar ziemlich übertrieben, aber doch sehr hübsch formuliert. »Unser ehemaliges Krankenhaus steht leer, genau genommen sind es hundertsiebenundzwanzig Betten, wir haben den nötigen Platz und die notwendige Infrastruktur. Und wir werden dafür vom Staat bezahlt, pünktlich, ordentlich und für lange Zeit. Und so, wie es derzeit auf der Welt zugeht, wird der Flüchtlingsstrom noch lange nicht abreißen.«

»Nur über meine Leiche!« Die Rechtsaußen-Fraktion, die im Zuge der vorherrschenden parteipolitischen Durchmischung durchaus bis zum linken Rand reichen konnte, erhob wie stets ihr mehrstimmiges Veto.

»Da krieg ich ja Angst, wenn ich in der finsteren Nacht bei

den ganzen Schwarzen vorbeilaufen muss.« Auch die Buschenschankwirtin übte sich verlässlich in vorauseilender Panik.

Schragl hatte es aufgegeben, sie auf die Unbegründetheit ihrer apokalyptischen Ängste hinzuweisen. Er verstand nicht nur nicht, warum die Höllrigl Hanni mitten in der Nacht beim alten Spital vorbeilaufen wollte, da sie weder dort wohnte noch einen Hund besaß. Er wollte ihr auch nicht erneut erklären, dass Menschen aus Syrien, die derzeit den Großteil der Asylsuchenden stellten, nicht einmal dann schwarzhäutig wurden, wenn man sie im Kohlekeller vergrub. Ganz zu schweigen von der Unmöglichkeit, in der ohnedies schon dunklen Nacht auch noch Schwarz zu sehen. Schragl jedenfalls würde bald rotsehen, wenn das so weiterging.

Jetzt schlug sich zumindest Hubert Ehrenhöfler, der einzige Grüne des gesamten Damischtals, auf seine Seite. Schragl konnte nur hoffen, dass der Wald-und-Wiesen-Politiker nicht nur über die Illegalität von Schnapsbrennern oder ähnlich belämmerte Belange sprechen würde.

»Liebe Gemeinderätinnen und Gemeinderäte«, der Hubert hatte das mit der geschlechtlichen Verdoppelung eindeutig besser im Griff als der Herr Fremdenverkehrsobmann, »jetzt leben wir schon im 21. Jahrhundert, und dennoch ist unser Weltbild voller verurteilenswerter Vorurteile. Es ist höchste Zeit, damit aufzuräumen und offen auf alles Neue zuzugehen. Jeder Mensch, der in einer Notlage ist, sein Hab und Gut verloren hat und seine Heimat verlassen musste, der ist jetzt auf unsere Hilfe angewiesen. Wir sind verpflichtet, ihm ein Dach über dem Kopf zu gewähren und für seine Sicherheit zu sorgen. Denn es geht, wir müssen es nur wollen!«

Schlecht, ganz schlecht, befand Schragl. Das hier war das Damischtal und keine Versammlung vom Pfarrgemeinderat. Jedes »Muss« klang für die Einheimischen verdächtig nach »Verdruss«, und dem wiederum musste man großräumig aus dem Weg gehen. Zudem hatte dieser unverbesserliche Idealist den finanziellen Aspekt gänzlich außer Acht gelassen.

Die entsprechenden Kommentare ließen nicht lange auf sich warten.

»Na, der red vielleicht ein Topfn z'samm. Höchste Zeit, dass du die Pappn haltst«, empörte sich der Jagdaufseher.

»I muss gar nix. Und wann i aufräum, das lass i mir von niemand vorschreiben«, polterte die Buschenschankwirtin.

»Bin ich die Caritas, oder was?«, wollte der Bankdirektor wissen.

»Die Grenzn g'hört dichtg'macht, das wird man wohl noch sagn derfn. Dann brauchtn mir hiatzt gar net streiten«, stellte der Obmann des Kameradschaftsbundes fest.

Schragl hatte es gewusst. Die schwachsinnige Diskussion ging wieder mal zielgerichtet am Thema vorbei. Doch bevor er von der moralischen auf die finanzielle Ebene zurückrudern konnte, meldeten sich auch ein paar Gutmenschen zu Wort.

»Der Hubert hat völlig recht«, warf der Grundschullehrer zögerlich ein. »Wir können die armen Leut doch nicht einfach im Regen stehen lassen, weil –«

»Es hat aber seit drei Wochen nicht mehr geregnet«, entgegnete die Buschenschankwirtin.

»So ein Bledsinn, wir redn doch net vom Wetter«, wagte der Grundschullehrer einen weiteren Versuch.

»Aber wenn's net bald regnet, dann vertrocknen uns die Plutzer«, mischte nun auch der Gustl vom Lagerhaus mit.

»Goschn!«

Das kam irgendwo von links hinten.

»Selber Goschn!«

Immer mehr Stimmen wurden laut. Bald schrien alle Anwesenden wild durcheinander, weshalb niemand mehr sagen konnte, wer eigentlich sprach.

»In der Bibel steht: ›Der Fremde, der sich bei euch aufhält, soll euch wie ein Einheimischer gelten, und du sollst ihn lieben wie dich selbst; denn ihr seid selbst Fremde in Ägypten gewesen.‹ Drittes Buch Moses, Kapitel 19, Vers 34.«

»I bestimmt net, i war ja noch net amoi in Italien.«

»Dann fahrst am besten gleich hin. Reisen tät dein beschränkten Horizont ein bissl erweitern.«

»Des brauch ich mir von dir nicht sagen lassen, du Trottel, du.«

»Es reicht.« Schragl hieb so gewaltig auf den Tisch, dass sein Weinglas das Weite suchte und auf dem Boden zersprang. Mehr passierte allerdings nicht. Wen interessierten schon Gläser, wenn bald Fäuste fliegen würden? »Aber wir bekommen saumäßig viel Kohle für die Asylanten«, startete er einen letzten verzweifelten Versuch, die Debatte erneut in sachliche Bahnen zu lenken. Womit er allerdings wie schon zuvor scheiterte. Die Plutzenberger waren schlichtweg beratungsresistent.

»Sei doch net so geldgierig!«, schrien die einen.

»Schamen sollst dich, bei die armen Leut bereichert man sich doch nicht«, kritisierten die anderen.

Schragl konnte nicht glauben, was er da hörte. Binnen Minuten war er zum Buhmann aller mutiert. Dabei wollte er doch nur helfen. Zwar zuvorderst sich selbst und der Plutzenberger Gemeindekasse, aber den Menschen auf Herbergssuche wäre mit seiner Idee sicher auch gedient gewesen. »Leckts mich doch!«, brüllte er verbittert in die Menge und verließ den Raum. Die Stimme der Vernunft hatte Stimmbruch erlitten.

»Dem haben wir aber 'zeigt, wo der Bartl den Most holt«, freuten sich diejenigen, denen jede Art von Fremdwährung aus Prinzip suspekt war.

»Aber die Idee war net schlecht. Und leid können s' einem ja auch tun, die ganzen heimatlosen Menschen jetzt«, bedauerten die anderen.

»Ach was. Wir sind doch selbst arm dran«, warf die Buschenschankwirtin ein und dachte an ihre sieben Kinder und den arbeitsallergischen Mann. »Da kommen eh schon so wenig Leut zu uns, und dann taten einem die Schwarzen die letzten Gäst auch noch vertreiben.«

»Jo eh. Die taten sogar den Gfrettgstättenern ihren Hundezirkus vergraulen.« Auch der Gemeinderat für Kultur und Bildung, der nur sehr selten seine Stimme zu erheben brauchte, war ganz dieser Ansicht.

Und alle anderen auch. Die Gespräche verstummten, die bereits ergriffenen Weingläser und Verhackertbrote wurden wieder abgestellt beziehungsweise weggelegt, der gesamte Saal schien im Kopfkino denselben Film zu sehen.

Eine gefühlte Ewigkeit lang herrschte einstimmige Stille, dann wurden nach und nach ein paar Gedanken laut.

»Also, so g'sehen hätt die Gschicht aber schon an Reiz.«

Zustimmendes Gemurmel.

»Stellts euch vor, die hättn dann auch keine Gäst mehr.«

Urplötzlich entwickelten die Plutzenberger eine beachtliche Vorstellungsgabe. Die Idee der Flüchtlingsunterkunft fand immer mehr Anhänger.

»Vielleicht fressen die Fremden die Hundsviecher ja auf?«, sinnierte der Vertreter der ewig Gestrigen, der aus parteipolitischen Gründen zu Wahnvorstellungen neigte.

Dennoch machte sich auf den Gesichtern der anwesenden Waidmänner ein seliges Lächeln breit. Ein derartiges Szenario wäre ganz nach ihrem Geschmack. Dann würden sie die dämlichen Köter ein für alle Mal los sein. Die touristischen Höllenhunde vergällten ihnen jede Freude an der Jagd. Regelmäßig bellten sie das Wild in die Flucht und pinkelten bevorzugt die Hochsitze an. Der gesamte Wald war bereits zu einem Adventure-Park für Hochleistungshechler verkommen. Doch ungeachtet ihrer Beschwerde hatte der Tourismusverband ihnen Revierkämpfe jeglicher Art untersagt. Sie durften die Tölen also weder anschreien noch abschrecken und schon gar nicht abknallen, was mancher Jägersmann vermutlich liebend gern getan hätte. Das Auffressen durch Asylanten wäre eine denkbar angenehme Alternative, um sich dieses Problems zu entledigen. Immerhin war es ihre Aufgabe, nicht nur die Bäume vor Wildverbiss, sondern auch das Wild vor Hundebissen zu schützen.

»Ich sag euch was, das wird a Gaudi. Zuerst packen wir die Bude voll, und dann machma ein Betriebsausflug zu die Gfrettgstättener Hundling.«

Mittlerweile hatte die Begeisterung selbst die letzten Hardcore-Verweigerer des mittlerweile göttlichen Plans erfasst. Schadenfreude war offenbar doch die schönste aller Freuden, dagegen kamen weder gelebte Nächstenliebe noch gefüllte Bankkonten an.

Balthasar Schragl traute seinen Ohren nicht, als er nach einer meditativen Sitzung auf dem Herrenklo erneut den Raum betrat. Die Gemeinderäte und -innen standen gesammelt auf, ergingen sich in frenetischem Applaus und gratulierten ihm zu seiner hochgradig genialen Idee. Sie könne es kaum erwarten, die ersten Schwarzen willkommen zu heißen, strahlte ihn die Höllrigl Hanni an, während der Gemeinderat für Kultur und Bildung irgendetwas über neue Horizonte beim Krampuslauf murmelte.

Wandertag mit Wasserleiche

Zur exakt selben Zeit stand halb Gfrettgstätten knöcheltief in der Damisch und starrte sprachlos auf die Tote, die hingestreckt im Wasser lag. Obwohl die Sonne strahlend am blauen Himmel stand und laut Wetterbericht auch weiterhin nicht mit Regenfällen zu rechnen war, erkannten zumindest die Frauen unter den Anwesenden recht schnell, dass sich ein katastrophaler Wetterumschwung anbahnte. Schon sehr bald würde ihnen das Wasser bis zum Hals stehen, während der Fremdenverkehr mit frostigen Zeiten zu rechnen hatte. Ganz zu schweigen vom medialen Tiefdruckgebiet, das sich flächendeckend über ihre florierende Gemeinde zu legen drohte. Ähnliches hatten sie bereits vor Jahren erlebt, doch angesichts der aktuellen Situation stellten sie fest, dass schlimmer wirklich immer ging. Der damalige Totschlag an zwei einheimischen Bauernschädeln war nichts gegen den ganz offensichtlichen Mord an einer jungen, hübschen, blonden und zahlungskräftigen Touristin. Nach den Bauern hatte im Endeffekt kein Hahn mehr gekräht, doch bei dem gewaltsam zu Tode gebrachten Wunder an Weiblichkeit würde die halbe Nation nach Vergeltung schreien. Und zwar dermaßen laut, dass ein Orkan der Entrüstung über ihr idyllisches Dorf hinwegfegen würde.

Am unfreiwilligen Ableben der Blondine bestand leider kein Zweifel. Der derzeitige Wasserstand der Damisch war viel zu niedrig für einen plausiblen Tod durch Ertrinken, nur Ertränken wäre eine gangbare Option gewesen. Die blutunterlaufene Wunde am Hals sprach allerdings ganz und gar nicht für einen Wasserschaden, sondern für Tod durch Strangulation. Oder, wie es Ferdinand Kapplhofer, der Dorfpolizist, mit etwas einfacheren Worten auf den tragischen Punkt gebracht hatte: »Derwürgt haben s' s', die Schweine.« Kapplhofer ging automatisch von mehreren Tätern aus, da er sich nicht vorstellen konnte, dass eine Einzelperson über ausreichend Energien verfügte, um eine junge, gesunde und offensichtlich sehr sportliche Dame erst zu überwältigen, danach zu strangulieren und schließlich auch noch in einem Bachbett abzulegen. Sein persönliches Trägheitsmoment war mittlerweile ja derart ausgeprägt, dass er sich nicht einmal mehr aufraffen mochte, eine lebendige Frau, die keinerlei Widerstand leistete, bis in sein Bett im Schlafzimmer zu bringen.

Unter allen Männern, die noch immer wie gebannt auf die ansehnliche Leiche schauten, war Kapplhofer demnach derjenige mit den am geringsten ausgeprägten erotischen Phantasien. Bei ihm rief der Anblick der toten Frau nichts weiter als akute Panikzustände hervor. Er sah keine unendlich langen Beine, sondern meterhohe Aktenstapel, nicht die lieblichen Hügel des Busens, sondern abschreckende Berge an Arbeit, keine himmlischen Aussichten, sondern höllische Abgründe, die sich vor seinem geistigen Auge auftaten.

Vor allem jedoch sah Kapplhofer sein Abendmahl in weite Ferne gerückt, was ihm gar nicht gefiel. Als eingefleischter »Weganer« legte er großen Wert auf feste Essenszeiten und ordentliche Portionen. Nur dann konnte er auch wirklich alles »wegessen«. Da der Polizist seit seinem Studienabbruch in Graz – großstädtisch lange Wegstrecken, studentische Umtriebigkeit sowie kalte Küche mit karger Kost, welche zudem vorrangig aus Flüssignahrung bestanden hatte, hatten ihm auf Dauer zu schwer auf den Magen geschlagen – erneut bei seiner Mutter um Kost und Logis angesucht hatte, litt er kulinarisch wie kalorisch keinen Mangel mehr. Theresia Kapplhofer war eine ausgezeichnete Köchin, von deren Gerichten er niemals genug bekommen konnte. Dass er sich als erwachsener Mann mit ergrauten Schläfen nach wie vor nicht von Mamis Kochlöffel gelöst hatte, hatte zwar seinem Ruf geschadet, nicht aber seinem Appetit. Auch an diesem Tag war ihm beim Gedanken an die abendliche Schwammerlsuppe mit Brennsterz schon vorfreudig das Wasser im Mund zusammengelaufen. Doch statt mit vollem Teller am Küchentisch zu sitzen, musste er jetzt blöd am Bach herumstehen – mit Wasser in den Schuhen und einem zunehmend größeren Loch im Magen. »So a Schas, alles miteinand«, fasste er die aktuelle Lage letztlich recht unpräzise zusammen. Aber mit leerem Bauch fehlten ihm auch die Worte.

Alois Feyertag, der Bürgermeister von Gfrettgstätten, und Kilian Klöpfer, der Schuldirektor der neuen Damischtaler Mittelschule, nickten zustimmend. Zwar war Kilian durchaus der Ansicht, dass man diesen ungeheuer komplexen Sachverhalt um vieles besser hätte formulieren können, aber zumindest dem Kern der Aussage konnte selbst er nicht widersprechen. Die tote Dame erinnerte ihn an die blonde Göttin von Botticelli, nur dass die Damischtaler Venus keine Hoffnung mehr auf eine Wiedergeburt aus dem Wasser hatte.

Beim weniger gebildeten Rest der Schaulustigen rief die Tote hingegen nur Wunschträume hervor. Die Männer träumten von ähnlich langen Beinen. Die Frauen auch. Nach und nach mutierten die Wunschträume allerdings zu Alpträumen, da auch ihnen bewusst wurde, welch langfristige Folgen eine ermordete Touristin für ihr Dorf haben würde.

»Was machen mir denn jetzt?«, fragte der Gemeindediener verzagt.

Vergraben und Vergessen war keine Lösung, das sah selbst der Bürgermeister ein, der normalerweise über Leichen ging, wenn er Gfrettgstättens guten Ruf als Fremdenverkehrsdestination gefährdet sah. Aber nachdem ausgerechnet ein Auswärtiger die Leiche gefunden hatte, war an Verschleierungstaktiken nicht mehr zu denken. Dieser Piefke, der selbst seine Schuhbänder zu bügeln schien, hatte ihnen schon einmal endlose Scherereien bereitet, weil er mit seinem aufgedonnerten Weib mitten ins verbrecherische Geschehen stolpern musste. Und nicht einmal daran dachte, zumindest ein Hühnerauge zuzudrücken. Ganz im Gegenteil, umgehend riss er die große Klappe auf. Allein der Sohn des Paars schien einigermaßen normal zu sein. Und ein Vifzack obendrein. Seine Intelligenz hatte er wohl von den Großeltern geerbt. Aber solche Gedanken führten zu nichts. Zumindest zu keiner Lösung. Wegbeten konnte man die Tote allerdings auch nicht, selbst wenn ein paar der anwesenden Tratschweiber bereits bei ihrem vierten Rosenkranz angelangt waren.

»Ihr könnts da nicht einfach so am Tatort herumtrampeln, Herrgottnochamoi, gehts aus dem Wasser aussi.« Kapplhofer besann sich offenbar seines Berufs, wenngleich nicht seiner Berufung. Die neugierigen Dorfbewohner hatten sich ja alle bereits nasse Füße geholt, weil sie das mörderische Ereignis aus nächster

Nähe begutachten wollten. Und er musste den angerichteten Schaden dann ausbaden, sobald die Spurensicherung vor Ort sein würde.

Da Hermine Holzapfel, nachdem Rüdiger Bartenstein sie über den Leichenfund im Bach informiert hatte, durch den ganzen Ort Richtung Pfarrhof gerannt war und dabei unaufhörlich »Um Himmels willen!« gebrüllt hatte, hatten selbst die Träger von Hörgeräten bemerkt, dass etwas ganz und gar Ungeheuerliches passiert sein musste. Sonst war die ältliche Anstandsdame des Damischtals ja ausschließlich vor Sonnenaufgang und auf Zehenspitzen zum Pfarrer geschlichen, um dem älteren Herrn ein wenig zur unkeuschen Hand zu gehen.

Corolianus Hafernas, der zu Wahnvorstellungen und archaischen Ritualen neigende Seelsorger von Gfrettgstätten, hatte nach Hermines akustischem Amoklauf den Messdiener mit einer geheimen Botschaft zum Bürgermeister Feyertag geschickt. Der hatte gerade mit dem Schuldirektor in einer wichtigen Angelegenheit zusammengesessen, als der Ministrant durchs Gartentor schoss und Feyertag ein versiegeltes Kuvert überreichte, in dem ein mehrfach gefalteter Zettel steckte. Auf dem stand in gestochen scharfer Handschrift geschrieben: »Gottes Wege sind unergründlich, bitte suchen Sie in der Damisch nach Fußspuren.«

Feyertag war zwar nicht auf den Kopf gefallen, befürchtete aber, dass genau das mit dem geistlichen Oberhaupt passiert sein könnte. »Du, ich glaub, jetzt is unser Pfaff endgültig übergeschnappt«, sagte er und übergab dem gewichtigen Pädagogen das Schreiben.

Aber auch der wusste mit der kryptischen Bitte nichts anzufangen. »Das klingt nicht gut, gar nicht gut«, merkte Klöpfer an, wobei offenblieb, ob er sich auf die Botschaft oder deren Verfasser bezog.

Aber bevor die beiden sich anschicken konnten, im Pfarrhaus nach dem Rechten zu sehen, tauchte Ferdinand Kapplhofer mit hochrotem Kopf und hörbar hechelnd auf. »Im Bach liegt a Leich«, brachte er mühsam hervor, da er immer noch nach Luft schnappte. Offenbar war er gerannt, und noch offenbarer zum ersten Mal in seinem gesamten Polizistendasein.

Kilian Klöpfer, der die Wirkungen und Nebenwirkungen körperlicher Anstrengung nur zu gut kannte, geriet er selbst ja bereits auf einer Rolltreppe außer Atem, reichte dem Polizisten schnell ein Glas Bier und wies auf die Gartenbank.

»Bist narrisch, was derzählst denn da?« Der Bürgermeister war seinerseits erregt aufgesprungen. Er hatte zutiefst gehofft, das Wort »Leiche« in seiner Amtszeit nie wieder hören zu müssen. Abseits von Friedhöfen oder Gedenkmessen, versteht sich.

»Der Piefke, also dieser Schartenbein, der hat den Hund ausg'führt, die Damisch entlang, und ungefähr dort, wo das Trafohäusl steht, dort hat der Hund im Wasser eine Frau g'funden. Laut Schartenbein wär sie mausetot.«

»Der heißt Bartenstein, nicht Schartenbein«, warf Klöpfer ein, der als langjähriger Lehrer unter notorischem Korrekturzwang litt.

»Is doch wurscht. Davon wird die Tote auch nicht wieder lebendig.« Kapplhofer hasste Unterbrechungen, selbst wenn er gar nichts mehr zu sagen wusste.

»Dann pack mas und gemma nachschaun. Das warat ja a Tragödie.« Der Bürgermeister duldete keinen Aufschub mehr und trieb die beiden zu ungesunder Eile an.

Kapplhofer murrte. Er fand, dass er sein sportliches Plansoll für die nächsten Jahre bereits erfüllt hatte. Und wenn die Tote wirklich tot war, würde sie ihnen schwerlich davonlaufen.

Klöpfer hingegen war generell kein Freund der Bewegung, mal abgesehen von rhythmischer Frauenbewegung. Bis er seine walrossartige Masse in Schwung gebracht hatte, bedurfte es eines entsprechenden Anlaufes. Und das konnte dauern. Andererseits sah auch er die Dringlichkeit eines Gewaltmarsches bei einer derartigen Hiobsbotschaft ein. Wenn die Leiche im Wasser lag, brachte es nichts, zu warten, bis Gras darüber wachsen würde.

Also hatten sie sich zu dritt auf den Weg Richtung Bach gemacht. Allen voran der Bürgermeister, knapp gefolgt von Kapplhofer mit unverändert rotem Kopf, zwei Kurven dahinter der schnaufende Schuldirektor. Natürlich kam eine derart ungewöhnliche Prozession nicht ungesehen durchs Dorf. Niemand konnte sich erinnern, die exekutive Dreifaltigkeit je bei einem gemeinsamen Nachmittagsspaziergang gesehen zu haben. Die mussten ein wahrhaft lohnendes Ziel verfolgen. Schnell hatten die meisten einen Vorwand gefunden, um ganz zufällig in dieselbe Richtung zu müssen. Wofür besaß man schließlich Gießkannen, Schubkarren und Mistgabeln?

Und nun standen sie also hier: der Bildungssheriff, der Gemeindesheriff und der Sheriff für böse Buben. Flankiert von etwa drei Dutzend Gfrettgstättenern, die seltsamerweise ihre Gartengerätschaften in der Hand hielten, sofern sie sich nicht wenig dekorativ an eine Schubkarre lehnten.

Vielleicht sollte er einen gemein(de)nützigen Tag der Grünraumpflege einführen?, erwog der Bürgermeister, ließ den Gedanken beim Anblick der Toten aber unvollendet fallen.

Kapplhofer hingegen mühte sich immer noch damit ab, die sensationsgierige Meute zurück ans Ufer zu treiben. Mittlerweile hatten die Leute sich vom ersten Schock erholt und tuschelten aufgeregt durcheinander.

»Jessasmariaundjosef, so jung und schon tot.«

»Ich hab's ja immer g'sagt, als Frau darf man sich heut einfach nicht mehr allein außer Haus trauen.«

»Wenn des eine vom Hundehotel war, dann können mir uns die Kugel geben.«

»Aber dann hätt sie ja auch an Hund dabeig'habt, oder?«

Ein berechtigter Einwand. Die Herumstehenden drehten kollektiv ihre Köpfe, um nach einem Hund Ausschau zu halten.

»Jetzt machts endlich Platz. Ich muss den Tatort sichern, einen Rapport schreiben und die Großkopferten aus Graz verständigen. Also schleichts eich heim!«, schrie Kapplhofer währenddessen in die Menge und fuchtelte mit den Armen herum, als würde er von Aasgeiern verfolgt werden. Was in gewisser Hinsicht sogar stimmte. Dennoch gelang es ihm nicht, sich die Aufmerksamkeit zu verschaffen, die einem Postenkommandanten eigentlich zustand.

Die Einheimischen sahen in ihm halt weniger eine Amtsperson als vielmehr ein Muttersöhnchen. Ergo traten sie zwar folgsam einen Schritt zurück, blieben aber sofort wieder stehen, sodass sie nun am und nicht mehr im Wasser herumstanden.

»Vielleicht war's ja ein Raubmord.«

»Aber was hätt man der denn stehlen können, die hat ja fast nix an?«

»Vielleicht hat sie ein sauteuren Hund g'habt.«

»Aber keine Schuh.«

»Bloßfüßiglaufen soll heutzutag ja modern sein. Und gesund.«

»Doch net bei uns, da steigat man ja alleweil in den Hundescheiß eini.«

»Ob man des Wasser jetzt noch trinken kann?«

»Frag halt die Fisch, ich sauf nur Wein.«

»Des war sicher so a syrischer Tschusch.«

»Angst kriegen kann ma bei dem ganzen Pack.«

»Des is unser Politik.«

»Aber geh, da war Eifersucht im Spiel. So wie die ausschaut.«

Die Hypothesen nahmen kein Ende, wohl aber Kapplhofers Geduld. Es blieb ihm keine andere Wahl, als den Schuldirektor um Hilfe zu bitten. Kilian Klöpfer hatte aufgrund seiner massigen Statur sowie jahrelanger Erfahrung im Umgang mit pubertären Revoluzzern fast immer Erfolg, wenn es um die Befriedung von bewegten Umständen ging. In seiner Anwesenheit mutierten selbst Protestkundgebungen zu Trauerzügen.

In Anbetracht des traurigen Anlasses gelang dem pädagogischen Walross das Kunststück diesmal sogar besonders schnell. Resolut und – für seine Verhältnisse – nahezu beschwingt trat er der Vorderfront der Schaulustigen auf den Fuß oder gegen das Schienbein. Danach schubste er jeden einmal kräftig an und gab ihm ein aufklärerisches »Gemma, gemma!« mit auf den Weg. Und weil dieser Wink mit dem Zementsockel auf allgemeines Verständnis stieß, war das Bachbett schnell geräumt. Zurückblieben nur der Schuldirektor, der Bürgermeister und der Hüter des Gesetzes.

Letzterer nutzte die Ruhe nach dem Sturm, um seinen Vorgesetzten aus der Landeshauptstadt in einigermaßen korrektem Amtsdeutsch am Handy über den betrüblichen Sachverhalt zu informieren.

Feyertag und Klöpfer ergingen sich derweil in apokalyptischen Zukunftsvisionen. »Ich sag's dir, des is unser Untergang. Der

Täter muss g'funden werden, bevor uns erneut die Leut davonlaufen«, meinte Feyertag.

»›Mord ist der Wollust nah wie Feuer dem Rauch‹«, erwiderte Klöpfer, der ungemein stolz auf seine humanistische Bildung war und bei jeder passenden wie unpassenden Gelegenheit etwas von Goethe, Schiller oder, wie eben, von Shakespeare zitierte. Leider stießen seine Perlen der klassischen Weisheit nur selten auf verständnisvolle Ohren.

»Geh, red net so g'scheit daher, wir san unter uns«, holte ihn Feyertag auch gleich auf profanen Damischtaler Boden zurück.

»Ich wollt damit nur sagen, dass es sich hier mit größter Wahrscheinlichkeit um einen Triebtäter handelt. Für mich sieht es nach Vergewaltigung mit Todesfolge aus.«

Kapplhofer war beeindruckt. Das war ein nahezu polizeilicher Gedankengang, welcher seinem Vorgesetzten, Hauptmann van Trott, bestimmt gefallen hätte. Dieser magersüchtige Tintenscheißer beharrte selbst bei einem Hühnerdiebstahl noch auf seiner Triebtätertheorie. Blöd nur, dass der Schuldirektor im konkreten Fall tatsächlich recht haben könnte. Warum hätte man einer derart attraktiven Person sonst an die Gurgel gehen sollen?

»Dann muss des aber ein Auswärtiger g'wesen sein«, meinte der Bürgermeister, der in Gedanken alle männlichen und alleinstehenden Damischtaler über achtzehn durchgegangen war. Allzu viele davon gab es bei ihnen ohnehin nicht. Wer auf dem Land lebte und liebte, der heiratete früh, bekam bald Nachwuchs, Bausparvertrag und Bierbauch und widmete sich fortan entweder der Jägerei, dem Modellbau oder der heimischen Blasmusik, aber bestimmt keiner tödlichen Leidenschaft. Ihren normalerweise recht günstigen Pensionsprognosen standen schlimmstenfalls allzu hohe Cholesterinwerte oder allzu schnittige Promillekurven im Weg, doch keine erotischen Spezialdisziplinen. Natürlich schauten auch die Einheimischen gern einem knackigen Hintern nach oder warfen einen allzu tiefen Blick in ein einladendes Dekolleté, doch bislang hatte das noch nie zu einseitigen Handgreiflichkeiten geführt. Wobei man der Ehrlichkeit halber anmerken musste, dass es ihren Landpomeranzen auch nicht an schlagkräftigen Abwehrmechanismen mangelte.

Der Bürgermeister konnte sich also niemanden vorstellen, der zu einer derart brutalen Tat fähig gewesen wäre. Zwar hatte es in ihrer Umgebung bereits Fälle von Totschlag gegeben, aber nie zuvor ein Sexualverbrechen.

»Meinst wirklich, dass die Unsrigen nur auf dem Breitengrad des Anstands wandeln?« Der Schuldirektor hatte da seine ernsten Zweifel. »Der Bartl Mostburger hat doch schon öfter die Beherrschung verloren als ich den Autoschlüssel. Und sein Kontakt zum weiblichen Geschlecht beschränkt sich seit Jahrzehnten allein auf seine Zuchtsauen.«

»Das glaubst doch nicht im Ernst. Gerade der Bartl hat mit solchen Schweinereien nix am Hut.«

Sichtlich irritiert sahen der Schuldirektor und der Postenkommandant den Bürgermeister an. Ein Fleischermeister war jeglichem Schweinekram eigentlich ja schon von Berufs wegen verpflichtet.

»Also, ich mein, klar hat der Bartl viel Dreck am Stecken und ist ein wengal rabiat, aber mit menschlichem Schweinkram hat der garantiert nichts zu tun. Der ist froh, wenn er beim Fischen seine Ruh hat und ihn keiner nach einem Angelschein fragt. Mehr stellt der nicht mehr an.«

»Es ist ja noch gar nicht lang her, wie der Fleischer schon einmal unter Mordverdacht gestanden hat. Und dann ist er doch unschuldig g'wesen. Seitdem is er noch einsiedlerischer und eigenbrötlerischer g'worden.«

»Der Bartl ein Sexualtäter? Nein, das passt nicht zu ihm.« Auch Kapplhofer traute dem Fleischer zwar einen mittleren Lebensmittelskandal zu, aber kein Gewaltverbrechen. »Außerdem hätt der die Leich doch nie im Leben in sein eigenes Fischwasser g'worfen.«

Damit mochte der Polizist recht haben, das sah auch Klöpfer ein. »Sonst würde mir nur noch der Pimmelmoser Paul in den Sinn kommen, der hat auch so soziopathische Züge.« Da dem Schuldirektor kein weiteres Shakespeare-Zitat eingefallen war, wollte er seiner Meinung nun durch ein Fremdwort mehr Gewicht verleihen.

»Also, dass des ein Sozi is, des hab ich noch nie g'merkt«, entgegnete der Bürgermeister nachdenklich. »Ich hab immer den Eindruck g'habt, dem is die ganze Politik völlig wurscht.«

Klöpfer ruderte intellektuell ein wenig zurück. »Ich wollte damit nur sagen, dass der Paul ein sonderlicher Mensch ist, ein Außenseiter der Gesellschaft. Keine Kinder, lange Haar, und niemand weiß so richtig, was der den lieben langen Tag so treibt auf seinem Hof.«

»Nix treibt er. Fernsehschlafen wird er und von der Weltrevolution träumen.« Kapplhofer hatte zumindest so lange am feuchtfröhlichen Studentenleben teilgehabt, dass ihm das Aussehen von Hanfpflanzen durchaus vertraut war. Zudem wusste er um deren eher einschläfernde Wirkung. Solange der Pimmelmoser keine größeren Gesetzesbrüche beging, würde er über dessen kleine Plantage im Kukuruzacker jedoch großmütig hinwegsehen. Schließlich war keine Arbeit so wichtig, dass man ihr auch noch nachrennen musste.

Außerdem konnte er der Klöpfer'schen Hypothese weder beruflich noch privat etwas abgewinnen. Es stand nirgendwo geschrieben, dass nur Junggesellen der sexuellen Gewalt verfielen. Gerade denen boten sich doch weitaus befriedigendere Gelegenheiten als langjährig verehelichten Paaren, wo die häusliche Erotik auf Sparflamme vor sich hin köchelte und bereits das gemeinschaftliche Falten der Bettlaken als sexuelle Handlung galt. Nach der verqueren Logik des Bürgermeisters müsste er sich sogar selbst zu den Tatverdächtigen zählen. Immerhin lebte auch er ohne Frau und Kind und mit allen damit verbundenen Annehmlichkeiten. Er zahlte keinen Unterhalt und kein Wirtschaftsgeld, musste weder Kindergeplärr noch Weibergezänk ertragen und sah dem Wildwuchs seiner Nasenhaare gelassen entgegen. Und was brennende Begierden, körperliches Verlangen oder grenzenlose Leidenschaft betraf, das alles stillte Kapplhofer zu seiner vollsten Zufriedenheit mit Messer, Gabel, Laubsäge und Bohrer, denn außer Nahrungsaufnahme und Modellschiffbau brachte nichts sein Blut in Wallungen. Außerdem fand er, dass Essen und Basteln die verlässlichsten Freuden des Mannes waren, da diese selbst im hohen Alter keiner blauen Pillen bedurften.

Aber eine Diskussion mit dem Schuldirektor führte erfahrungsgemäß zu nichts. Im Hinblick auf die nahende Ankunft von Polizeihauptmann van Trott wollte er seine spärlichen Energien nicht schon vor der Zeit vergeuden. Er würde noch früh genug unter Argumentationsdruck geraten.

Hartmuth van Trott zählte zur Gattung der ambulanten Naturkatastrophen, gegen die es keinerlei Versicherungsschutz gab. Er fegte über den gesunden Hausverstand hinweg, ließ einen Hagelschauer an hirnlosen psychologischen Haarwurzelspaltereien auf alle Andersdenkenden niedergehen und sorgte für eine Schneise der seelischen Verwüstung mitsamt posttraumatischen Belastungsstörungen bei jedem, der das Pech hatte, ihm Rede und Antwort stehen zu müssen.

Dieses Pech war dem Dorfpolizisten vor Jahren bereits zur Genüge widerfahren. Seitdem bereute es Kapplhofer schwer, sich seinerzeit nicht für die Laufbahn des Postboten entschieden zu haben. Da seine bevorzugte Bewegung immer schon darin bestanden hatte, jeder Bewegung aus dem Weg zu gehen, war ihm das Leben als Landbriefträger letztlich als zu schweißtreibend erschienen. Deshalb hatte er beschlossen, lieber Dorfpolizist am idyllischsten Arsch der Welt zu werden. Dort – so seine Hoffnung – würde er sich schlimmstenfalls mit stammtischgesättigten Schnapsleichen, wahlkampfbedingten Hirntoten oder beziehungsgeschädigten Grenzsteinen herumschlagen müssen. Und durfte an den meisten Arbeitstagen zwischen Mittagsschläfchen und Dienstschluss auf seinem Sessel kleben bleiben. Das hätte ganz seiner natürlichen Betriebsgeschwindigkeit entsprochen. Doch statt in Ruhe und Frieden seinem Pensionsantritt entgegenzualtern, hatte ein böses Schicksal ihm nun eine leibhaftige Leiche beschert. Und als Zugabe Hauptmann van Trott, den Totengräber seiner Geruhsamkeit. Kapplhofer versank zunehmend in Selbstmitleid, während Feyertag und Klöpfer sich weiterhin in Fremdbeschuldigungen ergingen.

Doch der Inspektor zeigte nach wie vor nicht das geringste Interesse an einer detaillierten Kartografie des einheimischen Liebeslebens. Die paar Ledigen machten aus dem Damischtal noch lange kein sexuelles Notstandsgebiet. Zudem gab es ausreichend grenzgängerische Möglichkeiten der bargeldpflichtigen

Triebabfuhr. »Das könnts ihr dann gleich dem Herrn Polizeihauptmann erzählen, der hat bestimmt ein offenes Ohr für eure hirnrissigen Überlegungen.« Und für erotische Mangelzustände sowieso, fügte er in Gedanken hinzu.

Doch statt weiterhin die Keule der moralischen Überlegenheit über den Häuptern ausgewählter Mitbürger zu schwingen, sahen die beiden auf einmal recht hektisch auf ihre Uhren. Und verspürten urplötzlich einen akuten Anfall von gelebter Nächstenliebe.

»Meine Güte, wie die Zeit vergeht«, bemerkte der Bürgermeister.

»Ferdl«, beruhigend tätschelte der Schuldirektor Kapplhofer die Schulter, »wir lassen dich in dieser betrüblichen Lage ja nur ungern allein, aber die Pflicht am Menschen ruft. Es ist halt unsere dringlichste Aufgabe, den Leuten in so einer schweren Stunde Trost, Beistand und beruhigende Worte zu spenden.«

Das Gemeindeoberhaupt nickte übertrieben zustimmend. »Stell dir vor, im Dorf bricht die Panik aus und wir sind nicht da.«

Gut möglich, dachte Kapplhofer, dass im Dorf die Panik ausbräche, wenn dem Kirchenwirt der Wein ausginge. Oder eine Gummistängelseuche die Ölkürbisse hinwegraffen würde. Aber beides war bislang noch nie der Fall gewesen. Daher hielt er es für weitaus wahrscheinlicher, dass die beiden Wichtigtuer lieber beim Kirchenwirt das große Wort führen wollten, als in Gesellschaft von van Trott klein beigeben zu müssen. Denn der Hauptmann besaß ein Monopol auf die einzig gültige Wahrheit. Woran sich die zwei bestimmt noch schmerzhaft erinnern konnten.

From Wellness to Hellness

Mit irrem Blick, verschwitzter Kleidung und einem kläglich winselnden Hund an der Leine stürmte Rüdiger Bartenstein durch das Relax-Areal der Wowness-World. Die empörten Blicke der Anwesenden, die er nach sich zog, ignorierte er ebenso wie das Schild »Nacktbereich«. Endlich fand er seine Frau auf einer schwingungsintensiven Wellness-Liege im Ruheraum. »Es reicht!«, brüllte er sie an, versetzte der Liege einen Fußtritt und zog Hildegund am Handtuch nach draußen auf den Flur.

»Lass mich auf der Stelle los!«

»Es reicht!«

»Fass mich nicht an!«

»Mir reicht's!«

»Rüdiger, ich bitte dich.«

Doch Rüdiger ließ sich weder bitten noch stoppen. Unnachgiebig schubste er sein Weib Richtung Zimmer. Hildegund bekam es mit der Angst zu tun. Vielleicht hatte ihr Mann ja einen Hitzschlag erlitten? Oder er war einer Giftschlange zu nahe getreten. Vielleicht lagen auch schwere kosmische Störungen vor. Eine ungünstige Planetenkonstellation konnte durchaus zu massiven Wahnvorstellungen führen. Aber nie hätte Hilda gedacht, dass ausgerechnet ihr emotional vertrockneter Gatte zu derart ausgeprägten Gewaltphantasien neigte. Nach wie vor hielt er ihren Oberarm umklammert, als müsste er die Knochendichte messen. Wie gern hätte sie ihn jetzt zur Räson gerufen oder ihm zumindest gegen das Schienbein getreten. Aber sie wollte kein öffentliches Aufsehen erregen. Es waren schon alle Blicke auf sie gerichtet.

Endlich hatten sie ihre Pfotentraum-Senior-Suite erreicht. Rüdiger stieß sie unsanft ins Zimmer, warf den Hund aufs Hundebett und riss den Kleiderschrank auf. »Zieh dir was an, wir müssen Kevin-Karl holen.«

»Um Himmels willen, ist ihm was passiert?« Die Sorge um ihren innig geliebten Sohn ließ Hilda die Wut auf ihren angetrauten Ehemann kurzfristig vergessen.

»Bislang nicht, und damit das auch weiterhin so bleibt, werden wir morgen mit dem ersten Hahnenschrei abreisen. Du, ich, unser Sohn und die doofe Töle.« Zur Veranschaulichung seiner Worte holte er Koffer und Reisetaschen aus dem Ankleideraum, fasste erneut in den Schrank, griff willkürlich ein paar Kleidungsstücke von den Haken und warf sie achtlos aufs Ehebett. »Nun mach schon, zieh dir endlich was an.«

Hildas buddhistische Grundgüte geriet massiv ins Wanken. Sie konnte zwar keiner Fliege etwas zuleide tun, aber durchaus ihrem Ehemann. »Rü-di-ger! Du hast wohl 'nen Sprung in der Schüssel!«, kreischte sie nun ihrerseits los. Gleich ihrem Gatten hatte Hildegund zwar nicht den richtigen Ton, sehr wohl aber die passende Lautstärke gewählt. »Entweder du sagst mir augenblicklich, was Sache ist, oder ich rufe auf der Stelle den Notarzt.«

Rüdiger, der gerade seine Sockensammlung in der Reisetasche verstaute, blickte auf. »Sache ist, dass ich keine Sekunde länger als nötig in diesem Katastrophengebiet verweilen werde. Ich habe es von Anfang an gesagt, das Damischtal ist schlimmer als Pest, Cholera und Bürgerkrieg zusammen.« Ein Stapel Hemden flog unsortiert zu Boden. »Ich war heute am Bach. Mit dem Hund. Und was hab ich dort gefunden? Na, was glaubst du?«

»Weiß ich doch nicht.« Hildegund fühlte sich wie in einem Film von Pedro Almodóvar.

»Eine Leiche. Erwürgt, weiblich und tot.«

»Neeeeee.«

»Blond, hübsch, langbeinig und gewaltsam ums Leben gekommen.«

»Mannomann.«

»Da draußen läuft ein Mörder herum. Und unser Sohn.«

»Um Himmels willen.« Hildegunds aufgestauter Groll gegen ihren Gatten verpuffte wie ein Fliegenfurz beim Almabtrieb. Jetzt konnte auch sie nur noch an Kevin-Karl denken, ihr unschuldiges Kind, mutterseelenallein auf wilder Flur.

Das stimmte zwar nicht ganz, denn der Bub befand sich mit mindestens zwanzig anderen Kindern und nahezu ebenso vielen Aufsichtspersonen auf einem Pfadfinderlager in Plutzenberg, weshalb ein zufälliges Zusammentreffen von Kevin-Karl und dem Damischtaler Würger in gottverlassener Waldeseinsamkeit nahezu unmöglich war, aber gegen die Sorge verängstigter Eltern hatte die Wahrscheinlichkeitsrechnung keine Chance.

»Mensch, Rüdiger, so mach schon.« In Windeseile hatte Hilda sich das erstbeste Kleid übergezogen und hielt ihrem Mann die Autoschlüssel hin.

***

Polizeihauptmann van Trott brauchte weder Laktose noch Erdnussbutter, um intolerant zu sein. Ihm genügte der Anblick der sanft gewellten südweststeirischen Hügellandschaft, um unter heftigsten Allergieanfällen zu leiden.

Mit nahezu asthmatischem Keuchen raste er die Damischtaler Landstraße entlang, ohne die lieblichen Weingärten mit ihren pittoresken Klapotetzen auch nur mit einem freundlichen Blick zu würdigen. Wäre er Gott, er würde diese blühende Bilderbuchlandschaft schwarz übermalen und ins Reich der Hobbits verbannen. Nun tuckerte auch noch so ein prähistorischer Traktor vor ihm die Serpentinen hinauf. Van Trott schnaufte wie eine rostige Dampflok hintendrein, den Zeigefinger fluchend gen Himmel gerichtet. Doch das Jüngste Gericht ließ sich ebenso wenig blicken wie eine Überholmöglichkeit. Er hasste den Landstrich, die hinterwäldlerischen Leute, und am allermeisten hasste er deren lahmarschigen Postenkommandanten. Aber er würde diesem Verlustposten der Exekutivbehörde schon ordentlich Beine machen.

Sie hätten schon wieder eine Leiche in der Botanik gefunden, hatte Revierinspektor Kapplhofer ihm vor nicht einmal zwei Stunden unter Missachtung sämtlicher hierarchischen Abläufe erklärt. Diesmal wär es aber eine weibliche Wasserleich, die man erwürgt habe. Der Mensch war noch dümmer als die sprichwörtlichen drei Meter Feldweg. Eine erwürgte Wasserleiche, das war wohl der weiße Rabe der Damischtaler Kriminalistik. Der Polizeihauptmann war zutiefst davon überzeugt, dass die Arbeitstechniken und Ermittlungsmethoden des Postenkommandanten bestenfalls dazu reichten, den Einbruchdiebstahl an einem Kaugummiautomaten zu klären. Von Gewaltverbrechen hatte die Dumpfbacke ebenso wenig Ahnung wie er von Filethäkelei. Aus diesem ärgerlichen Grund würde er alles allein machen müssen, tagelang in der bodenständischen Gerüchteküche herumrühren und sich über das selektive Vergessen des halbwilden Grenzlandvolkes noch zu Tode ärgern. Die vorsätzliche Gedächtnislücke hatten diese halb zivilisierten Saufköpfe jedenfalls zur Kunstform erhoben. Das war ihm seinerzeit schon sauer aufgestoßen, als er sich mit dem makabren Damischtaler Doppelmord hatte befassen müssen, wo eine Leiche nackt vor dem Hochaltar gesessen und die andere mit offener Hose im Gemüsebeet gelegen hatte.

Endlich bog der Traktor gemächlich in ein Kukuruzfeld ab, und van Trott hatte erneut freie Fahrt. Dennoch glich seine Stimmung weiterhin einem atmosphärischen Tiefdruckgebiet. Wenn man ihm wenigstens einen Assistenten zur Seite gestellt hätte! Doch aufgrund der gelinde gesagt bewegten Umstände im steirischen Grenzland reichte die Zahl der verfügbaren Beamten hinten und vorne nicht.

Immer größere Menschenmassen drängten sich auf der Suche nach einer neuen Heimat an der steirisch-slowenischen Grenze zusammen und auf dem schnellsten Weg nach Norden. Seit Ungarn zur migratorischen Sackgasse geworden war, fielen die ausgehungerten Flüchtlinge in der Steiermark ein. Oder über die Steiermark her. Das war Ansichtssache. Er persönlich war zwar kein Freund des ungeregelten Zuzugs fremder Menschen, und noch weniger mochte er ganze Völker, die sich auf Wanderschaft begaben und seine Wege kreuzten, aber verglichen mit den barbarischen Sitten und Gebräuchen im Damischtal schienen ihm die syrischen Horden noch das geringere Übel zu sein. Mit diesem wenig erfreulichen Gedanken trat der Hauptmann das Gaspedal durch und raste mit Vollgas seinem nervlichen Untergang entgegen.

***

Der Stammtischrunde tränten die Augen, was ausnahmsweise nicht nur am Zigarettenrauch lag. Erstmals in der Geschichte des Gfrettgstättener Kirchenwirts lag es auch am kompakten Trauerflor, der blickdicht über den Tischen hing.

Selbst der Schilcher, der offizielle Zaubertrank der Region, wollte seine wundertätige Wirkung nicht so richtig entfalten. Dank perfekter Kellertechnik hatte die einstmals als Rabiatperle berüchtigte Traube des blauen Wildbachers ihr Aggressionspotenzial längst eingebüßt und galt mittlerweile sogar als begehrte Rarität bei auswärtigen Schluckspechten. Die Einheimischen, die direkt an der hellrot schillernden Quelle saßen, tranken eher aus gesundheitlichen Gründen. In der warmen Jahreszeit wurde die Betriebstemperatur mit erfrischenden Schilcherspritzern gekühlt, in der kalten Saison diente schilchernder Glühwein als Frostschutz, Grippeimpfung und Wärmepumpe zugleich. Ein täglicher Mindestverbrauch wurde außerdem zu immunologischen Zwecken konsumiert. Er stärkte Körper wie Geist im Kampf gegen schwermütige Gedanken, schwer kalorisches Essen sowie schwer verdauliche Themen. So gesehen konnte den Damischtalern wirklich niemand das Wasser reichen, denn das lehnten sie generell – und gleichfalls aus gesundheitlichen Gründen – ab. Nicht nur, dass einem vom Wassertrinken die Gedärme rostig wurden, so die Ansicht der Alten, hatte der Leichenfund im Bach auch die Jüngeren auf eindrucksvolle Art gelehrt, wie gefährlich der Kontakt mit dem nassen Element sein konnte. Im Weinfass war schließlich noch nie wer ertrunken.

Angesichts der apokalyptischen Zukunftsaussichten für Gfrettgstätten zeigte nun aber selbst der Schilcher kein stimmungsaufhellendes Potenzial mehr. Eine ermordete Frau passte rein gar nicht in das Konzept des heimischen sanften Tourismus. Gerade erst hatte sich die Gemeinde dank ihres elitären Doggy Wellness & Human Beauty Spa Resorts im ganzen Lande als Paradies für Hund und Herrl etabliert – wobei die Gästeschar zwar vorrangig weiblich war, aber bislang hatte noch niemand gegen den falschen Wortlaut protestiert; vermutlich wogen die reichhaltig offerierten Schönheitscremes den Mangel an Gendertum wieder auf –, und schon schien ihr fremdenverkehrsmäßiges Glück erneut im Sinkflug begriffen. Es sei denn, die Ermordete hätte ihrerseits und nachweislich auch fremd verkehrt.

Könnte man einen hiesigen Täter definitiv ausschließen, würde der Ort von jedem Mordverdacht reingewaschen sein. Wenn nicht, gingen sie allesamt vor die Hunde – allerdings unfreiwillig und ohne Umwegrentabilität. Denn zu ihrer aller Unglück handelte es sich beim Opfer eindeutig um einen Gast des Gfrettgstättener Wellness-Hotels. Das hatten Feyertag und Klöpfer mittlerweile herausgefunden, weil Zimmermädchen, Personal Trainer, Diät-Assistentin und Nagelpflegerin der Ermordeten sich über deren zweitägige Abwesenheit gewundert und den Hoteldirektor verständigt hatten. Der hatte wiederum das halbe Personal darauf angesprochen, welches sich nur allzu gern – und äußerst redselig – den Kopf über alle möglichen Gründe für jene offensichtliche Abgängigkeit zerbrochen hatte. Doch bislang hielt sich das Getratsche noch in engen dörflichen Grenzen. Sollte sich erst einmal landesweit herumsprechen, dass die paradiesischen Zustände im Damischtal auf direktem Weg in den Himmel führten, dann gnade ihnen Gott. Die Menschen würden jedenfalls keine Gnade kennen. Wie stets in solchen Fällen würde der Mord – ob aus Lust oder Unlust, spielte ihrer Ansicht nach keine Rolle – das notorische Sommerloch der heimischen Lügenpresse wochenlang füllen. Die Sache würde orthografisch wie faktisch fehlerhaft dargestellt, schrecklich aufgebauscht, mitleiderregend ausgeschlachtet und zu neidwirtschaftlichen Zwecken missbraucht werden.

Kein Wunder also, dass die Stammtischrunde aussah wie ein kollektiver Performance-Akt zum Thema Betroffenheit, als der Bürgermeister sie über das Geschehen informierte.

»Jetzt haben wir echt den Scherm auf«, fasste Feyertag ihre betrübliche Lage auf gewohnt präzise Weise zusammen und blickte dabei so verzweifelt in sein Weinglas, als läge nicht nur dessen Inhalt, sondern die ganze Welt unwiderruflich in den letzten Zügen.

»›Wohl wahr, denn mit des Geschickes Mächten ist kein ewger Bund zu flechten‹«, begann der Schuldirektor nun zu »schillern«, während er bedeutungsschwanger in die Runde nickte. Doch seine literarische Anleihe stieß auf taube Ohren. Den Anwesenden saß der Schock viel zu tief, um Verständnis für höhere Bildung zu haben.

»Geh, red net so g'scheit, sag uns lieber, was mir jetzt tun sollen.« Selbst Fred Pfnaderer, der örtliche Feuerwehrkommandant, hatte sich ins Dorfwirtshaus bemüht, um bei der Liveberichterstattung dieses tragischen Events einen Platz in vorderster Reihe zu ergattern. Dafür nahm er sogar die wogenden Rauchschwaden in Kauf, denen er in seiner Freizeit sonst lieber aus dem Weg ging.

Leider war guter Rat in dem Fall um vieles teurer als guter Wein. Daher gab der Schuldirektor, um Zeit für eine seiner unfehlbaren Antworten zu gewinnen, rasch eine Runde aus. Diese ganze unerfreuliche Angelegenheit überforderte seinen Verstand, etwas, das ihm zum letzten Mal am 3. März 2009 passiert war. Damals hatte sich sein intellektuell wie körperlich magersüchtiger Sohn für die Laufbahn des einzelgängerisch militanten Unbildungsbürgers entschieden. Und das entgegen all der wohlmeinenden väterlichen Belehrungs- und Bekehrungsversuche. Seit damals fraß sein eigenes Fleisch und Blut den Karnickeln das Grünzeug weg, betete Gott Gugl mitsamt dessen geistfreier Kultur an, trug ein kleinteiliges Schraubensortiment in seinem Arschgesicht und betäubte sich mit Musik, die für den Rest der Familie nach einer besonders effizienten Art von aktiver Sterbehilfe klang. Es war eine Schande. Nur gut, dass Lorenz sein Unwesen vorwiegend fernab von daheim in Graz trieb.

Noch ärger als sein vom rechten Weg abgekommener Nachwuchs belastete Klöpfer allerdings sein Unvermögen einer erfolgreichen Ursachenforschung. Weder fand noch verstand er die kausalen Zusammenhänge, die ihm einen Zombie als Sohn und dem Dorf eine Leiche als Souvenir beschert hatten. Bestenfalls konnte er Mutmaßungen anstellen, doch mit primitivem Probabilismus war niemandem geholfen. »Der Schuldige muss schnellstmöglich gefunden, gestellt und seiner gerechten Strafe zugeführt werden«, fasste er das Offensichtliche schließlich in korrekte Worte.

»Und wer wird den Würger vom Damischtal eppa finden?«, entgegnete der Fred Pfnaderer. »Der Kotzbrocken aus Graz, der jede Mistsuppn umrührt, als warat die Scheiße auch noch gebührenpflichtig? Oder unser Kapplhofer, der sein Hirnkastl erst einschalt, wenn schon Feuer am Dach is?«

»'brennt hat's aber net«, warf der Kirchenwirt ein, während er eine gigantische Brettljausn und einen Sautrog voll Käferbohnensalat auf den Tisch stellte, der die Welthungerhilfe auf Wochen ihres Verteilungsnotstandes enthoben hätte. »Essts was, damits mir nicht vom Fleisch fallts.« Dann servierte er noch eine dampfende Rein mit frischer Haxlsuppn dazu. »Wissts eh, g'sunder Geist im runden Körper ...« Er zwinkerte dem Schuldirektor verschwörerisch zu.

Zwar studierte ein voller Bauch auch im Damischtal nicht sonderlich gern, aber da die Leut hier bestenfalls in Schrittgeschwindigkeit dachten, würde sie dieser gastronomische Overkill auch nicht mehr wesentlich einbremsen. Dankbar für die Ablenkung griffen alle nach Blunzn, Bratlfett und Bauernbrot. Eine Zeit lang wurde einträchtig geschmatzt, geschlurft und geschwiegen.

Zumindest so lange, bis Bibiana Doppler den Raum betrat und zielsicher Richtung Stammtisch schritt, denn das Schuhwerk der südweststeirischen Orchideenpäpstin war nicht wirklich zum Gehen gedacht.

Erstaunt riss die Männerriege die Augen auf, die Münder standen aufgrund der aufwendigen Nahrungsaufnahme ohnedies schon offen. Die feinstofflich veranlagte Oberzicke der Region harmonierte ebenso wenig mit der grob gestrickten Stammtischrunde wie Krensenf mit einem Punschkrapferl. Zudem ließ sich die einstige Dorfschönheit nur in den allerseltensten Fällen dazu herab, mit dem bodenständigen Bierbauchproletariat an einem Tisch zu sitzen. Sie verkehrte lieber in höheren Kreisen, auch wenn sich diese zunehmend auf ihre üppig bepflanzte Balustrade im zweiten Stock beschränkten. »Ja, da schau her, da sitzen s', schauen blöd und schlagen sich die Bäuch voll.«

Betreten zog der großformatige Pädagoge sein Feinkostgewölbe um zwei Konfektionsgrößen ein.

»Das schaut nur so aus, wir halten gerade eine dringliche strategische Kriseninterventionssitzung ab.« Der Bürgermeister ließ sich nicht gern der Untätigkeit bezichtigen. Schon gar nicht von einem Weib, dessen Lebensaufgabe darin bestand, seinen Mitmenschen mit spitzen Stilettos auf die Zehen zu treten.

»Krisensitzung, dass ich nicht lach.« Bibiana sah auch nicht im Geringsten danach aus. Sie verfügte ja generell nur über homöopathische Spuren an Heiterkeit und Humor, und die bewahrte sie vermutlich in einem Gurkenglas im Kühlschrank auf. Rund um den Stammtisch schien es jedenfalls merklich kühler geworden zu sein, seit Bibiana vor der Runde stand und sich frostig umsah. »Was gedenken die Herren nach ihrem opelenten Mahl für unsere Sicherheit zu tun?« Bibiana war dafür bekannt, gern mit Fremdwörtern um sich zu werfen. Leider traf sie meist daneben. »Man kann sich als alleinstehende Frau ja nicht mehr aus dem Haus trauen bei die derzeitigen Zuständ. Selbst bei einer Armlänge Anstandsabstand nicht.« Resolut griff sie nach Brotkorb und Brettljause und stellte beides auf die Fensterbank. »Im Bach liegt eine ermordete Frau. Angeblich ein ganz steiler Zahn. Brutalst misshandelt, vergewaltigt, verstümmelt und zu Tode gewürgt. Und ihr denkts nur ans Fressen und Saufen. Dass ihr euch nicht schämt, alle miteinand!«

Der Bürgermeister fluchte. Offenbar hatte die Stille Post der Gemeinde bereits geöffnet. »Himmelherrgottnochamoi, wer sagt denn so was? Das stimmt doch gar nicht. Die Leich hat ausg'schaut wie das blühende Leben. Keine Spur von Verstümmelungen. Ich hab's doch mit eigenen Augen g'sehn.«

»Na, der red wieder an Schmarrn daher. A blühende Leich will er g'sehen haben. Hättest es bestäuben auch noch wollen?« Bibianas Zunge schwoll gefährlich an, der Bürgermeister zog merklich den Kopf ein, die Ohrenzeugen grinsten verhalten vor sich hin. Die rhetorischen Kastrationsattacken der Dopplerin besaßen stets einen gewissen Unterhaltungswert, sofern man nicht selbst von ihnen betroffen war. »Ich glaub, es wird höchste Zeit, dasst dir eine Glasln zulegst, aber solche zum Schauen, nicht zum Saufen«, setzte sie noch eins drauf. Dabei changierte ihre sonst eher blässliche Gesichtsfarbe deutlich in den rosigen Bereich, was ganz und gar nicht zu ihrer roten Haarfarbe passte. Und bevor der Schuldirektor ausreichend Luft für eine seiner wohlklingenden Beschwichtigungsreden holen konnte, schlug Bibiana bereits ihren dröhnenden Schlussakkord an. »Wir, und damit meine ich das gesamte schwache Geschlecht Gfrettgstättens, wir verlangen Schutz, Sicherheit und Sofortmaßnahmen!« Um ihrer Forderung mehr Nachdruck zu verleihen, suchte sie mit ihren High Heels auf den alten Dielenboden zu stampfen, was sie beinahe zu Fall brachte.

Ihre verdutzte Zuhörerschaft hingegen dachte angestrengt nach, welch wundersamer Begebenheit eine derart altruistische Grundhaltung der Dopplerin wohl zu verdanken war. Bislang war der sorgfältig recherchierten Gemeindechronik garantiert kein Fall von Doppler'scher Nächstenliebe bekannt. Genau genommen hatten die Einheimischen bislang nicht einmal geahnt, dass die Bibiana auch mehrheitsfähig, sprich des Plurals mächtig, war. Dieser unglaubliche Gesinnungswandel kam ihnen äußerst verdächtig vor.

»Die Angst geht um, und keiner von euch schert sich drum.« Die Fürsprecherin der weiblichen Unversehrtheit war ans lautstarke Ende ihrer verbalen Großoffensive gelangt.

Leider war die im wahrsten Sinne des Wortes in den Wind gereimt, weil der Kirchenwirt im Interesse eines gesunden Luftaustausches das Fenster neben dem Stammtisch aufgerissen und Brotkorb wie Brettljausn versehentlich zu Boden gefegt hatte. »Mistbratl, elendigs«, polterte er beim Anblick der gefallenen Delikatessen los.

Bibiana, die sich fälschlicherweise angesprochen fühlte, polterte umgehend zurück. »Was fallt dir denn ein? Ich lass mich von dir doch nicht beleidigen, du blade Berufsschwuchtel, du.«

Da der Wirt gern selbst am Stammtisch verkehrte und der auf dem Land nach wie vor als rein männliches Naherholungsgebiet galt, zuckte nun auch er zusammen. Aber nur kurz und ganz unauffällig. Danach ging er zum Gegenangriff über. »Du vertrocknete Matratzenpendlerin, du!«

Das saß, wusste doch das gesamte Damischtal von Bibianas breit angelegten Bemühungen, endlich schwanger zu werden.

Die solcherart Titulierte wurde röter als das kommunistische Manifest, bevor sie zurückbrüllte: »Du b'soffener Rufmörder, ich reiß dir die Eier aus, du …«

»Pass nur auf, du Zwiderwurzn, mich verfrachtest nicht ins Grab!«

Auf ihre zweifache Witwenschaft wurde die Dopplerin allerdings noch weniger gern angesprochen als auf die unfruchtbaren Besamungsversuche. »Ich bring ihn um, den Fetzenschädl!«

»Bissgurn, damische!«

»Es reicht.« Der Schuldirektor war eingeschritten und hatte dazu nicht nur seine Stimme, sondern auch seine Körpermasse in vollem Umfang erhoben, was noch bedrohlicher wirkte. »Wir brauchen hier keine weitere Leich, wir brauchen einen Täter.«

Zögerlich zustimmendes Nicken auf Seiten der Männer.

»Und wenn die Polizei ihn nicht findet, dann müssen wir halt selbst nach ihm suchen und schauen, dass Zucht, Ordnung und Moral wieder herg'stellt werden.«

Einstimmiges Nicken auf Seiten der Männer. Nur Bibiana war noch unschlüssig. Einerseits fand sie Klöpfers Idee durchaus gut, andererseits hatte er jetzt das letzte Wort behalten, und das konnte sie ihm so schnell nicht verzeihen. Zudem machte ihr die Aussicht auf wandelnde Triebtäter und patrouillierende Nachbarn tatsächlich große Angst. Gerade sie suchte ja stets nach befruchtenden Zusammenstößen in der freien Natur, sobald sie ein potenziell zeugungsfähiges Objekt in ihr kritisches Auge gefasst hatte. Zweck dieser erotischen Schleudergänge war allerdings, neues Leben zu schaffen, nicht, ihres zu vernichten.

***

»›Auch wenn du in dunklem Tale wandern musst, fürchte kein Unglück, denn der Herr ist mit dir‹«, zitierte Corolianus Hafernas die Bibel und goss Hermine Holzapfel noch etwas Kräutertee nach. Die Stelle mit dem Stecken und dem Stab unterschlug der Pfarrer; sie schien ihm sowohl angesichts der aktuellen Umstände als auch im Hinblick auf ihre gemeinsame gotteslästerliche Vergangenheit nicht angebracht. Immerhin hatte der Geistliche mit der Hermine einst in ausgesprochen weltlichen Sphären verkehrt.

Stattdessen kramte er weiter nach passenden Versen, um der haltlos heulenden Hermine Trost und Beistand zu spenden. Doch die einst so rüstige Rentnerin schien kein Ohr für Gottes Wort zu haben. Mit trübem Blick und rot geheulten Augen saß sie da und wiederholte zum x-ten Male: »Warum ich? Warum schon wieder ich?«

Tatsächlich schien es das Schicksal von Hermine Holzapfel zu sein, über jede Leiche zu stolpern, die im Damischtal herumlag. Es war zwar der spröde Piefke gewesen, der die Tote im Bach zuerst entdeckt hatte, aber der hatte dann ausgerechnet mit Hermine kollidieren und sie unbarmherzig zurück zu jenem grauslichen Fund ziehen müssen. Zwecks dem Vieraugenprinzip, hatte er ihr erklärt. Aber die ältliche Obfrau des Friedhofsblumenvereins, welcher auch die botanische Aufwertung der zahlreichen Marterl in Gfrettgstätten oblag, hatte gar nicht genau hingesehen. Leichenbeschau und Tatortbehübschung zählten eindeutig nicht zu ihrem Aufgabenbereich. Ganz zu schweigen von den unangenehmen Kollateralschäden, die gewaltsam Verstorbene mit sich brachten. Und die ihr geruhsames Pensionistendasein bereits einmal in den Grundfesten erschüttert hatten. Daher hatte sie nur stumm und zu Tode erschrocken am Ufer gestanden und die Hände über dem Kopf oder besser gesagt über den Augen zusammengeschlagen. Danach hatte sie sich mit letzter Kraft zum Pfarrer geschleppt. Und seitdem saß sie in seinem Gebetszimmer und zog unaufhörlich die Nase hoch, während der Priester erneut die Bibel aufschlug und weiterhin heilige Worte verlas:

»›Gott ist unsere Zuflucht und Stärke, ein bewährter Helfer in Zeiten der Not.‹ Psalm 46.2.« Er griff vorsichtig nach ihrer kalten Hand. »Gerade jetzt musst du stark sein im Glauben, Hermine. Gott prüft die, die er liebt.«

Doch die ältliche Dame schüttelte nur bedrückt ihre grauen Lockenwicklerlöckchen und schniefte herzerweichend. Zumindest schien sie die körperliche Nähe zu Hafernas so weit beruhigt zu haben, dass sie ihren Tee trinken konnte, ohne dabei die Hälfte zu verschütten. Der Pfarrer atmete auf und strich sich liebevoll über sein nahezu kahles Haupt. Vielleicht bestand ja doch noch Hoffnung, die alte Betschwester in absehbarer Zeit loszuwerden. Langsam gingen ihm die notstandstauglichen Bibelverse aus. Und die Geduld im Grunde auch. Er war ja kein heiliger Antonius für den Privatgebrauch. Gerade er, der es nicht einmal mehr schaffte, die Verantwortung für sein spärliches Haupthaar zu tragen, musste sich mit dem Seelenheil von viertausend Damischtalern abschleppen. Die Lust auf die sündigen Niederungen des irdischen Daseins war ihm dabei längst vergangen. Er brauchte keine Pfarrersköchin mehr, keine Hermine Holzapfel und keine wie auch immer gearteten verbalen Entblößungen im Beichtstuhl. Er wollte einfach nur in Ruhe und Frieden auf den Märtyrermugl pilgern, um im Schatten der Klachlkapelle an seiner visionären Gedenkstätte zu basteln.

Dort oben war er näher bei Gott, ferner von den Menschen und ganz bei sich selbst, denn auf jener welt-, aber nicht gottverlassenen Waldeslichtung hatte der allmächtige Vater einst zu ihm gesprochen. Genau genommen war es ein üppiger Haselbusch gewesen, aus dem heraus der Schöpfer sich ihm offenbart hatte. Und so ein heiliges Gebüsch musste er fortan in Würde, Ehre und bei bester Gesundheit halten, so war es ihm von oberster Stelle aufgetragen worden. Denn das Himmelreich auf Erden würde von dieser geweihten Stelle aus seinen Anfang nehmen. Sofern er Hermine dazu brachte, endlich das Pfarrhaus zu verlassen. Vorsichtig langte er nach der heißen Teekanne, um der traumatisierten Leichenbeschauerin noch etwas Kamillentee einzuschenken. »Meine liebe Hermine, es ist Gottes Wille, dass wir alle irgendwann zu Asche und Staub werden. Das ist der Lauf des Lebens. Und das Sterben ist ein Teil davon. Du brauchst dich vor den Toten also nicht zu fürchten, selbst wenn die nicht freiwillig aus dem Leben geschieden sind.«

Hermine sah den Seelsorger an wie ein waidwundes Reh. »Aber Herr Pfarrer, die Toten machen mir eh keine Angst. Es sind die Lebenden, die ich fürcht.«

Mit diesem Geständnis hatte Corolianus Hafernas nicht gerechnet. Der Geist einer Frau war offensichtlich selbst in reifem Alter ähnlich unergründlich wie die Wege des Herrn. Oder wie der Magen einer Sau. So pflegten sich die Einheimischen auszudrücken. Sein seelsorgerischer Phrasengenerator kam mit der unerwarteten Wendung jedenfalls nicht zurecht. Und weil sein berufsbedingtes Duldungsvermögen kein nachwachsender

Rohstoff war, musste er der leidigen Sache irgendwie ein Ende setzen. »Hermine, wenn du deinen Nächsten fürchtest, dann musst du mit der Polizei sprechen, nicht mit mir.«

»Aber die können doch auch nicht alle zum Schweigen bringen, Herr Pfarrer.«

Hafernas' Denkapparat lechzte nach künstlicher Beatmung. Hatte er da soeben den Wunsch nach kollektivem Genozid aller Damischtaler vernommen? »Um Himmels willen, Hermine! Schlag dir solch sündige Gedanken sofort aus dem Kopf. Und wenn es mit der Haarbürste ist«, fügte er hinzu.

»Glauben S' mir, grad des Gered bringt mich g'wiss noch ins Grab«, seufzte die pensionierte Gottesanbeterin und erhob sich schwankend von dem harten Holzstuhl, auf dem sie wegen ihrer Bandscheibenschmerzen kaum hatte sitzen können.

Der Pfarrer schwieg, weil er wie stets zwar die Botschaft vernommen, deren Sinn aber nicht gefunden hatte. Warum sollte so ein Gerät Hermine ins Grab bringen? Fast jede ältere Frau hatte doch eine Haarbürste daheim, aber von einem Todesfall vor dem Frisierspiegel hatte er noch nie gehört. Doch letztlich wollte er keine weiteren Gedanken sinnlos verschwenden, sondern zu seinem heiligen Haselbusch.

Mit unaufrichtigem Mitgefühl schüttelte er Hermines Hand, berührte kurz ihre Schulter und schubste sie mit einem pathetischen »Gott sei mit dir« vor die Tür.

Der erste Kreis der Hölle

Nach dem dramatischen Leichenfund war im Damischtal definitiv Schluss mit lustig. Die Sonne stand zwar zwei Tage danach immer noch strahlend am Himmel, die Kürbisse setzten den Äckern nach wie vor goldene Punkte auf, die Klapotetze klapperten beschwingt vor sich hin, und die üppig bepflanzten Weinhügel versprachen weiterhin süffige Zeiten, doch nur noch wenigen gelang es, sich an den idyllischen Aussichten zu erfreuen. Der Großteil sah kollektiv schwarz. Und hegte bitterböse Gedanken. Nur gut, dass die nicht auch noch tödlich waren, sonst wäre das liebliche Tal binnen kürzester Zeit ausgestorben gewesen. Schon die eine Tote war ja eindeutig eine zu viel. Kaum jemand, der dieser Tage nicht Verwünschungen in der vierten Potenz ausstieß, kaum einer, der die Schuldigen an diesem exponentiell beschleunigten Chaos nicht liebend gern in tausend blutige Stücke gerissen hätte. Zur allgemeinen Enttäuschung gab es vom Täter aber nach wie vor keine Spur. Dafür wurde beinahe im Stundentakt eine neue Hiobsbotschaft vernommen. Schlimmer ging es in der Südweststeiermark halt immer.

***

Die Familie Bartenstein ergründete derweil im Selbstversuch die Schmerzgrenze von Leberzellen und Trommelfell.

»Rüdiger, jetzt halt doch mal die Klappe«, fauchte Hildegund. »Dein Gebrüll führt doch zu absolut nichts. Außer zu Migräne. Und trink nicht so viel.« Sie griff nach der Schnapsflasche und schenkte sich selbst ordentlich ein. Würde ihr Mann wunschgemäß die Klappe halten, könnte er sich sowieso nicht weiter volllaufen lassen.

»Das ist alles nur deine Schuld«, konterte Rüdiger, der nicht im Geringsten ans Verstummen dachte. »Du wolltest in das damische Tal, obwohl wir hier schon vor Jahren Kopf und Kragen riskiert haben. Aber du hast dich mitleidlos über mich und meine Wünsche hinweggesetzt und treibst mich mit deinem esoterischen Missionierungseifer noch in den Wahnsinn, während ich diesem Irrenhaus nicht mal entkommen kann. Da muss man doch kirre werden.«

Aufgrund der von Hauptmann van Trott eingeleiteten Ermittlungen durfte niemand den Ort verlassen. Weder tot noch lebendig. Im gesamten Damischtal herrschte sozusagen Ausreisesperre. Als wenn die zunehmend undurchlässigeren Grenzen, mit denen der gleichfalls zunehmende Flüchtlingsstrom in kontrollierbare Bahnen gelenkt werden sollte, nicht Einschränkung genug wären. Nun saßen auch die Touristen fest, im Unterschied zu den Fremden allerdings im goldenen Käfig.

»Ich …«, nun tobte auch Hildegund, »ich treib dich in den Wahnsinn? Du hast sie wohl nicht alle! Wenn ich nicht die treibende Kraft wäre, wären wir doch schon längst mit dem Sofa verwachsen und du würdest aussehen wie in Wachs gegossen.«

Rüdiger hatte die Flasche inzwischen zurück auf sein Hoheitsgebiet gezogen und bediente sich großzügig. »Besser ein Hochprozentiger als Granderwasser«, stellte er trocken fest und kippte sich gleich noch einen hinter die Binde.

»Außerdem«, Hildegund nahm den Mundraub an der Flasche nicht unkommentiert hin, »hättest du die doofe Leiche nicht gefunden, würden wir jetzt nicht hier festsitzen.«

Nur eine weibliche Wellness-Fundamentalistin mit Esoterikhintergrund konnte eine derart verquere Logik vertreten, befand Rüdiger. »Wären wir halt zu Hause geblieben, so wie ich es gewollt hätte«, konterte er. »Im Ruhrpott liegen keine Leichen am Spazierweg herum.«

»Daheim gehst du doch gar nicht spazieren.« Auch Hildegund gab nicht nach.

Die schwelende Ehekrise war auf dem besten Weg, einen veritablen Flächenbrand zu entfachen, doch doppelt gebrannter Schilcherschnaps war zu Löschzwecken denkbar ungeeignet.

»Immerhin fahre ich Rad. Radfahren ist gesund, vor allem, weil ich mich dadurch schnell und ausreichend weit von dir und deinen haarsträubenden Ansichten wegbewegen kann.«

»Meine Ansichten sind alles andere als haarsträubend. Und gerade dir würde es keineswegs schaden, sie öfter zu befolgen, statt dröge wie eine degenerierte Kleiderpuppe herumzusitzen.«

»Kleiderpuppe? Na, hör mal, wer da spricht. Als ob deine – im Übrigen von meiner drögen Existenz bezahlte – Wohlfühlkleidung tageslichttauglich wäre. Deine plüschigen Pastellfetzen sehen selbst bei Stromausfall noch albern aus. Rosa Bommeln in deinem Alter.«

»Was heißt hier ›in meinem Alter‹? In meinem Alter kann ich mir zumindest noch die Schuhe zubinden. Ohne dass ich Angst vor einem Bandscheibenvorfall haben muss.« Damit hatte Hildegund zwar recht, näherte sich dafür aber bereits einem Zungenbeinvorfall.

»Das Alter, meine Liebe«, Rüdiger nuschelte bereits ein wenig, »ist eine Frage der Reife, nicht der Lendenwirbel.«

»Ach nee. Und dein Sofadisieren beschleunigt offenbar den Reifeprozess. Aber nicht mit mir. Ich möchte meine alten Tage genießen und nicht mit einem wachkomatösen Spießer absitzen müssen.«

»Dann geh doch. Ich halte dich bestimmt nicht fest. Geh und lass dich auch erwürgen.«

Nur dem Eintreten von Kevin-Karl war es zu verdanken, dass eine handgreifliche Ausweitung der Kampfzone ausblieb. Der vierzehnjährige Spross der Bartensteins war zutiefst empört, dass ihn seine Eltern vom Pfadfindercamp abgeholt und ins Hotel zurückgebracht hatten. Gegen seinen ausdrücklichen Willen. Als wäre er ein kleines Kind, das nicht selbst auf sich aufpassen konnte. Dabei hatte er sich auf der Plutzenberger Platte weitaus sicherer gefühlt als hier bei seinen Erzeugern, die sich beinahe gegenseitig die Schädel einschlugen. »Mir ist langweilig«, blaffte er die beiden nun an. »Ich geh mal 'ne Runde mit Griselda.« Schon wollte er nach Hund und Leine greifen.

»Nur über meine Leiche«, mahnte Rüdiger. »Da draußen geht ein Mörder um.«

»Stimmt«, befand Hildegund. »Nimm deinen Vater mit.«

»Wow, cool! Zeigst du mir dann den Tatort, Paps?« Allein die Vorstellung hellte seine düstere Miene etwas auf. Mit prickelnden Details vom Schauplatz könnte er zumindest vor seinen Freunden angeben, was die Scham über einen Spaziergang in väterlicher Begleitung wettmachen würde.

»Kommt nicht in die Tüte. Außerdem ist die Fundstelle bestimmt abgesperrt wegen der Spurensuche. Aber wir könnten ja anderswo etwas Frischluft schnappen und uns die Beine vertreten.« Dabei dachte Rüdiger allerdings weniger an sportliche Ausnüchterung, sondern eher an sesshafte Völlerei unter freiem Himmel. In einer der umliegenden Buschenschänken etwa, wo es noch echte Bauernbutter gab und nicht dieses vegane Sperma, das sie einem in ihrer Unterkunft stets auf die Stulle schmieren wollten. Und dazu Käferbohnen, Kassler und die delikaten Dinger in Aspik. Vielleicht würde er sich sogar an eine Kernöleierspeis wagen, die besaß in der Region ja angeblich schon Kultstatus. Allein beim Gedanken an derartige Versuchungen hellte sich seine Stimmung auf. Zudem war er in Wahrheit ja ein großer Verfechter der Trennkost, aß also umso lieber, je weiter getrennt er von seinem Eheweib war. Sein Appetit stieg mit dem Quadrat der Entfernung zu seiner Gattin, während ihre Gesellschaft ihm spürbar auf den Magen schlug. »Na, dann mal los, Kevin-Karl.«

»Okay, Paps.«

Auch Kevin-Karl fand alles besser, als in dem ollen Schuppen die Zeit totzuschlagen. Erwachsensein und Geldhaben musste eine unglaublich öde Kombination sein. Die Gäste hier redeten meist nur mit ihren Hunden oder seltsamen Gurus. Für seine pubertären Ohren hörte sich beides ähnlich belämmert an. Zudem wollte er sich weder unter eine dieser menschlichen Knetmaschinen legen noch auf die Suche nach universeller Harmonie begeben, was auch immer das bedeuten mochte. Er wollte zurück ins Pfadfinderlager, das noch drei lange Tage dauern würde, denn dort war seine Kathi. Sie war recht klein für ihr Alter, hatte blonde Zöpfe, Sommersprossen und den schönsten Schmollmund von ganz Österreich. Wenn er an sie dachte, färbte sich die ganze Welt rosarot.

***

Hauptmann van Trott hingegen sah rot, blutrot, um die Wahrheit zu sagen, was aber nicht am atemberaubenden Sonnenuntergang, sondern an Kapplhofers arthritischer Arbeitsmoral lag. Van Trott war immer wieder aufs Neue erstaunt, wie manche Menschen ohne ersichtliches Rückgrat und ohne jede Gehirntätigkeit überleben konnten. Aber die Quallen schafften das auch seit Jahrtausenden. Er jedenfalls hegte eine Zuneigung zu seinem Provinzadlatus wie die Rose zur Blattlaus. Dieser Mensch, der ihm da auf einem altersschwachen Stuhl gegenübersaß, erinnerte ihn mit jeder Minute mehr an eine Personalunion aus Homer Simpson und biologischem Nervengift. Gleich einer Skulptur aus schwabbelndem Schweinefett versuchte diese Nullnummer, auf dem knarrenden Stuhl Haltung zu bewahren, was ihm in keinster Weise gelang. Der Hauptmann, der ungemein stolz auf seine windschnittige Figur war, nagte derweil verbissen an seinem Bleistift herum und kramte nach Worten, die scharf genug waren, um die Großhirnrinde dieses Menschenaffen zu durchdringen. »Mein lieber Kapplhofer, so leid es mir tut, Ihre überaus kostbare Zeit zu beanspruchen, die Sie bestimmt gewinnbringender am Esstisch investieren könnten, so dringlich muss ich Sie auf Ihre Pflicht als Polizeibeamter hinweisen.« Mit einem leisen Knack brach der Bleistift entzwei. »Sie werden also amtshandeln müssen, wie es so schön heißt, weil man einen Mordfall nun leider weder in Heimarbeit noch am Wirtshaustisch aufklären kann.«

Kapplhofer tat es leid um den Bleistift. Der hätte beim regulären Damischtaler Revierdienst noch gut und gern ein paar Jahre gehalten. Außer abhandengekommenen Grabgestecken und mutwillig zerstörten Kaugummiautomaten passierte bei ihnen normalerweise nicht viel, zu dem es sich lohnte, Notizen zu machen. »Jo eh, Herr Hauptmann.« Dabei schlug er zwar keine Hacken zusammen, versuchte aber zumindest, annähernd strammzusitzen.

»Fassen wir also zusammen: Wir haben eine weibliche Tote, achtundzwanzig Jahre alt, wohnhaft in Graz, nicht vorbestraft, ledig, keine Kinder, von Beruf Krankenschwester, auffallend hübsch und mittlerweile auf dem besten Weg zur biologischen Kompostierung.« Van Trott hielt kurz inne, um nach einem neuen Bleistift zu greifen, Kapplhofer träumte derweil von panierten Hendlhaxn, in die er seine Zähne schlagen konnte. »Angelika

Freudentaler wurde zuerst mit einer dünnen Schnur erwürgt, bei der es sich durchaus um eine Hundeleine handeln könnte, und erst zu einem späteren Zeitpunkt im Wasser abgelegt. Der zugehörige Hund gilt derzeit noch als verschollen.«

Der Dorfpolizist nickte zustimmend und bemühte sich, möglichst beeindruckt dreinzuschauen.

»Die Tote wurde von Rüdiger Bartenstein, einem deutschen Urlaubsgast, gefunden, der den Hund seiner Schwiegermutter ausführte. Bartenstein logiert gleich der Ermordeten in der Gfrettgstättener Wauness-Welt, gibt aber an, die junge Frau nicht persönlich gekannt zu haben.«

»Bei mehr als dreihundert Gästen könnte das durchaus stimmen«, wagte der Inspektor einen Einwurf.

Der Hauptmann sah irritiert von seinen Unterlagen auf. »Guter Mann, Sie sind nicht zum Denken hier, sondern um meine Gedanken auszuführen, ist das klar?«

»Schon recht.«

»Also fahren wir fort. Angesichts der Umstände wage ich zu behaupten, dass es sich um einen Triebtäter handelt, wobei noch unklar ist, ob die Tote ihren Mörder gekannt hat oder nicht.«

Außer den ungemein langen Beinen der Ermordeten fielen Kapplhofer beim besten Willen keine Indizien ein, die auf einen Triebtäter hinweisen würden. Die Tote war normal gekleidet gewesen und ohne zerfetzte Bluse, dafür mit intakter Unterhose aufgefunden worden. Zumindest soweit er das hatte beurteilen können. Und über das Naheverhältnis der Ermordeten zu ihrem Mörder würde man so rasch bestimmt nichts sagen können. Mindestens ein Mal, als der Würger ihr den Strick oder was auch immer um den Hals gezogen hatte, mussten sie sich jedenfalls sehr nahe gekommen sein.

»Aufgrund der emotionalen Komponente bei dem Delikt werden wir allen alleinstehenden Männern zwischen fünfzehn und fünfundneunzig auf ihren sabbernden Zahn fühlen. Und zwar ausnahmslos allen, vom Pfarrer bis zu den Wauness-Gästen.«

»Wurde die Tote denn vergewaltigt?«, setzte Inspektor Kapplhofer erneut seine körperliche Unversehrtheit aufs Spiel.

»Das wird uns die Gerichtsmedizin in absehbarer Zeit wissen

lassen. Aber glauben Sie mir, mein Gefühl trügt mich nicht. Bei dem Verbrechen handelt es sich mit größter Wahrscheinlichkeit um eine sexuell motivierte Verzweiflungstat.«

Dieser Meinung war der Schuldirektor auch gewesen. Kapplhofer hingegen vertrat definitiv eine andere Ansicht. Er traute weder der Theorie vom junggeselligen Hormonstau noch van Trotts Gefühlen. Und würde im Zeitalter der allgemein grassierenden Stutenbissigkeit selbst eine weibliche Täterin nicht von vornherein ausschließen. Doch er wollte den Hauptmann nicht mit seinen differenzierten Denkansätzen überfordern. Zudem würde jeder zusätzliche Einwurf dessen Verweildauer auf dem Revier verlängern. Also hielt der Inspektor den Mund.

»Und daher werden Sie, mein lieber Kapplhofer, mir morgen beim ersten Hahnenschrei alle in Frage kommenden Verdächtigen vorführen. Und wie gesagt, mit Betonung auf ›alle‹. Jeder, der hier einen Wohnsitz hat, und jeder, der hier in den letzten fünf Jahren einen hatte, gehört demnach zur anwesenheitspflichtigen Schar der Auserwählten.« An der Stelle genehmigte sich der Hauptmann ein kurzes, anerkennendes Nicken in Anbetracht seiner erlesenen Wortwahl.

Der Inspektor nickte auch, aber allein als Zeichen, dass er im Großen und Ganzen alles verstanden hatte. Das würde eine Mörderhackn werden, also einen Arbeitsaufwand mit sich bringen, der ihn nahezu umbringen würde. »Getrennt oder zusammen?«, fragte er wenig diensteifrig nach. In Gedanken rechnete er bereits die Wegstrecken zusammen, die er bei einem solchen Unterfangen zurücklegen müsste. Kapplhofer besaß zurzeit ja nur ein Dienstfahrrad, da der Streifenwagen des Gfrettgstättener Polizeipostens seit Wochen an die steirisch-slowenische Grenze zum Patrouilleneinsatz abkommandiert war.

Van Trott konnte nicht glauben, was er soeben vernommen hatte. Dieser Verlustposten der Landespolizeidirektion war so dumm, dass man ihm vermutlich selbst den tieferen Sinn von Stoppschildern erklären musste. »Einer nach dem anderen, oder glauben Sie, wir lassen ein Bierzelt aufstellen, wo sich dann alle zusammendrängen und eine Tombola über die Reihenfolge der Vernehmung entscheidet?«

»Nein, eh nicht.« Insgeheim dachte Kapplhofer allerdings, dass ihn Derartiges auch nicht sonderlich verwundert hätte. Dem Hauptmann war alles zuzutrauen, und er hatte nicht die geringste Ahnung von modernen Vernehmungsmethoden. Vielleicht kam ja wirklich mehr bei einem Verhör raus, wenn sich die Leute dabei gegenseitig auf die Zehen stiegen. Ihm jedenfalls wäre ein Massenauflauf aus bewegungstechnischer Sicht um vieles angenehmer gewesen.

»Und dann treiben Sie mir noch ein paar Sessel auf, in der Besenkammer kann man ja nicht mal ordentlich sitzen.«

Kapplhofer nickte ergeben. Diesem Gschaftlhuaba aus der Stadt passte aber auch wirklich rein gar nichts. Er hatte sich doch eh schon den neuen gepolsterten Bürostuhl, auf dem man so herrlich schlafsitzen konnte, unter seinen mumifizierten Hintern gerissen. Der Inspektor, dem selbst nur der unbequeme Besucherstuhl geblieben war, fand das ungerecht. Seiner Ansicht nach kam es einer regelrechten Ressourcenverschwendung gleich, für den winzigen Walnussarsch vom Hauptmann überhaupt einen ganzen Stuhl bereitzustellen. Der hätte doch genauso gut auf einen Blumenuntersetzer gepasst.

»Also, dann walten Sie Ihres Amtes. Ich habe hier noch zu tun.«

»Soll ich Ihnen morgen ein paar Bleistifte mitbringen? Zwecks Nachschub an Geistesnahrung?«

Das war freundlich gedacht, verfehlte aber zur Gänze seine Wirkung. »Was erlauben Sie sich eigentlich, Sie Provinzkasperl? Raus hier, bevor ich mich vergesse!«

Kapplhofer konnte sich nichts Schöneres vorstellen als einen dem Vergessen anheimfallenden Hauptmann. Aber derart paradiesische Zustände waren ihm bestimmt nicht vergönnt.

***

»Heilige Maria, Muttergottes, steh mir bei.« Hermine Holzapfel rang weithin hörbar nach Luft, während ihr erneut die Tränen in die Augen schossen. In ihrem Gemüsebeet, genau dort, wo vor Jahren der Hendlbaron ins Gras gebissen hatte, dort lag nun ein toter Mops. Zwischen Schnittsalat, Spinatpflanzerln und Stangenbohnen. Dem Mops fehlte das linke Ohr, dafür trug er einen Gamsbart zwischen den Zähnen. Über diesen grotesken Anblick würden sich die Leute noch monatelang das Maul zerreißen. Hermine war nahe daran, erstmals in ihrem weit über siebzigjährigen Leben vom rechten Glauben abzufallen. Warum mussten die schmerzhaftesten Wege des Herrn stets durch ihren Garten führen? Warum musste gerade sie ein derartiges Ausmaß an Spott und Hohn auf sich ziehen? Warum sabotierte das Schicksal permanent ihren tadellosen Ruf? Er war doch das Einzige, an dem sie sich noch erfreuen konnte. Abgesehen vom Gemüseanbau, doch der wurde ihr dadurch gleich mit verleidet.

Böse starrte sie zuerst auf den Mops und dann in den Himmel. Doch kein Wunder der Auferstehung geschah. Der Köter blieb reglos liegen. Und das ausgerechnet bei ihr. Hermine hasste Hunde. Ihres Erachtens waren das ausnahmslos unreine Tiere, die Gehsteige und Vorgärten besudelten, ständig stanken, viel zu laut kläfften und unschuldige Katzen totbissen. Seit der bullige Bernhardiner vom Nachbarhof vor etwa siebzig Jahren ihr kleines getigertes Katerchen zermampft hatte, hielt sie Hunde für eine sehr schlechte Laune der Natur. So wie Stechmücken. Oder Nacktschnecken. Und nun beschmutzte ein besonders hässliches Exemplar dieser Spezies ausgerechnet ihr liebevoll angelegtes Salatbeet. Wo sie doch vor drei Tagen erst mit einer Leiche konfrontiert worden war.

»Gott im Himmel, so hilf mir doch«, versuchte sie es nun bei der männlichen Obrigkeit, erfuhr aber auch von der Seite keinerlei Unterstützung. Ganz im Gegenteil. Auf einmal flog ein Fenster im Nebenhaus auf, und ihre gleichfalls verhasste Nachbarin streckte neugierig den Kopf heraus.

»Was stehst denn da rum wie vom Blitz getroffen? Es regnet ja gar nicht. Oder is 'leicht schon wieder was passiert in deim Grünzeugrabattl?« Vermutlich verstellten die üppig wuchernden Stangenbohnen Bibiana die Sicht, denn ihrem landläufig gefürchteten Adlerblick entging üblicherweise nicht einmal ein Haar in der Suppe eines Fernsehkochs.

»Der Mops is tot«, schluchzte Hermine und hätte sich vor

lauter Wut über ihre weinerliche Stimme am liebsten sofort den Kopf abgerissen. Es war ja nicht der Tod des Köters, der sie zu Tränen rührte, es war die Angst vor der Gerüchteküche, die ihre boshaften und schadenfrohen Mitmenschen umgehend anheizen würden. Allen voran Bibiana, die ein angeborenes Talent zum verleumderischen Zündeln hatte. Und der sie erneut einen Vorwand geliefert hatte, damit sich die eingebildete Funzn nun ordentlich das Lästermaul zerreißen konnte. Eine Aussicht, die einfach nur zum Heulen war.

»Jö, schau, des is ja ein totes Hundskrippl.« Das arrogante Luder hatte sich zugunsten einer besseren Einsicht in die Geschehnisse des Nachbargartens mittlerweile aus dem Haus und bis an den Zaun begeben. Von dort genoss sie einen ungestörten Rundumblick auf Hermines Gemüsebiotop. »Dein Grünzeug is jetzt aber bestimmt nicht mehr bio, gell?« Mit einem anzüglichen Grinsen zupfte Bibiana Doppler an der millimetergenau zurechtgestutzten Hecke herum, welche die beiden Grundstücke voneinander trennte, während sie sich an Hermines Betroffenheit weidete. »Von Knochenmehl als Dünger hab ich ja schon g'hört, aber dafür müsstest das Viech vorher noch ordentlich faschieren, sonst bringt das nix.«

Hermine schniefte. Es fiel ihr einfach keine umsetzbare Strategie ein, mit der sie ihre sensationsgierige Nachbarin zum Schweigen hätte bringen können. Außer sie eigenhändig zu erwürgen. Was sie zwar mit dem allergrößten Vergnügen getan hätte, doch die daraus resultierenden Konsequenzen schreckten sie von übereilten Handgreiflichkeiten ab. Außerdem wollte sie keine Sondermülldeponie in ihrem Garten. Hermine konnte zwar Putzpläne aufstellen, aber keine rhetorischen Barrikaden. Und weil sie immer noch gegen ihre Flennerei ankämpfte, war sie Bibianas Boshaftigkeit nahezu schutzlos ausgeliefert.

»Sag, willst das Viech jetzt eigentlich zu Dekorationszwecken da liegen lassen, oder was hast damit vor?«, wollte Bibiana nun wissen.

Die unglückliche Finderin der Leiche hatte nicht die geringste Ahnung, wie sie mit dem grauslichen Überraschungsmops verfahren sollte. In die Biotonne konnte sie ihn vermutlich nicht werfen, selbsttätig davonrennen würde er nicht, und ihn aufs Fundamt zu bringen, schien ihr auch keine Option zu sein. Also stand Hermine weiterhin reglos herum und starrte das cremefarbene Tier mit den hässlichen Glupschaugen an.

»Sag, was steckt denn da in dem sein Maul?« Die zweifache Siegerin des heimischen Orchideenzuchtwettbewerbs und bislang kläglich gescheiterte Kindesmutter konnte beim besten Willen nicht erkennen, was dem Hund an seinen Lefzen klebte. Von Weitem sah es aus wie ein kleiner, toter Igel, doch selbst ein rundum degenerierter Modehund würde vermutlich nicht freiwillig in so ein Stachelwesen beißen. Handelte es sich vielleicht um einen vergammelten Krautkopf oder ein braunes Wollknäuel? Sie musste es einfach wissen. Doch aus der Entfernung fehlte selbst ihr der Blick fürs Detail. Entweder sie lief schnell nach drinnen und holte ihren Feldstecher, oder sie wagte sich näher heran. Hermine erweckte derzeit nicht den Eindruck, als wäre sie zu irgendeiner Art von Gegenwehr fähig, die schien eher auf Energiesparmodus geschaltet zu haben. Zudem konnten sich die beiden zwar nicht ausstehen, aber bis zu einem expliziten Betretungsverbot des gegnerischen Grundstücks war es doch noch nie gekommen. Und da die wurmstichige Holzapfel ganz offensichtlich handlungsunfähig war, fielen Bibiana schlagartig ihre mitmenschlichen Pflichten ein, die sie der Stammtischrunde beim Kirchenwirt so drastisch dargelegt hatte. Es wäre nur konsequent, nun bei der verstörten Nachbarin nach dem Rechten zu sehen.

So schnell es ihr hochhackiges Schuhwerk erlaubte, stolzierte sie nach nebenan, bezog direkt vor den Stangenbohnen Position und legte der zitternden Pensionistin fürsorglich den Arm um die Schulter. »Is ja arg, was dir immer passieren muss. Da hat dir sicher wer an Hund antun wollen. Aber mach dir nix draus, Hermi. Ich bin für dich da. Gemeinsam werden wir das Kind schon schaukeln.«

Die Angesprochene erstarrte. Und zwar nicht nur wegen der unpassenden Wortwahl. Sie hatte ihre egozentrische Nachbarin nie zuvor von ihrer nächstenliebenden Seite erlebt. Hermine Holzapfel konnte sich keinen Reim auf den Gesinnungswandel machen. Entweder nahm die Dopplerin neuerdings verbotene Substanzen zu sich, oder sie führte etwas ganz und gar Böses im Schilde. Einen eben erlittenen Fenstersturz mit Schädelprellung schloss sie aus, den hätte sie mit Sicherheit bemerkt. Und an eine endlich eingetretene Schwangerschaft mochte sie auch nicht glauben. Zum einen würde kein Spermium so blöd sein, im Eierstock dieser liederlichen Person auf Brautschau zu gehen, zum anderen mangelte es Bibiana angeblich schon seit einiger Zeit an potenten Besamern. Die meisten Männer hielten wegen ihrer zweifachen Witwenschaft inzwischen einen gewissen Sicherheitsabstand ein. Im Unterschied zu Bibiana, die allen, die ihr Interesse geweckt hatten, viel zu nahe trat.

»Ich brauch nix, dank dir.« Hermine suchte sich aus der nachbarschaftlichen Umklammerung zu befreien, doch Bibianas Arm lag wie eine Würgeschlange um ihren faltigen Hals.

Und jetzt rückte der Trampel auch noch ein Stückchen näher. »Meine Seel, sag, seh ich schlecht, oder hat das Vieh da einen Gamsbart im Maul?«

»Wennst es eh siehst, was fragst dann so deppert?«

»Hermi, jetzt sei net so schiach. Ich will dir ja nur helfen. Dafür sind wir Nachbarn schließlich da, dass wir uns gegenseitig beistehen, wenn Not am Mann, äh, also, und auch an der Frau ist.«

»Beistehen nennst du des? Du druckst mir fast die Luft ab.«

Erbost trat Bibiana einen Schritt zurück und nahm ihre Tentakel wieder an sich. Sie hatte sowieso schon gesehen, was sie sehen wollte. Ein Gamsbart also. Als wenn der tote Mops nicht schon peinlich genug wär. Die Holzapfel musste halt ständig übertreiben, aber ein abgekratzter Köter mit einem Jagabürstl zwischen die Zähn, das übertraf beinahe noch den Hendlbaron mit dem Wetterhahn, der vor ein paar Jahren an genau derselben Stelle herumgelegen hatte. »Dann geh ich halt wieder, wennst dir eh nicht passt, dass ich da bin. Aber ich sag's dir im Guten, du kannst das da nicht ewig liegen lassen und warten, bis die Würm den Saustall beseitigt haben. Weil, das wirst in deim Alter nicht mehr erleben.« Bibiana drehte sich um und stakste von dannen, wobei sie mit ihren Stilettos tiefe Löcher in den mühevoll gestriegelten englischen Rasen grub.

Hermine zog leise die Nase hoch. Die ganze Situation war schon blamabel genug, da hatte sie sich neben der Dopplerin nicht auch noch von ihrer jämmerlichsten Seite zeigen wollen.

»Hermi, da fallt mir was ein.« Bibiana hatte bereits das Gartentor erreicht, als sie sich noch einmal theatralisch umwandte und eine letzte Kostprobe ihrer heimtückischen Brillanz lieferte. »Ruf doch den Kapplhofer an. Der hat eh Erfahrung mit hinige Viecher und hysterische Leut.«

Und weg war sie.

Zurückblieb eine verstörte Hermine, deren Glaube an göttliche Gerechtigkeit eines grausamen Todes gestorben war. Da hatte sie ihr ganzes Leben dem Kampf gegen Laster und Lästermäuler gewidmet, und als Dank dafür ließ man sie jetzt im irdischen Vorhof der Hölle schmoren. Und die Dopplerin, deren Leben ein einziger Sündenpfuhl war, kam ungeschoren davon. Eine derartige Ungerechtigkeit stank zum Himmel. Hermine litt eh schon seit Jahrzehnten unter Ein-, Aus- und Durchschlafstörungen, während dieses Flitscherl nicht einmal Beischlafstörungen hatte. Sah man von der derzeitigen Flaute an fruchtbaren Kandidaten mal ab. Hermine hatte eine derartige Wut im Bauch oder besser gesagt im Herzen, dass sie erstmals im ihrem kirchentreuen Leben mit dem katholischen Fundamentalismus brach. Ab morgen würde sie keinen Cent mehr in den Klingelbeutel werfen, statt der Hostie ein Hustenzuckerl lutschen und jeden Freitag Schweinsbraten mit Knödeln kochen.

Sie bedachte den Mops mit einem letzten vernichtenden Blick und ging ins Haus, um der Polizei Meldung zu erstatten.

Die Invasion des Schreckens

Während die Gfrettgstättener also eine Leiche am touristischen Hals hatten und der Fremdenverkehr deshalb kaum finanzielle Luft bekam, hieß die Nachbargemeinde Plutzenberg ihre ambulante Einnahmequelle mit sehr gemischten Gefühlen willkommen. Manche der Einwohner waren gerührt, als sie die erschöpften Gestalten mit Sack und Pack – wobei der Sack sich meist auf ein ramponiertes Supermarktsackerl beschränkte und das Pack aus einer gleichfalls erschöpften Frau mit Kleinkind an der Hand bestand – den Postbussen entsteigen sahen, andere schüttelte es angesichts der wilden Horde an potenziellen Terroristen richtiggehend durch.

Erstaunlich genug, dass der Transport der hundertsiebenundzwanzig Flüchtlinge in ihr zur Asylantenherberge umfunktioniertes Krankenhaus so unaufgeregt vonstattengegangen war. Und nun waren sie hier, die Fremden. An deren Anblick mussten sich die Landbewohner erst einmal gewöhnen. Von den nahezu exotisch anmutenden Sitten und Gebräuchen ganz zu schweigen. Während die einen Plutzenberger den kleinen Kindern mit den großen traurigen Augen also gleich Zuckerln, Schokolade und Obst reichten, stieg den anderen statt Mitleid nur die Grausbirn auf. Ein Rudel Werwölfe hätte sie weniger verschreckt als eine derart geballte Ladung an menschlichem Gefahrengut. Umgehend brach im halben Ort die Panik aus.

»Sperr auf der Stell die Hendl weg, bei die Kameltreiber weiß man nie«, ängstigten sich die einen.

»Dasst mir die Bubn nicht allein im Garten spielen lässt«, sorgten sich die anderen.

»Jessas na, schau dir die Gstalten an, als warat des ein Höllowien-Fest«, kommentierte die Trachtenblusenfraktion. Obwohl das Damischtal als unbestrittene Hochburg der heimischen Plutzerproduktion galt, stand die Bevölkerung dem neuen ausländischen Kürbisschlachtfest recht ablehnend – also halt mit traditionell bodenständigem Misstrauen – gegenüber.

»Ich sag euch, des sind alles Mörder, Totschläger und Messerstecher, weil waraten des anständige Leut, dann waraten s' ja net do, oder? Unsere Eltern san schließlich auch nicht abg'rissen, damals beim Krieg.« Das Totschlagargument erfreute sich seit der Salonfähigkeit rassistischen Gedankenguts stetig wachsender Beliebtheit.

Nur Balthasar Schragl, der gewinnorientierte Fremdenverkehrsobmann, dem das Aufeinandertreffen der Kulturen zu verdanken war, bekam von den extrem durchmischten Gefühlen der Dorfbevölkerung nichts mit. Er sah dem Auflauf reglos zu und rieb sich begeistert die Hände. Es war ihm ohnehin wurscht, woher diese Menschen kamen, wohin sie wollten, was sie dachten und wie sie aussahen. Hauptsache, Vater Staat zahlte für jeden Einzelnen von ihnen brav die Alimente. Dann würde ein nicht enden wollender Strom an Geldern zuverlässig die leere Gemeindekasse füllen.

Der Rest der Plutzenberger hingegen kratzte sich immer noch recht nachdenklich am Kopf. Die einen, weil sie überlegten, wie sie den armen Menschen mit Rat und vor allem Tat Gutes tun könnten, die anderen, weil ihnen im Hinblick auf die nun folgenden Zeiten Böses schwante. Umso mehr, als die vom Gemeinderat in kurzfristiger Kopflosigkeit abgesegnete Budgetrettungsaktion, mit der man den verhassten, weil wohlsituierten, Gfrettgstättenern endlich ordentlich eins hätte auswischen können, nunmehr zur absoluten Bedeutungslosigkeit verkommen war. Dafür hatte bereits das wankelmütige Schicksal gesorgt, indem es diesen blasierten Angebern einen fetten Strich durch ihre florierende Fremdenverkehrslandschaft gemacht hatte. So ein ungeklärter Mord bekam der Nächtigungsstatistik gar nicht gut. Hätte sich die blauäugige Leiche nicht einfach ein paar Tage früher umbringen lassen können? Dann hätten sie einer derartigen Invasion an furchterregenden Gestalten nie und nimmer zustimmen müssen. Aber auf die Weiberleut war halt kein Verlass, egal, ob lebendig oder tot. Jetzt war die arme Seele eigentlich ganz umsonst gestorben. Zumindest in den Augen der weniger fremdenfreundlichen Plutzenberger. Von nun an mussten sie sich mit den frisch angelieferten Ausgeburten der Hölle arrangieren. Ob es ihnen passte oder nicht.

***

Sieben Kilometer weiter nördlich, genau genommen auf der Polizeidienststelle von Gfrettgstätten, spielten sich zur selben Zeit ähnliche Horrorszenarien ab. Nur waren es hier keine fremdländischen Horden, die für allgemeinen Aufruhr sorgten, sondern einheimische Junggesellen. Inspektor Kapplhofer hatte einen nahezu rekordverdächtigen beamtlichen Halbmarathon hingelegt und auftragsgemäß alle unbeweibten Männer zwischen fünfzehn und fünfundneunzig aufs Revier geladen. Die Jugendlichen zum Schluss, denn die hatten Ferien und mussten sich am Badeteich von den Strapazen des Nichtstuns erholen, bevor sie dank Hauptmann van Trotts Vernehmungsmethoden einen Einblick in die Irrungen und Wirrungen der ausgewachsenen Staatsgewalt erhielten.

Als Erste waren die Insassen der Damischtaler Altersresidenz vorgemerkt, welche die große Mehrheit an Verdächtigen stellten, auch wenn die meisten von ihnen bereits im Rollstuhl saßen. Oder alzheimerisierten. Oder mit einem Fuß schon im Grab standen. Aber im Hause mit dem schönen Namen »Götterdämmerung« war die Ablebensrate naturgemäß recht hoch. Die meisten Gäste zogen ja überhaupt erst ein, nachdem ihr Partner auf den Friedhof umgezogen war. Der Inspektor hielt es jedenfalls für schlichtweg schwachsinnig, einen achtzigjährigen Mann mit Blasenkatheter, Gehstock und progressiver Demenz unter die Tatverdächtigen zu reihen. Jede noch so wohlwollende Machbarkeitsstudie hätte diese geriatrische Best-of-Auslese umgehend von jeglichem Verdacht freigesprochen. Keiner von denen schaffte es noch unfallfrei bis zu den Sanitäranlagen. Aber was sollte der Dorfpolizist machen? Befehl war Befehl. Und weil die Hähne in Hospizen ja besonders früh zu krähen pflegten, vermutlich, um noch vor dem Morgenbrei die Überlebenden von den Abgelebten zu trennen, hatte das Personal für einen Betriebsausflug gleich nach Sonnenaufgang gestimmt. Zwischen Morgentoilette, sprich Windelwechsel, Frühstücksfernsehen und Vormittagstherapie blieb genügend Zeit für aufwendige Befragungen außer Haus. Und die Schwestern konnten zumindest mal in Ruhe die Betten machen und die Zimmer lüften.

Anschließend würden sich in hoffentlich praktikablen viertelstündlichen Intervallen die Damischtaler Singles im sogenannten besten Alter einfinden. Von ihnen gab es exakt zwei Dutzend. Die meisten waren derart empört über die Vorladung des großkotzigen Grantscherms aus Graz gewesen, dass sich Kapplhofer auf eine Wagenladung an entzweigebissenen Bleistiften einstellte. Er getraute sich nur nicht zu fragen, wem er die in Rechnung stellen konnte.

Der Pimmelmoser Paul etwa hatte den Inspektor beinahe in die Jauchegrube geschmissen, als der ihm vom Generalverdacht des Hauptmanns erzählt hatte, während der Mostburger Bartl, der seit zwei Jahren höchstgradig allergisch auf Hauptmann van Trott und dessen Anschuldigungen reagierte, nur wortlos nach seinem Schlachtbeil gegriffen hatte. Immerhin hatte der Hauptmann den Bartl damals fälschlicherweise unter Mordverdacht gestellt, inhaftiert und wochenlang drangsaliert, obwohl der Fleischer nur ein paar Watschn ausgeteilt hatte. So was vergaß und vergab man nicht.

Aggressionsverschärfend kam außerdem hinzu, dass der Oberkieberer selbst den frisch verwitweten Schwager vom Gemeindesekretär, den Gottesdiener Corolianus Hafernas sowie zwei deklarierte homosexuelle Gäste des Hundehotels – faktisch allein reisende Männer gab es dort nicht, die suchten ihr Wohlbefinden offenbar anderswo, nur Hundefreundinnen traten des Öfteren in gleichgeschlechtlicher Runde auf – nicht von einem persönlichen Antrittsbesuch auf dem Revier entband. Was ihm den Hass von etwa fünfzig trauernden Angehörigen – auf dem Land war ja nahezu jeder mit jedem verwandt –, die Wut der kirchlichen Würdenträger – die mit Exkommunikation und einem Fixplatz im Fegefeuer drohten – sowie den Zorn der Geschäftsführung der Wauness-Welt einbrachte. Als wenn sie durch das Verbrechen an einer ihrer betuchten Kundinnen nicht schon ausreichend bestraft wären. Nun unterstellte dieser personifizierte Behördenwahn ausgerechnet den zwei sympathischen jungen Männern aus der Landeshauptstadt, welche einen ganzen Monat lang die Superior-Supreme-Golden-Retriever-Suite gebucht und vorab bezahlt hatten, Mordgelüste am anderen Geschlecht. Das war ja noch hirnrissiger als der letzte Parlamentsentwurf zur vierhundertneunundneunzigsten Pensionsreform.

Kurz gesagt, van Trotts ohnehin bereits bedenklich geringen Sympathiewerte hatten sich dank seiner brachialpolizeilichen Vorgehensweise restlos in Luft aufgelöst. Was auf dem Land mitunter sehr unerfreuliche Kollateralschäden nach sich ziehen konnte. Eine Mistfuhre frei Haus geliefert oder eine spontane Erfrischung im Dorfbrunnen waren da noch die angenehmsten Unmutsbekundungen.

Jedenfalls herrschte auf dem Marktplatz bereits Hochbetrieb, als der kanariengelbe Kleinbus vom Haus »Götterdämmerung« vor der ehemaligen Postfiliale, in der seit drei Jahren die örtliche Polizeidienststelle untergebracht war, stehen blieb, um seine inkontinenten Mörderbuben wieder einzuladen. Schließlich bekam man nicht jeden Tag die Gelegenheit, gemeingefährlichen Gewalttätern ins Gesicht zu blicken. Weil es natürlich schon einen gewaltigen Unterschied machte, ob etwa der Mostburger Bartl als Fleischermeister auf dem Traktor saß und seine schweinische Fracht zum Schlachthaus transportierte oder er allein als mordverdächtige Zivilperson auf dem Traktor saß, ohne rosige Kandidaten fürs Würstlnirwana geladen zu haben. Das war keinesfalls das Gleiche.

Der unverdächtige Teil der Anwohner stand also nahezu hauptplatzfüllend herum und starrte dem verdächtigen Teil mit inquisitorischem Interesse hinterher. Natürlich nur unter maximaler Diskretion. Es fiel ja nicht im Geringsten auf, wenn die Bibiana Doppler mit ihren Storchenhaxn und den vierfarbig lackierten Klauen hochkonzentriert das bunte Angebot an Kuppelschlitzringen, Melkeimern und Euterfett der dörflichen Landwirtschaftskooperative studierte. So wie gewiss niemand am ehrlichen Interesse des glatzköpfigen wie bartlosen Bürgermeisters zweifelte, wenn der seit einer geschlagenen halben Stunde den aktuellen Aushang des Friseurladens fixierte, als wollte er die Preise für Hochsteckfrisuren und Partysträhnchen auswendig lernen.

Selbst die Hausfrauen, die an diesem besonderen Tag lieber in der Gerüchteküche als im Bratentopf rührten, standen im Sonntagsgewand herum und rissen Augen wie Münder weit auf. Eine derartige Prozession an bedrohlichen Gestalten bekam man ja nicht einmal beim »Tatort« vorgesetzt. Dass es sich dabei um ihre eigenen Landsleute handelte, mit denen sie seit Jahrzehnten mehr oder weniger friedlich zusammenlebten, sah man von den üblichen Nachbarschaftsstreitigkeiten einmal ab, kam ihnen nicht in den Sinn. »Kein Feuer ohne Rauch«, sagten sie stattdessen, weil sie es ja schon immer gewusst hatten, und beim Kirchenwirt wurden insgeheim bereits Wetten auf den Täter abgeschlossen. Der Bartl lag unerwartet in Führung, knapp gefolgt vom Pimmelmoser und dem Gemeindesekretär. Vor lauter Aufregung hatten die auftoupierten Weiberleut ganz rosige Wangen bekommen. Es kam nur äußerst selten vor, dass ihnen eine derart prickelnde Ablenkung von ihrer Alltagskost geboten wurde. Üblicherweise beschränkte sich der rituelle Dorftratsch auf den Austausch von Falschinformationen zum Thema Beziehungsleben, Babysprache und Bodenpflege. Kriminalistische Hirngespinste und kollektiver Rufmord standen hingegen nie zur Debatte.

Kein Wunder also, dass sie die einzigartige Gelegenheit als weitaus spannender empfanden als jede Fernsehübertragung. Endlich bekamen sie mal etwas Besonderes zu sehen. Noch dazu auf Breitwand und gebührenfrei.

Hundsgemeine Herausforderungen

Es war knapp nach halb vier, als die letzten Vorgeladenen das Revier verlassen durften. Fazit: Viele waren reingegangen, nichts war dabei rausgekommen. Kapplhofer stand kurz vor dem Hungertod – immerhin hatte er ohne Mittagessen und Nachmittagskuchen ausharren müssen –, van Trott saß zähnefletschend auf dem neuen Bürostuhl, biss am dritten Bleistift herum und knurrte vor sich hin. Im Vergleich zu ihm sah der Inspektor noch ungefährlich aus. Bei ihm knurrte zumindest nur der Magen.

Van Trott hingegen hatte nahezu acht Stunden lang rabiate Raufbolde mit eingeschränkter Ausdrucksfähigkeit, desinfizierte Greise mit einer hochgradig ausgeprägten selektiven Vergesslichkeit und pubertierende Fratzen mit anerzogener Ungezogenheit befragt. Keiner hatte etwas gesehen, niemand mit der Toten verkehrt und jeder Zweite ein haarsträubendes Alibi. Der Kriminalexperte war nun bestens informiert über die sexuelle Umtriebigkeit von Hinz und die handwerkliche Unzuverlässigkeit von Kunz, doch davon abgesehen hatte niemand etwas von einigermaßen mörderischer Relevanz zu sagen gewusst. Einige hatten auch überhaupt nichts gesagt, sondern nur geflucht, getobt und mit Mord und Totschlag gedroht. Dennoch war es ihm unter Einsatz all seiner Autorität gelungen, zumindest jedem Einzelnen der Verdächtigen Fingerabdrücke und Speichelproben abzuringen. Den Rest würde die Gerichtsmedizin schon klären. Ein paar Tage müssten reichen, um – angetrieben von van Trotts scharfem Geist und assistiert von modernster Technik – den Schuldigen zu überführen.

Er jedenfalls hatte seine Pflichten in dem vermaledeiten Kuhdorf fürs Erste erfüllt und konnte nun mitsamt der toten Töle, die ihm Kapplhofer heute Morgen sozusagen im Sack angeschleppt hatte, zurück in die Großstadt fahren. Die Aussicht darauf, diesen Pickel am Arsch der zivilisierten Welt zumindest für ein paar Stunden verlassen zu können, schien ihm das Beste am Tag zu sein. Aber zuvor musste er Kapplhofer noch exakte Instruktionen für das weitere Prozedere erteilen.

Eine solche Ausgeburt an Unfähigkeit bedurfte selbst für den Toilettenbesuch präziser Instruktionen, um ihr Geschäft einigermaßen ordentlich erledigen zu können. Aber vielleicht war es bei den Sterzfressern ja generell Usus, eine klatschnasse Klopapierrolle auf dem Waschbeckenrand zu platzieren, während neben dem WC-Sitz nur das »Damischtaler Tagblatt« zu finden war. Wahrscheinlich durfte er sich schon glücklich schätzen, dass es in diesem fleischgewordenen Jurassic Park zumindest Wasserspülungen gab. Frustriert wischte van Trott seine immer noch feuchten Hände am dunkelbraunen Vorhang ab, der das einzige Fenster des Revierkammerls vermutlich seit Kaiser Franz Josephs Zeiten vollständig verhüllte. Ob als Lichtschutz oder zu Abwehrzwecken, konnte er allerdings nicht sagen. Mit einem massiven Lauschangriff war hierzulande bestimmt jederzeit zu rechnen. Den Eingeborenen lief ja bereits beim Gedanken an Skandale und Sensationen der Speichel in ihren Lästermäulern zusammen.

Aber für heute hatte van Trott definitiv genug von sabbernden Existenzen und verwässerten Aussagen. Er musste nur noch rasch dem chronisch kränkelnden Diensteifer des Inspektors auf die Sprünge helfen, dann konnte er die Heimfahrt antreten.

»Mein lieber Kapplhofer«, der Hauptmann holte ganz tief Luft, weil das angeblich eine beruhigende Wirkung haben sollte, »morgen um Punkt vier möchte ich alle heute und hier getätigten Aussagen auf Punkt, Komma und Strich protokolliert, alphabetisch geordnet und abgelegt haben. Ohne Fehler, Kürzungen, Veränderungen, Kaffeeränder und Fettflecken.«

»Aber es hat ja eh keiner was zu sagen g'wusst«, wandte der Inspektor aus Energiespargründen ein.

Van Trott musste einsehen, dass Atemanhalten auch keine Lösung war. Es mangelte einem dadurch an der nötigen Druckluft zum Schreien. Und genau das schien ihm jetzt angebracht. »Sie Fetzenschädl, Sie! Sie sind nicht auf Urlaub hier! Ich erwarte mir von Ihnen eine lückenlose Transkription von allem. Und wenn einer gar nichts zu sagen gewusst hat, dann werden Sie auch dessen gesammeltes Schweigen akribisch erfassen und zu den Akten legen. Haben Sie das jetzt verstanden?«

Kapplhofer nickte vorsichtig. Er wollte keinesfalls zu enthusiastisch erscheinen, um nicht auch noch ein paar Fleißaufgaben auszufassen. Für morgen Mittag stand Schwammerlgulasch mit Semmelknödel auf dem mütterlichen Menüplan. Und danach würde es frische Wuchteln geben. Mit ganz viel Vanillesoße und Zwetschkenröster. Die durfte er auf gar keinen Fall verpassen. Wo es im Leben doch wenig Besseres gab als ofenfrische Wuchteln.

Aber das ließ er besser unerwähnt. Sein Vorgesetzter sah eher nach Dürrekatastrophe denn nach Tafelfreuden aus. Drei Bleistifte schienen seinen Tagesbedarf an Kalorien zu decken, abends kochte er vermutlich noch einen Uniformknopf aus. Eine Vorstellung, bei der Kapplhofer sich das Lachen kaum verkneifen konnte.

Rasch blickte er zu Boden und wies auf den grauen Müllsack, in dem Hermines Fundhund lag. »Soll ich Ihnen beim Leichentransport helfen, Herr Hauptmann? Oder wollen Sie vom Mops vorher noch die Pfotenabdrücke nehmen?«

Doch wie stets stieß des Inspektors Freundlichkeit auf wenig Gegenliebe. Der Polizeihauptmann fand keinen Gefallen an dem Vorschlag. Ganz und gar nicht. »Einstein hat gesagt, es gibt nur zwei Dinge, die wirklich unendlich sind. Das Universum und die menschliche Dummheit. Seit ich Sie kenne, weiß ich, dass Einstein mit seiner Vermutung recht hatte. Schauen Sie, dass Sie weiterkommen. Mit Ihrer Arbeit, mein ich, nicht mit dem Denken, denn mit dem sind Sie vermutlich im Paläozoikum stecken geblieben.«

Manchmal bedauerte van Trott es außerordentlich, sich in seinem Leben kein echtes Laster zugelegt zu haben. Momente wie dieser wären mit einer Bouteille irgendeines hochprozentigen Gesöffs oder einem fetten Joint in der Hand bestimmt leichter zu ertragen gewesen. Sein Geist würde friedlich ins gedankliche Nirwana abgleiten, und er müsste sich nicht mit Mordgelüsten gegenüber seinem Untergebenen herumplagen.

Frustriert erhob er sich, ergriff den improvisierten Leichensack und eilte forschen Schrittes von dannen.

Kapplhofer hörte, wie er auf dem Gang noch ein paarmal

leise »Pfotenabdrücke …« murmelte, dann fiel das Eingangstor krachend ins Schloss.

***

In der pompösen Wowness-World hingegen war mittlerweile nahezu Ruhe, wenngleich kein Frieden eingekehrt. Was daran lag, dass die meisten Gäste mit wehenden Wohlfühlgewändern abgereist waren, kaum hatte der Polizeihauptmann die über sie verhängte Wegfahrsperre aufgehoben. Nur die Bartensteins sowie das homosexuelle Paar litten aufgrund der laufenden behördlichen Erhebungen nach wie vor unter einer äußerst eingeschränkten Mobilität. Von offizieller Seite war ihnen zwar gestattet, das Hotel, nicht aber das Damischtal zu verlassen. Rüdiger Bartenstein musste als unverzichtbarer Augenzeuge vor Ort ausharren, die zwei Männer standen immer noch unter Tatverdacht, was außer van Trott allerdings niemand nachvollziehen konnte. Die beiden, die seit Jahren in einer eingetragenen Partnerschaft lebten, schworen Stein und Bein, in ihren ganzen Leben noch nie einer Frau auf den Busen gestarrt zu haben, von der eigenen Mutter einmal abgesehen, verspürten aber keine Lust, ausgerechnet mit einem moralinsauren Polizeibediensteten die Besonderheiten ihrer sexuellen Orientierung eingehender zu diskutieren. Zudem gehörten sie zur Minderheit derer, die ihren Aufenthalt gar nicht abbrechen wollten. Sie fühlten sich weder bedroht noch gefährdet und konnten dem nunmehr recht dünn besiedelten Resort nur Gutes abgewinnen. Auf den Pfotenreflexzonenmatratzen fand ihr vierbeiniges Herzblatt nun ausreichend Platz, der Hundecoiffeur hatte freie Termine, und in der sensitivierenden Sauna auf dem Spa-Deck Wolke sieben stieg man sich nicht mehr gegenseitig auf die Füße. »Saugeil«, meinten Jonas und Manuel im Duett und genossen ihre ausgedehnte Privacy. Da gerade einmal ein Dutzend Gäste der Einladung der Geschäftsführung gefolgt war, wegen des ungemein bedauerlichen Vorfalls von nun an eine Woche gratis in der Wowness-World zu verweilen, herrschten auf dem zweitausend Quadratmeter großen Wohlfühlareal paradiesisch verlassene Zustände. Bei den anderen Verbliebenen handelte es sich ausnahmslos um halb invalide Ehepaare der gehobenen Altersklasse mitsamt senilem Begleithund, die primär die horizontalen Angebote des Hunderesorts zu schätzen wussten und sich aus Rücksicht auf ihre schmerzenden Gelenke lieber den Rücken beziehungsweise das Fell kraulen ließen, statt ausgedehnte Aktivitäten zu unternehmen.

Im Hotel herrschte also beinahe rundum Friede, Freude, Hundekuchen. Nur die Bartensteins hatten den innerfamiliären Ausnahmezustand ausgerufen. Aufgrund ihres nunmehr recht eingeschränkten Aktionsradius mangelte es ihnen zunehmend an beidseitigen Vermeidungsstrategien. Da sie sich nur unzureichend aus dem Weg gehen konnten, gingen sie sich halt auf die Nerven.

Ihre Pfotentraum-Senior-Suite wurde immer öfter von einer stabilen Gewitterfront durchzogen. Rüdiger schlich herum wie ein wandelndes Tiefdruckgebiet, Hildegund steuerte das anhaltende Donnergrollen bei. Trafen sie aufeinander, brach ein Unwetter los. Sie entlud sich in verbalen Hagelschauern, er reagierte sich mit nachhaltigem Grummeln ab. Längst teilten sie weder Tisch noch Bett, gingen dafür aber beide fremd. Rüdiger kulinarisch, Hilda kosmisch. Kevin-Karl hingegen war verliebt und schwebte abgehoben von jeder häuslichen Misere im siebten Himmel.

Der gemeinsame Tagesablauf der Ehepartner beschränkte sich größtenteils auf Morgenmuffelei und Mieselsucht. Den Rest der Zeit gingen sie bevorzugt getrennte Wege.

Hilda schlug vornehmlich die wellnessende Richtung ein. Zwischen Poolpartys mit moussierender Champagner-Abdomenstimulation und schweißtreibenden Verrenkungen beim kosmischen Hunde-Yoga-Doga, wobei sie den Hund durch einen hechelnden Nahkampf-Guru ersetzt hatte, blieb ihr kaum noch genügend Zeit, um nach Hund und Kind zu schauen.

»Warum trennt ihr euch nicht einfach?«, hatte ihr Lieblingsmasseur sie kürzlich gefragt, während er genüsslich an ihrem Schultergelenk knabberte.

Hildegund war empört. Nicht wegen der Knabberei, die empfand sie als durchaus wohltuend, sondern wegen der ungemein doofen Frage von Ernesto. Der Mann war wohl völlig realitätsfremd. »Jetzt red keinen Stuss! Das würde doch niemals klappen. Die Hypotheken auf das Haus und auf die neue Einbauküche sind astronomisch hoch, genauso wie mein Lebensstandard. Als alleinverdienende Teilzeitkraft wäre ich arm wie eine Kirchenmaus. Ich hätte kein Auto, keinen Induktionsherd, kein Abo fürs Ayurveda-Zentrum und keine Vitalocare-Cremes. Das wär doch totale Kacke, Mann.«

Ernesto nickte mitfühlend. Ein Leben ohne Vitalocare-Cremes schien auch ihm wenig erstrebenswert zu sein. Tröstend verbiss er sich in Hildegunds Hals und sprach das Thema nie mehr an.

Rüdiger hingegen war der eher traditionellen Fleischeslust verfallen. Seit er bei seiner letzten Fluchtrunde mit Griselda und Kevin-Karl im Schlepptau die Grammelknödel der Buschenschankwirtin am Bremsnigg nahe der slowenischen Grenze entdeckt hatte, war ihm kein Weg zu weit, um auf den Wadlpass zu kommen. Dort oben, im südweststeirisch-slowenischen Grenzland, betrieb die Birnstingl Gusti ihre Fotzhobl-Huabm, ein Geheimtipp, was Aussicht, Essen und Alkoholausschank betraf. In der warmen Jahreszeit konnte man an dieser lauschigen Labstelle mitten im Weingarten sitzen und seinen Blick bis weit ins Nachbarland zur Drau schweifen lassen. Ein Platz, wie Gott ihn beschaulicher nicht hätte schaffen können. Auf der Schankseite klirrten die Gläser, auf der Frischluftseite klapperten die Klapotetze. Diese riesigen, urwüchsig anmutenden Vogelscheuchen mit acht Flügeln, das Schlagbrett meistens aus Kirschholz, die Flügel eher aus Fichte gefertigt, galten als weithin sicht- wie hörbares Wahrzeichen der Region. Begleitet von ihrem rhythmischen Poltern und Rumpeln, hatte Rüdiger vor ein paar Tagen seine autochthone kulinarische Entjungferung hinter sich gebracht. Schmerz- und abgesehen von der herrlichen Blunzn nahezu blutungsfrei. Die Brettljausn erregte seine Eingeweide, der Schilcherwein stieg ihm zu Kopf, und bei den Grammelknödeln mit Ei bekamen seine Geschmackspapillen orgasmische Zustände. Für eine derartige Köstlichkeit würde er fürderhin jedes Opfer bringen. Selbst wenn das aus einem längeren Fußmarsch mit kläffendem Köter bestand.

Griselda lief äußerst ungern über Stock und Stein. Die südsteirischen Forstwege voller Wurzeln, Wasserrinnen und Schotter mussten dem zwergigen Hund wie das Riesengebirge vorkommen. Aber auch, wenn das Tier im Unterschied zu seinem Ersatz-Herrl nicht nach höhenrauschähnlichen Erfahrungen strebte, lernte es zumindest die Niederungen unter dem Buschenschanktisch bald lieben, denn dort fanden sich immer wieder gefallene Appetithäppchen. Gegen die bislang zwar nur platonische fleischliche Annäherung der Servierkraft hatten demnach weder Rüdiger noch der Hund etwas einzuwenden. Das blond bezopfte Geschöpf war im Gegensatz zur sphärisch abgedrifteten Hilda erfrischend unkompliziert. Kaum wogte es mit sonnigem Lächeln und üppig bestücktem Servierbrett in ihre Richtung, gingen Hund und Herrl Herz und Magen auf.

»Von Luft und Liab allein kann man doch a net leben, gell«, strahlte sie Rüdiger an und stellte einen Korb voller duftender Bauernbrotschnitten auf den Tisch. »Und der Wein is ja auch schon fast verdunst, das geht ja gar nicht, dass so ein fescher Mann auf dem Trockenen sitzt.« Mit ausladenden Hüften machte sie kehrt, um den leeren Krug aufzufüllen.

Rüdiger konnte sein Glück kaum fassen. Keine Hildegund am Hals, kein Zwang zur kuschelsüchtigen Zweisamkeit, kein glitschiges Zeug im Gesicht, keine haarsträubenden Diskussionen und kein Körndlfutter auf dem Teller. Ein Wunder schien geschehen zu sein. Sollte Hilda ruhig mit ihren Wadenwickeln und Wurzelchakren selig werden, er würde sich weiterhin an Hendlhaxn, Blunznradeln und Grammelknödeln erfreuen. Langsam begann der Piefke sogar, einige Brocken des Damischtaler Dialekts zu verstehen.

Ein Kassler etwa, dieses fein gepökelte und ordentlich geräucherte Selchkarree, wurde hier Gsöchts genannt, bei der Kernölsulz handelte es sich um Rindfleisch mit Aspik und einem leckeren Dressing aus Zwiebelringen und dunklem, dickflüssigem Öl aus Kürbiskernen. Aus gesundheitlichen

Gründen hatte Rüdiger die motorölartige Schmiere für die Magenschleimhäute bisher vermieden, doch mittlerweile war er auf den nussig-würzigen Geschmack gekommen. Sogar einen Gspritzten, was einer Weinschorle entsprach, konnte er schon bestellen.

Besonders erheiterte es ihn allerdings, den Gesprächen an den Nebentischen zu folgen. Von deren Inhalt verstand er zwar nur maximal ein Viertel, doch das tat seinem Vergnügen keinen Abbruch. Der unglaublich reichhaltigen Auswahl an alltäglichen Beschimpfungen musste er schon fast Bewunderung zollen. Der Trampel etwa war ein wenig feingeistiges Frauenzimmer, die Oarschkrätzn hingegen konnten durchaus männlichen Geschlechts sein. Rüdiger fand so eine umgangssprachliche Promiskuität umwerfend komisch. Zumindest in Kombination mit Alkohol. Das Leben war einfach um vieles entspannter, wenn man ordentlich einen sitzen hatte. So nannten die Einheimischen ihren rituellen Rauschzustand zwischen angesäuselt sein und einen Leberstillstand erleiden, welcher sich selbst an Stehtischen einstellen konnte. In diesen Breitengraden war ja immer wieder die Rede davon, dass Steirerblut kein Himbeersaft wäre. Langsam begann Rüdiger zu verstehen, was die Leute damit sagen wollten. Und wurde nicht auch in der alten Landeshymne das Unterland besungen, in dem süße Trauben glühn, deren edles Blut wie Perlen schäumt? So gesehen hatte sich Rüdiger aus nahezu medizinischen Gründen für eine tägliche Schilcherbluttransfusion entschieden. Der tanninische Tropfen senkte seinen Blutdruck weitaus wirkungsvoller als das hoteleigene Granderwasser. Von den angenehmen psychohygienischen Reinigungseffekten ganz zu schweigen. Mit jedem Tag verstand er besser, warum die Einheimischen nichts mit Wassertreten und Wellnessen am Hut beziehungsweise den Beinen hatten. Sie pflegten lieber ihren steirischen B(r)auch, an dem auch der Deutsche zunehmend Gefallen fand.

Auch Kevin-Karl erfreute sich an der neuen Wanderlust seines Vaters. Der zog zwar nicht gleich im Frühtau zu Berge, aber immerhin mit der Mittagssonne auf den Wadlpass. Seine Mutter hingegen befand sich zu dem Zeitpunkt meist schon unter anbetend knetenden Händen. Die Zeit der familiären Zwangsbeunglückung beschränkte sich also auf wenige Stunden am Vormittag, die Kevin-Karl dank iPod und WLAN einigermaßen unbeschadet überstand. Durch beides konnte er die kindischen Frühstücksstreitereien zumindest akustisch von sich fernhalten, wenn er schon körperlich anwesend sein musste. Er war der für sein Alter durchaus reifen Ansicht, dass sich sein derzeitiges Familienleben durch angestrengtes Nachdenken nur zusätzlich verkomplizieren würde. Seine Mutter war einem porentief faserschmeichlerischen Okkultismus anheimgefallen, den er weder inhaltlich noch sprachlich verstand.

Immer öfter suchte er mit seinen Ansinnen nach einem Schlupfloch in den mütterlichen Gehirnwindungen, um sich Gehör zu verschaffen, doch immer seltener gelang es ihm. Fragte er nach frischen Socken, der Uhrzeit oder einem Glas Limo, konnte es passieren, dass seine Mutter in eine Art hysterischen Ausdruckstanz verfiel, auf Zehenspitzen durch die Zimmerfluchten hopste und ihm schlussendlich seine Badehose zuwarf. Oder auch nur eine Kusshand, je nach Verfügbarkeit der herumliegenden Objekte. Sein Vater hingegen schien für den Damischtaler Triathlon zu trainieren, der aus Apnoesaufen, Schweinsstelzenstemmen und Synchronschnaufen – anders waren die Protestkundgebungen seiner beiden Lungenflügel beim Aufstieg zur Buschenschank nicht zu beschreiben – bestand.

Dennoch kam er mit seinem Erzeuger derzeit besser zurecht als mit dessen weiblichem Widerpart. Rüdiger half Kevin-Karl nicht nur des Öfteren bei der Sockensuche, er hatte zudem seine elterlichen Aufsichtspflichten an ihre ehemalige Herbergswirtin vom Landhaus Lärcherlhof vulgo Besenreißer delegiert, um die täglichen Höhenräusche uneingeschränkt genießen zu können. Bei der fassförmigen Zimmerwirtin hatten die Bartensteins Jahre zuvor bereits ihre Urlaube verbracht, und der Junge fühlte sich dort besser aufgehoben als in der Wowness-World. Die genauso runde wie resolute Rosi Filipić hatte ihm immer leckere Crêpes gebacken, die man hier Palatschinken nannte und von denen seine Eltern behaupteten, sie wären Armeleutekost für Menschen mit dritten Zähnen. Kevin-Karl aber liebte die pfannenwarmen

Fladen mit Schokosoße, Schlagobers und geriebenen Nüssen über alles. Beim Gedanken an sie lief ihm bereits Stunden vor dem Besuch bei Rosi das Wasser im Munde zusammen. Seine Begeisterung über die Nachmittagsbetreuung bei der guten Seele vom Lärcherlhof war aber nicht nur kalorischer, sondern auch sentimentaler Natur.

Wie bereits in den Jahren zuvor würde er mit Rosis Enkelkindern Franzl und Bertl die üppige Naturlandschaft der Umgebung erkunden dürfen. Wobei für Kevin-Karl der damit verbundene Reiz vor allem im Busen bestand, der zu der heimischen Natur und ganz besonders zu seiner angebeteten Katharina gehörte. Er wandelte an der gesunden frischen Luft also eher auf Freiersfüßen, während Bertl und Franzl lieber einem Fußball nachrannten, sofern sie sich nicht gerade an der Produktion erster nikotinverseuchter Rauchzeichen übten.

Von diesem reichhaltigen nachmittäglichen Beschäftigungsprogramm wussten seine Eltern natürlich nichts. Sie wähnten ihren Sohn im Dienste der mathematischen Nächstenliebe tätig. Da die beiden Racker der ehemaligen Zimmerwirtin mit geometrischen Denkmustern ebenso wenig anfangen konnten wie mit einem Schnittmusterbogen, waren sie am Pflichtschulabschluss in beidseitigem Unverständnis gescheitert. Wer brauchte schon Vektoren und trianguläre Beziehungen, um mit einem Fußball das Tor zu treffen? Niemand. Fanden die Buben. Deren Eltern sahen das leider etwas anders und verdonnerten die beiden zu einem schweißtreibenden Sommerstudium mit Winkeldreieck, Zirkel und Taschenrechner. Leider ergaben zwei Minusposten nur in der abstrakten Mathematik ein Plus; bei Bertl und Franzl stellte sich das positive Ergebnis nicht einmal annäherungsweise ein, selbst wenn die zwei mit vereinten Kräften an einer Wurzel zogen.

Die untertänigst vorgetragene Bitte von Rüdiger Bartenstein, seinen Sohnemann in die erprobte Obhut der Filipićs zu übergeben, war demnach auf doppelt offene Ohren gestoßen. Zum einen freute sich die Rosi ehrlich über die Aussicht, den Buben, der eh aussah wie die sprichwörtliche Bohnenstange, ein wenig zu mästen, zum anderen war der Karli ein mathematisches Wunderkind. Was ihm an Fett auf den Rippen fehlte, machte er durch Intelligenz beim Rechnen wett. Bestimmt würde er seine zwei Freunde, mit denen es sich exakt umgekehrt verhielt, auf die richtigen Denkmuster bringen. Selbst wenn das vermutlich schwieriger war, als eine Milchkuh das Jodeln zu lehren.

***

Alois Feyertag saß im lauschigen Gastgarten des Kirchenwirts und begann zu verstehen, dass man selbst an einem strahlend sonnigen Tag vom Regen in die Traufe geraten konnte. Und kein gütiger Gott weit und breit, der seine schützende Hand über ihn gehalten hätte. Feyertag konnte den brutalen Umkehrschwung des Schicksals immer noch nicht ganz fassen. Da hatte es sein innig geliebtes Gfrettgstätten geschafft, in nicht einmal einem Jahr vom touristischen Sperrgebiet zum stark frequentierten Laufhaus für Hundefans zu mutieren, und dann ließ sich so eine bemopste Blondine mitsamt ihrem Köter einfach aus ihrem blühenden Leben würgen. Auf ihrem Gemeindegebiet. Eine himmelschreiende Ungerechtigkeit. Hätte die Tusse nicht zumindest so viel Anstand besitzen können, sich in Graz oder gleich jenseits der Grenze auf Mördersuche zu begeben? Aber nein, ausgerechnet in der Damischtaler Oase der touristischen Glückseligkeit musste sie einem Irren in die Arme laufen. Oder besser gesagt, ihm den Rücken zukehren, denn von Angesicht zu Angesicht wurde man vermutlich nicht stranguliert.

Wieder einmal war es also das weibliche Geschlecht, das den Ruin eines ganzen Landstrichs zu verantworten hatte. Der langjährige Ehemann und Vater dreier Töchter war zutiefst davon überzeugt, dass selbst das sagenumwobene Atlantis seinen Untergang nur der holden Weiblichkeit zu verdanken hatte. Wobei Feyertag der Täter im aktuellen Fall auch nicht ganz zurechnungsfähig vorkam. Eine beminirockte Superpuppe abzumurksen, weil sie an keiner horizontalen Kontaktaufnahme interessiert war, erschien ihm zwar schlimm, aber gerade noch vorstellbar. Doch einen Hund, der eher als Suppeneinlage denn als Personenschutz zu gebrauchen war, als leblosen Zierrat im Salatbeet der Hermine Holzapfel abzulegen, das überstieg seine durchaus elastische Vorstellungskraft. Noch dazu, wo die Holzapfel mehr als fünf Kilometer vom Tatort entfernt zu Hause war. Das sollte noch einer verstehen. Ein wollüstiger Würger würde nach erledigter Tat ja kaum noch mit einem Mops Gassi gehen, um ihn dann mit entleerter Blase zur letzten Ruhe zu betten. Das Ganze kam ihm rätselhafter vor als eine Montageanleitung von Ikea.

Und nun saß er also hier und wartete auf geistige Unterstützung vom Gemeinderat. Sie mussten eine Lösung oder noch besser einen Täter finden, bevor die Massenflucht der Touristen sie allesamt in den finanziellen Abgrund stieß. Immerhin waren die exorbitant hohen Kreditraten für den Hundetempel zu begleichen, selbst wenn die noble Gräfin Gundula von Hechelsdorff ihnen fast die Hälfte der Gesamtsumme zu günstigsten Konditionen vorfinanziert hatte. Von den Leasingraten für seinen neuen Special SUV in Sonderlackierung ganz zu schweigen. Die würde er aus seiner privaten Haushaltskassa bestimmt nicht begleichen können. Sollte sich nicht rasch eine Möglichkeit der Schadensbegrenzung ergeben, konnte er sich schon bald mit dem Gemeindesparstrumpf erhängen.

Kein Wunder also, wenn der Bürgermeister die Stirn so stark in Falten legte, dass er dabei aussah wie ein verwelkter Kopfsalat. Daher bemerkte er auch den riesigen Schatten nicht, der urplötzlich auf ihn fiel.

»Nicht Trübsal blasen, mein lieber Alois, sonst löst noch einen Sturm im Bierglas aus.« Kilian Klöpfer hatte sich pünktlich auf die Minute zu der außerordentlichen und dringlichst anberaumten Stammtischkonferenz unter freiem Himmel eingefunden. Der korpulente Mann mit den Maßen eines viertürigen Kleiderschranks ließ sich stöhnend auf einem Gastgartenstuhl nieder, woraufhin auch der Stuhl aufzustöhnen schien. »Schon meine hochverehrte Marie von Ebner-Eschenbach hat seinerzeit sehr zutreffend festgestellt: ›Eine schwere Zeit ist wie ein dunkles Tor, gehst du hindurch, kommst du gestärkt hervor.‹«

»Geh, hör mir auf mit deine gelehrten Gstanzerln. Und deine hochverehrte Marie Irgendwas kannst dir auch in deinen Allerwertesten schieben. Da ist Platz genug. Ich brauch Praxistipps, keine Seelenpflaster.« Feyertag hatte kein Verständnis für leere Worte. Und derzeit schon gar nicht. Umso mehr, als auch sein Bierkrug bereits geleert war. Was verstand so ein pragmatisiertes Walross schon von wirtschaftspolitischen Belangen?

»Da sitzen s'und da schwitzen s', unsere großkopferten Krisenmanager.« Auch Fred Pfnaderer, der Feuerwehrhauptmann, war pünktlich erschienen, wenngleich in erster Linie, um seinen eigenen Durst zu stillen. »Sammas, dann pack mas«, sagte er und bedeutete dem Kirchenwirt mit einer unmissverständlichen Geste, dass ohne eine rasche Runde Bier das Überleben der Gfrettgstättener Intelligenzija nicht länger gesichert sein würde.

Das Damischtal zählte zwar zu den weinseligsten Landstrichen Österreichs, verfügte aber zudem über eine bodenständige Hopfenproduktion, was der heimischen Biertradition sehr zugutekam. Genau genommen war die Gegend rund um den Wadlpass ein alkoholisches Zweifachkonzentrat zur Mehrfachberauschung. Die derzeitigen Umstände erwiesen sich jedoch als derart ernüchternd, dass selbst Wirkungstrinker keine nennenswerten Verbesserungen ihrer bedauernswerten Lage verspürten. Dennoch hoben die drei ihre vom Wirt gebrachten Bierkrüge und prosteten sich zu. Wie schlimm die Dinge auch stehen mochten, die Stammtischetikette musste eingehalten werden. Daher griff der Bürgermeister auch zuerst zur Serviette, um sich den Schaum abzuwischen, und erst anschließend zu seinen Unterlagen.

»Heut stellen wir sowieso die Minderheit. Der Unterkofler Poldl hat sich entschuldigt, er hätt's ganz arg im Rücken. Wahrscheinlich hat ihn seine Oide wieder mal zu Kreuz kriechen lassen. Die Hermine hat ihren Mops net guat verdaut und speibt sich die Seel ausm Leib, und der Bartl kommt später, weil er bis über die Ohren in der Wurschthaut steckt. Aber die Dopplerin und der Gemeindewaschl sollten eigentlich noch erscheinen.«

Wie auf geheime Absprache bogen beide im selben Moment um das Gastgarteneck. Der Hias, also der Gemeindediener, ging aus Gründen der anatomischen Nachsicht exakt zwei Schritte hinter Bibiana. So konnte er ihr ungestört auf den Hintern starren.

Was der einstigen Miss Damischtal schlichtweg am Arsch vorbeiging. Das gemeine Volk interessierte sie nicht, Dienstboten wie der Hias fielen ohnedies schon in die Kaste der Unberührbaren. Nie und nimmer würde sie sich an so einem Zniachtl ihre kostbaren Kunstnägel schmutzig machen. Und schon gar nicht an einem Tag wie diesem, an dem sich Bibiana ihres zusätzlichen Wertes als Geheimnisträgerin bewusst war. »Machts Platz«, herrschte sie die bereits versammelte dörfliche Dreifaltigkeit an, um ihren Stuhl mittig zwischen den Bürgermeister und den Schuldirektor zu stellen. Der Feuerwehrhauptmann hockte eh schon außerhalb des Zentrums der Macht, der durfte sitzen bleiben, wo er war.

»Ja, sag amoi, is dir dein Eisprung ins Hirnkastl g'schossen, oder was?« Feyertag stellte erbost seinen Bierkrug ab. Jetzt litt der Trampel auch noch an Größenwahn. Ob das wohl an Bibianas traditionell sehr hochhackigem Schuhwerk lag? Er jedenfalls wollte die arrogante Trutschn nicht an seiner Seite haben, sollte sie sich ruhig mit einem Billigplatz in der zweiten Reihe begnügen. Da gehörten die aufmüpfigen Weiberleut eh hin. Kilian Klöpfer wiederum hätte es erst gar nicht geschafft, seine eineinhalb Zentner Lebendgewicht ohne Nachbeben der Tischplatte und der darauf stehenden Bierkrüge aus seiner von Bibiana bedrängten Lage zu befreien. Als Zeichen des guten Willens zog er seinen Bauch ein klein wenig ein. Was Bibiana genügte, um sich mit den Waffen der Frau, sprich mit Stilettos, spitzen Nägeln und bösen Blicken, neben ihn zu zwängen.

Hias, der Gemeindediener, dessen Hemdmuster an eine Fototapete der siebziger Jahre erinnerte, nahm in einem gewissen Sicherheitsabstand zu den dreien Platz. Er wollte keinesfalls zwischen die Fronten der Platzhirsche geraten. Jetzt fehlte nur noch der Fleischer, dem man allein aus olfaktorischen Gründen nicht zu nahe kommen sollte.

»Alsdann, gemmas an.« Feyertag drückte Klöpfer Block und Kugelschreiber für das Protokoll in die Hand. Sollte sich tatsächlich eine nützliche Idee zur Schadensbegrenzung finden, so hatte es Vorteile, diese nach dem Ende der bevorstehenden Betroffenheitssauferei blau auf weiß nachlesen zu können.

»Meine lieben Freunde, liebe Bibiana, wir – und damit meine ich natürlich unsere prosperierende Gemeinde Gfrettgstätten – haben ein im wahrsten Sinne des Wortes mörderisches Problem. Am Hals, aber auch am Geldbeutel. Irgendein kranker Irrer hat eine Insassin der Wauness-Welt umgebracht. Damit nicht genug, hat er auch noch deren Hund in die ewigen Jagdgründe gewürgt. Was im Grunde genommen sogar noch schlimmer ist, denn mit einem Eifersuchtsdrama oder dergleichen hätten die Hotelgäste vielleicht grad noch leben können, weil sie davon emoschional«, Feyertag belegte gerade einen Englischkurs wegen der Internationalisierung der Gfrettgstätten'schen Tourismusbranche, »nicht betroffen sind. Aber Hundsviecher haben sie ja alle hier.«

»Tja, den Köter hätt er ruhigen Gewissens am Leben lassen können«, fand auch der Schuldirektor.

Bibiana hingegen hielt eine derart chauvinistische Ansicht für schlichtweg indiskutabel. Das Leben eines zotteligen Vierbeiners konnte doch nicht wertvoller sein als das einer Frau. Indigniert nippte sie an ihrem Kracherl, tupfte sich mit einem weißen Stofftaschentuch den Mund trocken, trug flugs neuen Lippenstift auf und setzte zu ihrer Offenbarung an. »Abgesehen von euren dämlichen Ansagen, die dem frauenfeindlichen Fass die Daube ausschlagen«, Bibiana tat sich immer ein wenig schwer mit der korrekten Wiedergabe von Redensarten, »steht ja wohl fest, dass der Täter unter den heimischen Hundehassern zu suchen ist.«

Die Männer rissen Augen und Ohren auf. Das musste wohl ein hormonelles Straußenei gewesen sein, das der Dopplerin da gesprungen war.

»Und was veranlasst unsere Schöne zu dieser fürwahr interessanten Ansicht?« Kilian Klöpfer fasste die Verwunderung aller wie stets in perfekte Worte.

»Na, der Gamsbart natürlich.«

»Gamsbart?«

Die Leute griffen nach ihren Krügen, taten einen großen Schluck und verfielen in kollektives Schweigen. Mit so einer Antwort hatte niemand von ihnen gerechnet. Mit dem Erscheinen vom Mostburger Bartl allerdings auch nicht.

Der wunderte sich schon sehr über die ungewohnt schweigsame Runde. »Hat's euch die Red verschlagen, oder is des Bier sauer 'wordn?« Ungefragt griff er einen freien Stuhl vom Nebentisch und ließ sich an der Seite des Gemeindedieners nieder.

»Aber geh, die Bibiana hat grad ein Täterprofil entworfen. Mit Gamsbart.«

Darauf wusste auch der Bartl nichts zu erwidern, aber der Fleischer gehörte generell zu den, gelinde gesagt, eher wortkargen Menschen. Üblicherweise gab er bevorzugt Grunzlaute von sich, als hätte er den Mund voller Wurstdarm.

»Sag mal, Bibiana, was in aller Welt hat ein Gamsbart mit der Leich zu tun? Die Tote ist ja keinem Wilderer zum Opfer gefallen. Und derschossen ist sie auch nicht 'wordn.« Manchmal bereute es Feyertag zutiefst, nicht Imker geworden zu sein. Da hätte er auch ein Volk, aber es würde fleißig seiner Arbeit nachgehen und dabei das Maul halten.

»Alles. Aber ihr seids ja so lahmoarschig, dass ihr nicht einmal wissts, was bei uns so passiert, solang's nicht im ›Damischtaler Tagblatt‹ steht.« Bibiana kostete ihren Wissensvorsprung sichtlich aus. Selten zuvor war ihr eine derart ungeteilte Aufmerksamkeit entgegengebracht worden, die nicht ihrem Dekolleté galt.

»Ja, Kruzitirknnochamoi, so red halt endlich, wennst was zum Sagen hast.« Dem Feuerwehrhauptmann riss hörbar der Geduldsfaden.

»Offenbar habts ihr ja alle noch nicht g'hört, dass dem toten Mops in der Hermi ihrem Gemüsebeet ein Gamsbart ins Maul g'steckt wordn is.« Triumphierend nippte Bibiana erneut an ihrem Kracherl. Sie trank nur selten Alkohol, mit Ausnahme von Champagner und Migränetropfen.

»Ja, wer derzählt denn so einen Bledsinn?«, wollte Feyertag nun wissen.

»Das ist kein Blödsinn, sondern die reine Wahrheit. Ich hab's mit eigenen Augen gesehen.«

Der Doppler'sche Adlerblick für verfängliche Details war gemeinhin recht zuverlässig, das wussten auch die Anwesenden aus leidiger Erfahrung.

»Na geh.« Sogar der Gemeindediener brachte sich jetzt ein.

»Und«, Bibiana spielte ihren letzten Trumpf aus, »wie wir ja alle wissen«, sie warf einen stechenden Blick auf den Bürgermeister, »sind Gamsbärte bekanntlich ein Symptom für die Jägerschaft.«

Der Schuldirektor erwog kurz, die Dopplerin über den Unterschied zwischen Symbol und Symptom aufzuklären, verwarf den Gedanken aber gleich wieder. Die Frau war so belehrungsresistent wie ein Butterbrotpapier. Außer Männer einzuwickeln, hatte sie in ihrem Leben wenig gelernt.

»Also, das ist doch wohl die Höhe. Jeder gute Steirer hat einen Gamsbart auf seinem Hut, der g'hört zum Steirergwand wie die Hirschhornknöpf zum Trachtenjanker.« Der Bürgermeister tobte. Als begeisterter Jäger, der seiner Leidenschaft aufgrund der heimischen Hundefreundlichkeit nur noch im angrenzenden Slowenien oder im Südburgenland nachzugehen pflegte, konnte er einen derartigen Verdacht nicht einfach so hinnehmen. Sein Herz schlug nach wie vor für die Waidmannssucht, auch wenn er sich im Interesse des vierpfotigen Fremdenverkehrs nicht öffentlich dazu bekennen wollte. Das würde bestimmt ein schlechtes Licht auf ihn werfen. Hundebesitzer und Jäger waren wegen ihrer Revierstreitigkeiten ja nahezu natürliche Feinde; es sei denn, der Hund war ein Jagdhund, dann war der Besitzer wahrscheinlich einer der ihren.

»Da is aber schon was dran mit die Jaga und die Gamsbärt.« Dass ausgerechnet der Bartl sich auf Bibianas Seite schlug und ihm damit in den Rücken fiel, brachte die Weltordnung von Alois Feyertag zum Einsturz.

»Ja, seids ihr denn jetzt alle deppert 'wordn?«, brüllte er in die Runde. »Kilian, jetzt sag doch was!« Soweit Feyertag sich erinnern konnte, besaß auch der Schuldirektor einen Hut mit Gamsbart.

»Das stimmt, aber auch wieder nicht.«

»Wie jetzt?«

»Also, ich habe einen Steirerhut und auch einen Gamsbart, aber beide finden nicht mehr zueinander«, erklärte Klöpfer. Was aber niemand verstand.

»Haben s' dir jetzt auch ins Hirn g'schissen, oder was?« Der Bürgermeister hatte seine einigermaßen gute Kinderstube angesichts des kollektiven Angriffs auf den Leumund seiner Jagdfreunde mittlerweile vergessen.

»Ich wollte damit nur sagen, dass ich den Hut heute lieber ohne Bart trage. Ein Bart genügt schließlich, und das ist meiner. Außerdem ist so ein Gamsbart für Pädagogen auch nicht mehr wirklich zeitgemäß. Damit schau ich irgendwie so vorgestrig aus. Als wär ich ein Freund der Prügelstrafe.« Was der Klöpfer auch durchaus war. Aber er legte halt Wert darauf, dass seine altväterliche Gesinnung nicht auf den ersten Blick zu erkennen war.

»Ich tat mir auch kein Schweinshaxl aufn Kopf setzen«, warf der Bartl ungewohnt redselig ein und kassierte prompt ein paar Lacher dafür.

»Alois, jetzt pudel di halt net so auf, es hat ja eh niemand g'sagt, dass du die Dingsbums derwürgt hast. Wir haben nur g'meint, dass man bei so einem Gamsbart halt z'erscht an die Jaga denkt.« Auch der Brandmeister vertrat offenbar die Meinung der Dopplerin.

»Aber«, zögernd meldete sich nun sogar der Gemeindediener zu Wort, »würd ein Jaga denn so deppert sein, auf sich selber hinzuweisen?«

Der Bürgermeister sah den Hias an wie eine liebende Mutter ihr Kleinkind. Der Mann hatte sich soeben eine Gehaltserhöhung verdient. »Eben, genau so isses. So blöd sind wir wirklich nicht.«

»Aber geh, bei uns daheim hat's alleweil g'heißen: a Jaga, zehn Deppen.« So schnell gab Bibiana sich nicht geschlagen.

»Jetzt halt einfach mal die Pappn.« Dem Bürgermeister brannten langsam die Sicherungen durch. Er fühlte sich eh schon wie eine entsorgte Glühbirne, fassungslos und am Boden zerstört.

»Meine Herren, meine, äh, Dame«, der Schuldirektor schritt wie meist als Friedensstifter ein, indem er mit seinem Resonanzvolumen alle anderen Kommentare übertönte, »so kommen wir nicht weiter. Wenn die Jäger als Täter wieder ausscheiden, brauchen wir neue Verdächtige. Außer der Herr Hauptmann hätte mit seinem kriminellen Spürsinn bereits einen Erfolg erzielt. Aber das kann ich mir ehrlich gesagt nicht vorstellen. Die Fährten, die dieser Hungerkünstler verfolgt, haben doch seinerzeit auch nur in die totale Ergebnislosigkeit geführt.«

»Ich glaub sowieso nicht, dass des ein Hiesiger g'wesen ist«, meinte Feyertag.

»Ich murks kein Weibsbild ab, höchstens, sie wär eine Sau«, verteidigte sich der Fleischer, der sehr darunter litt, gewohnheitsmäßig unter Generalverdacht zu stehen.

»Wenn ein Auswärtiger an Hund dabeig'habt hätt, wär er bestimmt niemand hier aufg'fallen«, wies der Spritzenmann auf einen äußerst wichtigen Punkt hin. Bei mehr als dreihundert Hotelgästen würde ein Gassigeher mehr oder weniger niemandem ins Auge springen. »Wer sagt denn eigentlich, dass es kein Hundling«, so nannten die Einheimischen die Urlauber in der Wauness-Welt, »g'wesen ist?«

»Das hat der van Trottl g'sagt. Seiner Ansicht nach kommen nur Männer als Täter in Frage, und da auch nur die Alleinstehenden; so was haben s' im Hotel aber nicht, bis auf die beiden Schwulen«, klärte der Bürgermeister die Anwesenden über das hauptmännische Gedankengut auf.

Langsam rauchten die Köpfe der Gemeinderatsmitglieder so stark, dass zur Abkühlung der Denkfunktion dringend eine neue Runde Bier bestellt werden musste. Nur Bibiana schmollte, orderte nichts und sah demonstrativ auf ihre Uhr.

»Wir müssen logisch denken, Herrgottnochamoi. Wer würde den Verdacht denn absichtlich auf uns Jäger lenken?« Auch der Bürgermeister stand nicht gern unter Generalverdacht.

»Einer, der was gegen die Jaga hat.«

»Und wer hat was gegen die?«

»Hundebesitzer.«

»Katzenbesitzer.«

»Pferdebesitzer.«

»Schwammerlsucher.«

»Waldläufer.«

»Mountainbiker.«

»Naturschützer.«

»Sozis.«

So gesehen schienen nahezu alle Nichtjäger etwas gegen die schießwütigen Trophäensammler zu haben.

»Und vegane Fundamentalisten.«

»Aber die hättn doch keinen Hund um'bracht.«

»Auch wieder wahr.«

»Asylanten.« Der zweite Beitrag vom Gemeindediener.

»Asylanten? Wie meinst das jetzt?« Feyertag konnte dem Hias gedanklich zwar nicht ganz folgen, aber ein abgerissener, sexuell ausgehungerter und unzivilisierter Flüchtling würde natürlich perfekt ins Täterprofil passen.

»Na, wenn die bei Nacht und Nebel über die Grenz schleichen wollen, dann können die keine Jaga auf ihre Ansitz mit an Nachtsichtgerät brauchen. Unser Bundesheer is ja für nix, das steht stramm und schaut weg bei dem ganzen Auflauf da«, erklärte das Faktotum von Gfrettgstätten.

»Mhmhmmm.«

Eine neue Dimension der gelebten Mitmenschlichkeit tat sich auf. Bürgermeister Feyertag dachte angestrengt nach, wie er den Ansatz praktisch verwerten könnte. Immerhin würden dadurch nicht nur die weißen Westen von Jägern und Gfrettgstättenern porentief reingewaschen, sondern auch die neue Einkommensquelle der verfeindeten Nachbargemeinde erheblich beschmutzt. »Na bitte, wer sagt's denn? In Plutzenberg haben a' mehr Flüchtling als Einwohner. Unter denen wird sich doch mindestens ein vereinsamter schwanzgesteuerter Gewalttäter finden lassen. Mehr brauchen wir eh nicht.« Feyertag war zunehmend begeistert von der Idee.

»Aber die sind doch mit die Postbus ang'reist und nicht durch 'n Wald kommen«, warf der Feuerwehrhauptmann ein, der dem Flüchtlingstransport aus Sicherheitsgründen beigewohnt hatte.

»Die haben a Kopftuch auf, kan Hut mit Gamsbart.« Auch der Bartl fand die Inszenierung nicht sehr überzeugend.

»Außerdem war die Tote zu dem Zeitpunkt schon lange tot«, warf Bibiana mit ungewohnter Einsicht ein.

»Is doch wurscht. Wegen die paar Stund. Die haben bestimmt schon vorher an Spähtrupp g'schickt, um vor Ort alles auszuspionieren. Oder ein paar Mitläufer g'habt, mit Sprengstoffgürteln, die nicht im Bus g'sessen sind. Schaun doch alle gleich aus bei die Terroristen da. Derschossen g'hörn die alle miteinand, am besten gleich an der Grenze. Hat man in Paris und Brüssel ja g'sehen, was g'schiacht, wenn man solche Leut ins Land einilasst. Aber hiatzt wird sich's wohl bald ausgemerkelt habn.« Der Gemeindediener tendierte meinungsmäßig offenbar weitaus stärker zu den Sturmtruppen als zum Neuen Testament.

»Bitte, bitte, keine Volksverhetzungen. Politische Tendenzen stehen jetzt nicht zur Diskussion, das ist eine Strategiesitzung, keine Wahlabstimmung. Wir brauchen einen Täter. Und eine praktikable Machbarkeitsstudie, um ihn mit handfesten Beweisen zu überführen.« Aufgewachsen mit Goethe, Schiller, Schweinsbraten und arischen Großeltern, war auch Kilian Klöpfer kein Freund allzu fremder Kulturen, aber diese Überzeugung behielt er in der Öffentlichkeit lieber für sich. Seine private Toleranz endete in jedem Fall bei Rasnici, Riesling-Weinen, Römertopf und roten Haaren.

»Leutl, das is doch Schwachsinn. Wollts ihr jetzt in Eigenregie das Plutzenberger Flüchtlingsheim aufn Kopf stelln, um ein paar Streithansln zu finden, die in ihrer Heimat schon mal einer Frau a Watsch 'gebn habn? So a Art ›Gfrettgstätten sucht den Superwürger‹, oder was?« Der Feuerwehrhauptmann konnte einen derartigen Dilettantismus nicht fassen. Ihm waren die Flüchtlinge egal, solange sie nichts in Brand steckten und sich selbst nicht in Brand stecken ließen, aber als praktischer, auf effiziente Abläufe bedachter Mensch erschien ihm die Tätertheorie schlichtweg sinnbefreit. »Das wär ja so, als würd ich die Raucher vom gesamten Damischtal inhaftieren, weil bei der Pepi-Tant die Kuchl ab'brennt is.«

»Ich hab gar nicht g'wusst, dass ihr Arabisch auch reden könnts. Oder wollts die Flüchtling mit Händ und Füß befragen?« Bibiana hatte gleichfalls nichts für vollbärtige bettelarme

Männer übrig, aber als Frau lag ihr daran, den wirklichen Täter zu finden. Und der würde auch nach einer Scheinverhaftung weiterhin frei herumlaufen und, schlimmstenfalls, weiterhin sein Unwesen treiben. Sie strebte nach einem potenten Mann mit Bett im Kornfeld, nicht nach einem omnipotenten Monster im Wasserbett der Damisch.

»Lassts doch die armen Krippeln in Ruh, die tun euch nix und haben euch nix 'tan.« Dass ausgerechnet der blutrünstige Fleischer auf einmal zum Menschenfreund mutierte, kam den anderen schon seltsam vor. Umso mehr, als das Islamistenpack nicht einmal Schweinefleisch aß, also bestimmt nie zum erlesenen Kundenkreis der aus handverlesenen Mangalicaschweinen hergestellten Klapotetzkeulen zählen würde. Aber seit der Bartl vor zwei Jahren am eigenen Leib hatte erfahren müssen, was es bedeutete, ständig beschuldigt, bedroht und sogar unter Mordverdacht inhaftiert zu werden, brachte er ein gewisses Verständnis für unverschuldet in Not Geratene auf. Außerdem waren ihm die Araber beim Hintern lieber als seine Landsleut von vorne. Die gingen ihn nicht blöd an, schauten ihm nicht deppert nach, und die schwarzen Ränder unter seinen Nägeln waren ihnen auch wurscht, weil die meisten von ihnen selbst welche hatten.

»Habts einen besseren Vorschlag, wo wir von heut auf morgen einen Mörder auftreiben können?« Feyertag stand kurz davor, den Hut auf sein Bürgermeisteramt zu schmeißen, allerdings hatte er an dem heißen Tag gar keinen auf.

»Bestell halt einen bei Amazon«, kommentierte Bibiana mit süffisantem Lächeln.

Natürlich!, dachte Feyertag. Und zuvor würde er noch höchstpersönlich und vor allem eigenhändig die Dopplerin erwürgen. »Also, wer dafür ist, dass wir im Asylantenhaus mal nach dem Rechten schauen, der hebt die Hand.«

Zwei Hände gingen in Luft. Der Gemeindediener war naturgemäß für seine Idee, und der Schuldirektor wollte ihn und den Bürgermeister nicht allein in ein etwaiges Unglück rennen lassen. Bibiana, Bartl und Fred Pfnaderer waren dagegen, hatten aber keinen Alternativvorschlag vorzuweisen. Der allgemeine

Konsens beschränkte sich also ausschließlich auf eine abschließende Runde Bier. Zumindest der der anwesenden Männer. Bei Bibiana waren Hopfen und Malz sowieso und in jeder Hinsicht verloren.

Gefährliche Liebschaften, verbotene Leidenschaften

Drei Stunden lang versuchte Kevin-Karl mit voller Inbrunst, den beiden mathematischen Härtefällen die Faszination von gleichschenkligen Dreiecken nahezubringen. Da er dabei nicht nur Katheten und Hypotenusen vor Augen hatte, sondern auch die Beine der angebeteten Katharina, fielen seine Darlegungen ungewohnt leidenschaftlich aus. Franzl und Bertl hingegen fragten sich verzweifelt, worin der Reiz dieser staubtrockenen Materie eigentlich bestehen sollte. Sie kannten weder Katharina noch ihre Beine, und Kevin-Karl wollte seine noch recht unsichere Beute keinesfalls den dörflichen Tratschmäulern zum Fraß vorwerfen.

»I versteh nur Bahnhof. Was hat der Urinbeutel von unserm Großvater mit der Wurzel aus a-Quadrat und b-Quadrat zu tun? Des eine is rund, des andere eckig.« Der Franzl tat sich mit der abstrakten Materie noch um einiges schwerer als sein jüngerer Bruder.

»Mei, du bist ein Trottel. Des hat doch nichts mit dem Opa zu tun, des kommt von dem eckigen Holzkastl, wo der Herr Lehrer immer seine Ansprachen halt. Des heißt auch so, obwohl des eher ein Rechteck is.« Ganz überzeugt war auch der Bertl nicht von seinem Wissen. Er schlug sich bevorzugt mit Fußbällen herum, niemals mit Kathetern.

»Mensch, nun lasst halt mal die Namen weg.« Kevin-Karl verstand nicht, wie man derart einfache Sachverhalte nicht verstehen konnte. »Stellt euch einfach mal 'nen geilen Feger vor, der mit gespreizten Schenkeln und Minirock vor euch steht. Ihr wisst also, wie lang die Beine der Braut sind, und ihr wollt herausbekommen, wie groß der Abstand zwischen den Fußsohlen ist.« Das Wort Kathete sprach er nur noch in Gedanken aus, dafür aber ganz liebevoll, weil es ihn an seine Katharina erinnerte.

»Bist du deppert? Was interessieren mich die Füß, so einer schau ich doch gleich untern Rock.«

Eins musste man der gesunden Landjugend lassen. Sie war überaus praktisch veranlagt. Nach drei Stunden Schwerstarbeit und mehreren geometrischen Gedankenkurzschlüssen hatten die beiden ihre triangulären Beziehungsprobleme dennoch zumindest ansatzweise in den Zirkelgriff bekommen und mit Pythagoras eine Art Waffenstillstand geschlossen. Nun kam der angenehmere Teil des Nachmittagsprogramms.

»Pack mas. Ich muss aussi ins Freie, sonst platzt mir der Schädel«, meinte der Franzl.

»Und das warat bled wegen der Kopfschüss«, konterte der Bertl und griff nach seinen Fußballschuhen.

»Ich begleite euch ein Stück. Ich möchte noch auf den Märtyrermugl wandern, die Ruhe genießen und den Kopf freikriegen. Bei mir daheim ist täglich die Hölle los.«

Das verstanden die zwei gut. Lautstarke Streitigkeiten der Erzeuger gefielen auch ihnen nicht, weshalb sie, wann immer es möglich war, bei der Oma blieben. Die schlug ihnen weniger auf Magen und Psyche.

Zu dritt machten sie sich auf den Weg. Der Franzl hatte seinem Vater in aller Herrgottsfrüh noch ein paar Zigaretten aus dem Packerl gestohlen, der Bertl das Feuerzeug vom Opa eingepackt und Kevin-Karl eine Riesenpackung roter Fruchtgummis für sein Date. Er hätte der Kathi zwar lieber Schokoladenherzen angeboten, hatte bei den derzeitigen Temperaturen aber Angst bekommen, sie würden ihm in der Hosentasche schmelzen.

Am Kreuzweg Richtung Klachlkapelle trennten sie sich. Bertl und Franzl wollten auf dem Areal der alten Brückenwaage ein wenig kicken und tschicken, der junge Deutsche hoffte auf ein Rendezvous mit seiner allerheiligsten Katharina. Weil die aber sehr strenge Eltern hatte, konnten sie sich seit ihrer Rückkehr vom Pfadfinderlager nur an entlegenen, nicht einsehbaren Plätzen treffen. Wie etwa auf der einsamen Waldlichtung hinter der Klachlkapelle.

Im Frühjahr und Herbst war dieser andächtige Ort von Ausflüglern jeder Alters- und Konditionsklasse bevölkert, die die freie Sicht auf den Sterzkogel und die abfallenden Schilcherweinterrassen genossen. Mit einer ordentlichen Jause im Picknickkorb ließ es sich im Umfeld der historischen Kapelle sehr gut leben. Im Sommer gingen die Menschen lieber baden, der steile Aufstieg war ihnen dann zu anstrengend. Außerdem gab es an der Kapelle keine geeignete Stelle, um die Getränke kalt zu stellen. Der historische Glockenturm mit seiner baufälligen Holzstiege war aus Sicherheitsgründen schon vor langer Zeit gesperrt worden, und im Innern des Kirchenschiffs wehte seit einem Leichenfund vor zwei Jahren kein wirklich heiliger Geist mehr. Damals hatten zwei durchgeknallte Typen doch glatt den heiligen Bartholomäus von seinem wurmstichigen Sockel gehoben und durch den toten Böllinger Sepp ersetzt. Das war ein wahrhaft spektakulärer Anblick bei der Auferstehungsfeier gewesen. Seit dem Vorfall war zwar über die Sache und rundum ausreichend Gras gewachsen, aber das Weihwasser wollte den Durst der Gläubigen trotzdem nicht mehr zufriedenstellend stillen. Und die Weinkühler und Biertragln wurden nach der blutigen Episode sowieso ausschließlich im Freien aufbewahrt.

Aus diesen vielfältigen atmosphärischen Gründen stand Kevin-Karl also einsam und verlassen auf der sonnigen Anhöhe und sah sich suchend um. Der Blick in die umliegenden Täler war traumhaft schön, aber eigentlich wartete er nur auf das Erscheinen des blonden Mädchens mit den Sommersprossen. Zum ersten Mal in seinem vierzehnjährigen Leben war der Junge in ein Wesen vom anderen Geschlecht verliebt. Bislang hatte seine Zuneigung eher Borussia Dortmund, Fettes Brot und den Guppys in seinem Aquarium gegolten.

Doch im Pfadfinderlager auf der Plutzenberger Platte hatte die Entwicklung seines Gefühlslebens auf einmal einen Quantensprung gemacht. Ihm, der seinen Sexualunterricht durchgesessen hatte, ohne mit einer einzigen Wimper zu zucken, vernebelte es nun bereits den Blick, wenn die Plotzmann Kathi gedankenverloren ihren Zopf zwirbelte. Kevin-Karl war derart hoffnungslos verknallt in diese kecke Unschuld vom Lande, dass ihm nicht nur die Ohren brannten, er bekam – zum gleichfalls ersten Mal in seinem Leben – auch eine schmerzhafte Vorstellung vom sogenannten Fegefeuer der Eitelkeiten.

Schon im Morgengrauen, bevor seine Mutter zum Erweckungs-Yoga aufgebrochen war, hatte er sich im Badezimmer verbarrikadiert und sein krauses Haupthaar gefühlten sechs Dutzend Stylingmanövern unterzogen. Nie zuvor hatte er seine halbwüchsigen Naturlocken als derart hässlich und uncool empfunden. Und nie zuvor waren ihm seine Pickel derart schmerzlich bewusst gewesen. Allein beim Anblick der roten, aufgekratzten und teilweise eiternden Kraterlandschaft auf seiner Stirn schossen ihm Tränen in die Augen. Clearapril half nichts, der Versuch, die Pickel mit den Fingernägeln auszudrücken, machte alles nur noch schlimmer, und sein Haar so tief in die Stirn zu kämmen, dass der Hauptschauplatz der hormonellen Auswüchse verdeckt würde, sah auch scheiße aus. Stirnlappenfrisuren wie diese passten zu den Beatles, aber nicht ins 21. Jahrhundert und schon gar nicht zu einem angehenden Helden der Liebe und Leidenschaft. Sein frühmorgendlicher Anblick hatte bei Kevin-Karl jedenfalls nur Leiden erschaffen. Doch dank seiner zittrigen Hände fiel ihm die Lösung buchstäblich vor die Füße. Versehentlich kippte er das Necessaire seiner Mutter vom Regal, welches nicht verschlossen war und seinen aus tausend seltsamen Kleinteilen bestehenden Inhalt über seinen Pyjama und den gefliesten Boden ergoss. Entnervt klaubte der Junge das Sammelsurium an Unnotwendigkeiten auf und legte es wieder zurück in das viel zu kleine Behältnis, als sein Blick an einem Abdeckstift hängen blieb. »Retuschiert Hautunreinheiten, deckt Rötungen zuverlässig ab, wasserfest und klinisch getestet«, stand auf dem unbekannten Objekt zu lesen.

Zögernd fuhr Kevin-Karl mit dem Riesenfarbstift testweise über eine von ihm ausgesuchte dermatologische Monstrosität. Es funktionierte. Wie von Zauberhand trat der Pickel in den Hintergrund. Kevin-Karl konnte sein Glück nicht fassen. Immer zielgerichteter malte er auf seinem Gesicht herum, bis er schließlich in einen einigermaßen kooperierenden Spiegel blicken konnte. Trotzdem legte er noch ein paar Schichten nach, sicher war sicher. Der Wunderstift sollte zwar wasserfest sein, aber Kevin-Karl hatte keine Ahnung, wie er sich bei Schweißausbrüchen verhielt. Und schwitzen würde er an diesem Tag bestimmt zur Genüge. Erstens beim Aufstieg, zweitens unter der Sommersonne und drittens bei der geplanten Annäherung an Kathi.

Punkt eins und zwei hatte er mittlerweile schon einigermaßen unversehrt überstanden, doch schon beim Gedanken an Nummer drei legten es seine Schweißdrüsen auf einen beinharten

Produkttest an, der über zwei Stunden dauern und die Wasserbeständigkeit von Purifyer Number One eindeutig widerlegen sollte.

Aber zu dem Zeitpunkt fiel dem Jungen nicht mehr auf, dass seine Pickellandschaft in zweiter Blüte stand, weshalb sein Shirtkragen einen braunen Streifen bekommen hatte: Er schwamm in destillierter Glückseligkeit. Kathi hatte ihn geküsst. Mehrmals. Mit ihrem Schmollmund. Und nicht nur auf die Wangen. Im Gegenzug hatte er ihren Herzschlag ertasten dürfen. Wobei sein Puls bestimmt mehr gerast hatte als ihrer. Vor lauter vorsichtigen Entdeckungstouren auf anatomischem Neuland – die Benutzeroberfläche einer Frau war doch beträchtlich größer, als Kevin-Karl bislang angenommen hatte – war Katharina leider die elterlich zugestandene Freizeit davongerannt, der sie nun mit hochrotem Kopf hinterherhetzte.

Kevin-Karl, dessen Familie ihn mathematisch zuverlässig verwahrt wähnte, hatte es weniger eilig. Er musste seine naturwüchsigen Erregungszustände erst einmal einigermaßen unter Kontrolle bringen, bevor er über Schleichpfade und Umwege zurück in die Hundekaschemme schlich. Schließlich durfte er seinem Vater erst nach der Abzweigung zum Landhaus Lärcherlhof über den Weg laufen. Sein Erzeuger war derzeit zwar vorrangig an der qualitativ hochwertigen Zucht von Fettzellen und deren ausreichender Versorgung mit entsprechender Nährflüssigkeit interessiert, aber hin und wieder hatte sogar er Momente geistiger Klarheit. Und würde Kevin-Karl in einem solchen auf ihn treffen, würde er in Erklärungsnotstand geraten. Da nahm er lieber ein paar Kilometer mehr in Kauf und schlenderte den buckligen Feldweg entlang, der direkt am Fuße des Märtyrermugels begann und ihn durch Maisäcker und deren mannshohe Kukuruzstauden ungesehen zur Hauptstraße bringen würde.

Obwohl der sentimentale Ausnahmezustand noch andauerte und seine Knie sich noch etwas unstabil anfühlten, wagte Kevin-Karl die ersten Schritte zurück Richtung Wowness-World. Dabei hörte er weder das Zwitschern der Vögel noch das Rauschen der Bäume oder gar den säuselnden Wind, weil er nur Kathis Stimme im Ohr hatte, die »Magst mir das Leiberl ausziehen?« flüsterte.

Auch das seltsame Stöhnen und Ächzen und Jammern, das immer lauter wurde, je näher er der kleinen Lichtung hinter dem Glockenturm kam, fiel ihm nicht weiter auf. Erst als er schon am Waldesrand stand und vor lauter Verliebtheit in traumwandlerischer Unsicherheit fast gegen eine gigantische Eiche gerannt wäre, riss er erschrocken die Augen auf. Und sah ihn. Vor einem ausladenden Haselbusch kniete doch tatsächlich der Pfarrer und schlug sich mit einem Seil auf den Rücken. Dabei brabbelte er unverständliches Zeug, während am Strauch komische bunte Bänder flatterten.

»Oh Gott, du mein Herr, ich habe gesündigt in Gedanken, Worten und Taten, aber diese Ausgeburt der Hölle hat deinen heiligen Haselbusch beschmutzt.«

Ein weiterer Peitschenhieb.

»Oh Herr, du mein Gott, am sechsten Tage hast du alle Lebewesen der Welt erschaffen, und du sahst, dass es gut war. Aber dieser hechelnde Höllenhund, der gegen deine irdischen Wurzeln gepinkelt hat, der hätte dir auch nicht gefallen.«

Peitsche.

»Oh Herr, du mein Gott, vergib mir meine schwere Sünde und verzeih mir mein schwaches Fleisch. Aber ich schwöre dir, er hat kaum gelitten, es ist alles ganz schnell gegangen. Gnade, oh Herr.« Ein paarmal hieb sich der Geistliche noch heftig auf den Rücken, betete ein Vaterunser, schmiss die Peitsche ins Gebüsch, raffte seine Kutte zusammen und erhob sich dann schwerfällig vom Boden.

Kevin-Karl stand da, kratzte sich einen Pickel blutig und erwog die Möglichkeit einer extremen Sinnestäuschung aufgrund von hormonellen Umstürzen.

Er bewegte sich selbst dann nicht von der Stelle, als der Pfarrer seine botanische Büßerecke längst verlassen hatte. Erst nach einer Handvoll Fruchtgummis – die hatten die beiden Frischverliebten aufgrund des begrenzten Platzes zwischen ihren Gaumensegeln nicht gegessen – und weiteren intensiven Grabungsarbeiten in der Gesichtshaut schlich Kevin-Karl langsam zu dem liebevoll dekorierten Haselbusch. Überall an den Ästen und Zweigen hingen kleine Schleifen oder goldene Kreuze. Halb verborgen in dessen Innerem standen rote und weiße Kerzen, daneben lag eine braune Keramikschale voller Devotionalien, oder wie auch immer man solche bunten Heiligenbildchen und kleinen Christusfiguren nannte. Noch absonderlicher fand Kevin-Karl allerdings den intensiven Weihrauchgeruch, der ihm beinahe den Atem nahm. Der Gestank ging bestimmt als Giftgas durch. Da der Junge auf dem Papier evangelisch, in der Praxis aber ganz ohne religiöse Rituale aufgewachsen war, kannte er sich mit katholischen Sitten und Gebräuchen nicht aus. Aber er konnte sich an die Geißelung des Jesus in der »Passion Christi« von Mel Gibson erinnern. Den Film hatte er vor einiger Zeit mit seinen Eltern im Fernsehen gesehen, doch dass heutzutage noch immer derartige Praktiken angewandt wurden, erstaunte ihn schon sehr.

Aber Gerüchten zufolge hatte der Damischtaler Geistliche ohnedies nicht alle Tassen im Schrank. Kevin-Karl war schon ein paarmal zu Ohren gekommen, dass der schrullige Mensch des Öfteren von Gottesvisionen faselte, die ihm irgendwo in der Landschaft erschienen sein sollten. Vielleicht war das vor ihm also eine sogenannte religiöse Kultstätte, an der man sich sündige Gedanken aus dem Körper prügeln konnte. Wozu Kevin-Karl nicht die geringste Lust hatte. Er war doch gerade erst auf den Geschmack gekommen. Aber die Peitsche, die der Pfarrer ins Gebüsch geschleudert hatte, interessierte ihn. Die wollte er mitnehmen, um Franzl und Bertl damit zu beeindrucken. Sozusagen als freundschaftliches Trostpflaster, weil er den beiden nichts von seinem erotischen Feldversuch erzählt hatte.

Er musste nicht lange suchen, um das dunkle Leder zu fassen zu bekommen, das zwischen Gestrüpp, Blattwerk und Spinnennetzen hing. Leider war es keine Peitsche! Auch kein Seil oder dergleichen. Kevin-Karl hielt eine ordinäre Hundeleine in der Hand. Etwa zwei Meter lang, komplett mit Karabiner und Schlaufe. Als skandalöses Überraschungsgeschenk für zwei pubertierende Knaben keinesfalls geeignet. Jeder im Dorf wusste, wie eine Hundeleine aussah. Und die schwanzwedelnden Touristen sowieso. Wenn wenigstens Blutspuren zu sehen gewesen wären, die hätten dem alltäglichen Ding wenigstens noch einen gewissen Reiz verliehen, aber beim Phantasieren über eine

Leine ohne Blut, Geheimnis oder Hund kam garantiert keine Spannung auf. Da konnte man genauso gut der Wäsche beim Trocknen zusehen.

Frustriert warf Kevin-Karl die missbrauchte Leine zurück in den Haselbusch, schob sich noch ein paar Fruchtgummis in den Mund und trat endgültig seinen Heimweg an.

***

Revierinspektor Kapplhofer saß am Küchentisch im Haus seiner Mutter und harrte der hochkalorischen Köstlichkeiten, die da kommen würden. Auf der Kredenz stand bereits die dampfende Knödelrein, der dazugehörige Schweinsbraten brutzelte im Rohr seiner kulinarischen Vollendung entgegen, und die Mutter schnitt die Frittaten für den Suppengang zurecht. Ein g'standenes Mannsbild braucht ein g'sundes Essen, so lautete das Motto von Theresia Kapplhofer, mit dem sie bereits ihren Wendelin – Gott hab ihn selig – an den Rande seines intestinalen Fassungsvermögens gekocht hatte, derart viel fürsorglich zubereitetes Fett hatte er im Laufe seines kurzen Lebens abbekommen. Die Kapplhoferin vertrat halt noch ein gänzlich anderes Gesundheitsbewusstsein als die heutige Generation, deren bedenkliche Ernährungsgewohnheiten gar nicht nach ihrem Geschmack waren. Bereits zum Morgenkaffee stopften sich die Leut mit Bergen an Nahrungsergänzungsmitteln voll, während sie Milch nicht vertrugen. Und statt auf Eier verzichteten sie auch noch auf den Schinken. Aus Angst vor dem bösen Cola-Sterin, oder wie das neumodische Zeug hieß, das schlimmer als eine Geschlechtskrankheit sein sollte. Viele von den Jüngeren pickten sogar den Vögeln ihr Körndlfutter weg. Oder tranken überhaupt nur püriertes Suppengrün, während sie auf Butter ohne Fett bestanden, was ungefähr so realitätsfremd war wie Kürbis ohne Kern. Aber bei ihr, Theresia Kapplhofer, kam eine derartige Sparflammenkost nicht auf den Tisch, da würde ihr Bub ja schon beim Hinschauen verhungern. Die angeblich gesunde Kost machte einen ausgewachsenen Menschen garantiert krank.

Seit der nun fünfzigjährige Bub also dem großstädtischen Graz den Rücken gekehrt und vorübergehend hier Unterschlupf gefunden hatte, was mittlerweile auch schon zwanzig Jahre zurücklag, richtete sich sein Tagesablauf nicht mehr nach den Arbeits-, sondern nach den Mahlzeiten. Frühstück, Mittagessen, Jause und Abendmahl stellten die Stützpfeiler seines Lebens dar. Die Stunden dazwischen vertrieb er sich am liebsten mit investigativer Untätigkeit und seinem heiß geliebten Buddelschiffbau. Jede freie Sekunde hing er sozusagen an der Flasche, um einen Masten gerade zu richten oder eine Ankerwinde in die korrekte Form zu schmirgeln.

Heute freute er sich besonders auf das üppige Mittagsmahl, weil er bereits zu frühester Morgenstunde auf dem Revier gewesen war, um den mühevoll abgetippten Rapport wunschgemäß in dreifacher Ausfertigung zu archivieren. Beim Hantieren im mumifizierten Aktenschrank hatte er sich beinahe eine Staublunge zugezogen. Seit Jahren wurde dort drinnen nichts abgelegt außer defekten Fahrradpumpen und ramponierten Regenschirmen. Nur die Aussicht auf hausgemachte Erdäpfelknödel hatte ihn tapfer durchhalten lassen.

»So, Bub, da is amoi die Frittatensuppe. Pass auf, die is heiß. Nicht dass du di auch noch verbrennst.« Theresia Kapplhofer würde es sich nie verzeihen, wenn ihrem Buben ein Unglück zustieße. Vorsichtig stellte sie ihm die rauchende Rindsuppe hin, deren Augen den Inspektor herausfordernd anzustarren schienen. Obendrauf hatte sie flächendeckend frisch gehackten Schnittlauch verteilt, das mochte der Bub besonders gern.

Kapplhofer tauchte gerade den Löffel in die dampfende Brühe, als das Telefon läutete. Leider nicht das Festnetz im Vorzimmer, sondern das Diensthandy auf der Ofenbank, was nichts Gutes verhieß. Zögernd griff er nach dem Mobiltelefon, nickte ein paarmal und gab den Löffel wieder ab. Er hätte heulen können. Dieser van Trott war schlimmer als ein Magen-Darm-Virus. Nur Scheißereien hatte man mit ihm statt gutem Essen. Ausgerechnet heute. Wo doch jeder wusste, wie g'schmackig so frische Erdäpfelknödel waren. Langsam schob er den Suppenteller von sich. Der Trennungsschmerz brach ihm nahezu das Herz. »Ich muss aufs Revier. Der Chef aus der Stadt is da. Auf der Stelle soll ich dort sein.«

Van Trott hatte es geschafft, das »Auf der Stelle!« sogar am Telefon mit mehreren Ausrufezeichen zu versehen.

»Na, da is er ja, unser Herr Inspektor«, fuhr der Hauptmann seinen Untergebenen bereits an der Eingangstür an und sah demonstrativ auf seine schicke Armbanduhr. »Wo kommen Sie denn her? Noch dazu in dem Aufzug?«

Da der Inspektor sich von unelastischen Kleidungsstücken bei der mittäglichen Nahrungsaufnahme recht eingeschränkt fühlte und keine Fettflecken auf der Uniform riskieren wollte, hatte er sie daheim gegen seinen Trainingsanzug getauscht. Mit dem schlimmsten aller Essfeinde, sprich mit van Trott, hatte er ja nicht im Geringsten gerechnet. Dieser Mensch schien seine polizeiliche Berufung weniger in der Suche nach Übeltätern als in der Vernichtung von Glücksgefühlen gefunden zu haben. Und im Setzen von trommelfellschädigenden Ausrufezeichen. Kapplhofer war es zwar gelungen, sich in die Arbeitsmontur zurückzuzwängen, doch das dazu passende Hemd war unwiederbringlich in den Tiefen des Wäschekorbs verschollen. Für die Suche nach dem Zweituniformhemd, das seine Mutter für- wie vorsorglich zwischen Lavendelkissen, Mottenkugeln und seinem alten Konfirmationsanzug vergraben hatte, war keine Zeit mehr geblieben. Also hatte er sich einen frisch gewaschenen pistaziengrünen Sweater mit der Aufschrift »Avoid hangovers, stay drunk« übergezogen. Was Hauptmann van Trott inhaltlich wie optisch nicht zu gefallen schien.

»Ich war auf einen Sprung daheim, ein Aspirin holen«, brachte der Inspektor nun zu seiner Verteidigung vor. Da der Grazer Hungerhaken kein Verständnis für jegliche Nahrungsaufnahme hatte, schien ihm die Wahrheit taktisch unklug zu sein.

»Was brauchen ausgerechnet Sie eine Kopfschmerztablette? In Ihrem Kopf ist ja nichts drin, was wehtun könnte«, fauchte van Trott und sah sich prophylaktisch nach Bleistiften um. Lieber hätte er nach einem Vorschlaghammer gegriffen, um diesem Penner endlich ein Mindestmaß an Zucht und Ordnung einzuhämmern, aber dazu war leider nicht einmal er befugt. Also blieb ihm nur die rhetorische Keule, mit der er Kapplhofer nun eins überziehen würde. Immerhin hatte der Idiot bislang nicht nur nichts Verwertbares zu den laufenden Ermittlungen beigetragen, er hatte das vorschriftsmäßige Prozedere durch einen nahezu sträflichen Umgang mit ungemein wichtigen Indizien sogar vorsätzlich gebremst. Mit größter Wahrscheinlichkeit konnte dieser Provinztrottel sowieso nur in Schrittgeschwindigkeit denken. An guten Tagen. An schlechten schienen seine Energien gerade noch für eine regelmäßige Atemtätigkeit zu genügen. So wie jetzt. Doch van Trott hielt absolut nichts von buddhistischen Erleuchtungspraktiken, bei denen man an schattigen Bäumen lehnte, Luft inhalierte und höherer Bewusstseinsstufen harrte. Wobei Kapplhofer den Baum vermutlich mit einem Esszimmerstuhl verwechselte und statt Gedanken nur seine Gedärme nährte. Aber dem würde er nun ein schmerzhaftes Ende setzen.

»Was haben Sie sich eigentlich dabei gedacht, ein derart wichtiges Beweisstück wie den Gamsbart einfach mit einer toten Töle in einen Müllsack zu stecken? Noch dazu in einen blickdichten grauen Restmüllsack und ohne mich auf das wichtige Indiz hinzuweisen? Dadurch haben Sie«, der Hauptmann kochte derart vor Wut, dass der Inspektor schon beim Zuhören ins Schwitzen geriet, »die Ermittlungen nicht nur erheblich verzögert, sondern zudem in eine falsche Richtung gelenkt. Im Grunde genommen könnte ich Sie auf der Stelle vom Dienst suspendieren und Ihnen ein Disziplinarverfahren anhängen.« Van Trott genoss diesen Moment wie Kapplhofer einen Schweinsbraten. »Haben Sie das verstanden?«

Der Revierinspektor nickte so untertänig, wie es ihm möglich war, obwohl er keine Ahnung hatte, was genau sein Vorgesetzter ihm eigentlich sagen wollte. Er hatte doch überhaupt nichts getan. Dass genau darin das Problem lag, ging ihm nicht auf. Daher zupfte er nur verlegen an seinem Sweatshirt herum und wartete auf intellektuelles Licht ins Dunkle. Da van Trott bereits einen Bleistift ergriffen hatte, war mit einer unmittelbaren Fortsetzung der Strafpredigt zu rechnen.

»Aber ich will mal Gnade vor Recht ergehen lassen und Sie

nicht gleich den Behörden zum Fraß vorwerfen«, tönte der Grazer großspurig weiter. »Sofern Sie ab nun und bis zum bitteren Ende der Ermittlungen mehr als nur einen Gang zulegen. Ich erwarte von Ihnen, dass Sie meinen Anweisungen umgehend, also ohne Mittagsruhe, Zwischenmahlzeit und sonstige Verzögerungen, Folge leisten. Und vor allem erwarte ich, dass Sie Ihren Schädel von nun an als permanente Ablage für Ihre Uniformkappe benutzen. Wie wollen Sie denn an einer effizienten Verbrechensaufklärung mitarbeiten, wenn Sie nicht einmal die dienstliche Kleiderordnung durchblicken?«

Kapplhofer wusste nicht, ob er gehorsam nicken oder beschämt den Kopf schütteln sollte. Also unterließ er beides. So ein halb skelettierter Hohepriester der Hungerkünstler würde ihn schon nicht den Kopf kosten. Am besten, er ließ ihn einfach sagen, was er zu sagen hatte. Bis zum Abendessen würde er damit hoffentlich fertig sein, das Mittagessen war mittlerweile eh schon kalt geworden und die flaumigen Erdäpfelknödel zu einer amorphen Masse erstarrt.

»Kommen wir jetzt zur eigentlichen Sache. Obwohl ich einen ganzen Tag damit vergeudet habe, die mehr oder weniger weibstollen Mannsbilder zu verhören und deren Fingerabdrücke zu erfassen, haben sich leider keinerlei verwertbare Hinweise auf eine Täterschaft ergeben. Aber«, van Trott warf Kapplhofer einen vernichtenden Blick zu, »da wusste ich auch noch nichts von dem Gamsbart, der dem gleichfalls erwürgten Köter des Opfers ins Maul gesteckt wurde. Weil Sie es ja nicht für nötig hielten, mich rechtzeitig darüber zu informieren. Aufgrund der seltsamen Beigabe scheint jedenfalls außer Zweifel zu stehen, dass wir vermehrt die Jagdinstinkte der ansässigen Jägerschaft ins Auge fassen müssen, wenngleich die auf dem Gamsbart erhobenen Fingerabdrücke aus mir unerklärlichen Gründen nicht mit denen übereinstimmen, die wir auf der Leiche festgestellt haben. Und wenngleich dem Köter ein Ohr fehlt und er offensichtlich beziehungsweise zwischenzeitlich auch mal im Wasser lag, bevor ihn der beziehungsweise die Täter umgebettet haben. Aus welchen Gründen auch immer das alles geschah, kann ich derzeit noch nicht sagen. Fest steht für mich allerdings, dass es sich um keinen Einzeltäter handelt, da wir es mit drei verschiedenen Fingerabdrücken zu tun haben, auf die ich später noch ausführlich zu sprechen komme. Auf dem Fell des Tiers konnten leider keinerlei Fingerabdrücke festgestellt werden, die wurden vom Wasser abgewaschen. Auffällig dabei ist, dass gerade Jäger ja gern im Rudel auftreten, wenn sie sich an ihre Beute heranpirschen.« Van Trott hielt kurz inne, um der bescheidenen Zuhörerschaft die Gelegenheit zu geben, seinen Wortwitz gebührend zu goutieren.

Der Inspektor zog wunsch- wie pflichtgemäß kurzerhand die Mundwinkel nach oben.

»Und deshalb werden Sie mir alle, die eine Waffe, einen Jagdhund oder ein Hirschgeweih an der Wand haben, morgen früh aufs Revier schleppen.«

Eine Aussicht, die Kapplhofer schmerzhaft getroffen aufstöhnen ließ. Dafür würde er die halbe Südweststeiermark zusammentreiben müssen. Zählten doch in jeder zweiten Damischtaler Keuschn der Hahn auf dem Mist, die Heugabel hinterm Haus und eine Schrotflinte in der Stube nach wie vor zum traditionellen Standardinventar. Und was diese schaurigen Jagdtrophäen betraf, die hingen selbst bei seiner Mutter in Form von verstaubten Rehkrickerln an der Vorzimmerwand. Abgesehen vom Herrn Pfarrer, dessen Einrichtungsgeschmack eher zu Abbildungen von Kreuzigungen neigte, hatte doch jeder diesen phallischen Krempel irgendwo im Haus, weil nur Waisenkinder oder Gottessöhne keine schießwütigen Onkel besaßen. Aber es kam noch schlimmer.

»Und die Mitglieder der einheimischen Blasmusik trommeln Sie gleichfalls zusammen. Die treten ja auch immer in so urwüchsigen Verkleidungen und niemals allein auf.«

Der Revierinspektor hatte verstanden. Er würde also nahezu ganz Gfrettgstätten und Plutzenberg anschleppen müssen. Den Einwurf, dass der Gamsbart gemeinsam mit dem Fundort des Hundes, also Hermines leidgeprüftem beziehungsweise leichenerprobtem Vorgarten, vielleicht eher ein Hinweis auf einen Täter war, der weder mit Volksmusik noch mit Brunftgeheul etwas am Hut hatte, verkniff sich Kapplhofer. Er wollte keine rhetorische Sturmflut auslösen.

»Zudem haben wir natürlich alle Informationen über das Opfer, also Angelika Freudentaler, gesammelt und mit dem Täterprofil abgeglichen.« Obwohl der Hauptmann den Durchmesser eines durchschnittlichen Fahnenmastes besaß, sprach er von sich selbst bevorzugt im Pluralis Majestatis. Bestimmt zählte auch er zu den Menschen, die am liebsten Selbstgespräche führten, weil sie sich nur mit richtig gescheiten Leuten unterhalten wollten.

»Zu unserem großen Pech war die junge Frau, die im Übrigen zum Zeitpunkt ihres Auffindens schon mehr als vierundzwanzig Stunden tot war, ein sehr einsamer Mensch. Gearbeitet hat sie als Stationskrankenschwester auf der Kinderchirurgie des Grazer Landeskrankenhauses, gewohnt in einer kleinen Mietwohnung nahe ihrer Arbeitsstelle, und gelebt hat sie offenbar nur für ihren Hund. Allerdings wollen zwei Nachbarn ein paarmal einen Mann mit Kapuzenshirt und grünen oder gelben Turnschuhen bei ihr gesehen haben.«

Derartige Kleidungsstücke kamen bei der einheimischen Jägerschaft ähnlich oft vor wie Gummistiefel im Nobelpuff, dachte Kapplhofer, hielt jedoch stoisch seinen Mund.

»Was uns zu denken geben sollte und ein völlig neues Licht auf die Sache wirft«, vor lauter neuen strahlenden Geistesblitzen wurde es dem Inspektor langsam schummrig vor Augen, »ist die Tatsache, dass das Opfer in anderen Umständen war. – Es war also schwanger, genau genommen in der neunten Woche«, fügte der Hauptmann noch erklärend hinzu, da er Kapplhofers Aufklärungsrate in jeder Hinsicht bezweifelte. »Außerdem hatte sie kurz vor ihrem Ableben noch Geschlechtsverkehr. Laut Gerichtsmedizin sogar in beidseitigem Einverständnis.«

Was nach Ansicht des Inspektors den Kreis der Verdächtigen wiederum um ein Drittel reduzierte. Allein im Ort gab es genug gehörnte und waidwunde Altjäger, die nur noch scharf auf Hirschkühe waren und ihr Pulver ausnahmslos im Wald verschossen. Doch Kapplhofer schwieg weiterhin. Er war aus Erfahrung zwar nicht unbedingt klug, aber zumindest sehr vorsichtig geworden. Zudem hatte der Hauptmann noch einige erstaunliche Fakten auf Lager, die er mit großen Gesten und getragener Stimme vor dem Inspektor auszubreiten gedachte.

»Was der Sache nun aber einen nahezu pornografischen Reiz verleiht«, aufgeregt schleckte van Trott seinen Zeigefinger ab, bevor er in seiner Aktenmappe weiterblätterte, »sind mindestens zwei Paar unterschiedlicher Fingerabdrücke, die sich auf dem Körper der Toten befanden. Und zwar an äußerst intimen Stellen wie etwa dem Kniegelenk.«

Diesmal musste der Inspektor sich nicht einmal zum Schweigen zwingen, denn ihm fehlten die Worte. Vielleicht war die verschiedene Blondine ja gar nicht bauch-, sondern kniegelenksschwanger gewesen. Ein derartiges Wunder würde die katholische Kirche mitsamt unbefleckter Empfängnis definitiv auf die Ränge verweisen. »Interessant«, presste er zwischen zusammengebissenen Zähnen hervor, um nicht lauthals aufzulachen, aber van Trott war schon wieder in seine Unterlagen vertieft.

»Damit nicht genug, fanden sich auf Haut und Kleidung dieser promsikui… promischui… also, dieser liederlichen Person unzählige Spuren von Sumpfziest, Wiesenkerbel und Springkrautsamen. Sie wurde also offensichtlich noch auf dem Trockenen mit einem Lederstrick, bei dem es sich durchaus um eine Hundeleine gehandelt haben kann, zu Tode stranguliert und erst danach in die Damisch geworfen.«

Was Kapplhofer wenig verwunderlich fand. Zum einen stand im Hochsommer überall auf dem Land die Groamat, also die zweite Wiesenmaht, an, zum anderen kam es ihm logistisch äußerst schwierig vor, eine Frau mit Hund freiwillig ins Wasser zu locken, um ihr dann womöglich unter den Blicken schlafloser Gassigeher vom Hundehotel einen Strick um den Hals zu legen. Sollte er jemals von Mordgelüsten überfallen werden, also, abgesehen von denen gegenüber seinem Vorgesetzten, die er eh schon hegte, dann würde er ihnen nur im dunklen Wald oder in dichtem Gebüsch nachgehen. Ganz bestimmt nicht direkt an einem öffentlich einsehbaren Spazierweg. Diese tiefe Erkenntnis seines Hausverstands behielt er, wie schon alle anderen zuvor, für sich. Nur eine Frage konnte er sich nicht verkneifen. »Aber warum hat der Täter den toten Hund ausgerechnet in Hermines Gemüsebeet abgelegt? Die Holzapfel wohnt doch kilometerweit vom Tatort entfernt. Und was ist mit den Schuhen der Toten passiert?«

»Das werden wir den oder eher die Burschen wohl selbst fragen müssen. Die Schuhe sind vermutlich den Bach runtergeschwommen und werden früher oder später irgendwo ans Ufer geschwemmt werden. Was hingegen die hündische Hinterlegung betrifft, wollte der Täter die alte Jungfer meiner Ansicht nach einfach nur ärgern. Menschen, die immer nur kritisieren, in jeder Suppe ein Haar finden, ihre Scheinheiligkeit zelebrieren und die Nase in fremde Angelegenheiten stecken, die sind doch nirgendwo beliebt. Es sagt ja sogar der Volksmund, dass man solchen Nervensägen gern mal einen ›Hund‹ antut.«

Während der Hauptmann sich für einen begnadeten Psychologen hielt, dachte Kapplhofer insgeheim darüber nach, wie viele Hunde man seinem Vorgesetzten demzufolge bereits angetan haben musste. Van Trott hatte sich soeben perfekt selbst beschrieben. Und im Unterschied zu Hermine, die durchaus auch gute Seiten hatte, war dem Inspektor an dem erbsenklauberischen Zniachtl bislang nichts Positives aufgefallen. »Ich habe verstanden, Herr Hauptmann«, sagte er und legte so viel Bewunderung in seine Stimme wie zuletzt 1986, als er bei einem Konzert der Rolling Stones Mick Jagger um ein Autogramm gebeten hatte. »Wir suchen mindestens einen zeugungsfähigen Mann mit Flinte oder Flügelhorn, der einen Groll gegen Hermine Holzapfel hegt und zum Zeitpunkt der Tat im Vollbesitz seiner männlichen Kräfte war«, fasste der Inspektor nun mutig zusammen. An seinem Chef würde Ironie so unbemerkt abprallen wie der Katechismus an einer heiligen Kuh, davon war er überzeugt.

Und Kapplhofer behielt recht. Van Trott zeigte sich ehrlich beeindruckt von dessen ungewohnt präziser Formulierung. Das hatte er diesem geistigen Eierschwammerl gar nicht zugetraut.

Einen Moment schwiegen beide beinahe zufrieden vor sich hin, dann zerstörte der Hauptmann den magischen Moment, indem er seine Aktenmappe zuschlug und dabei weitaus mehr Staub als nötig aufwirbelte.

»Ich sehe, wir haben uns verstanden. Ich erwarte Sie und alle in Frage kommenden Verdächtigen also morgen ab halb acht auf dem Revier. Gestriegelt und geschniegelt, wie man zu sagen pflegt. Und wagen Sie es nie wieder«, drohend erhob er seinen Zeigefinger, »mir ohne komplette Dienstuniform unter die Augen zu treten, sonst werde ich Ihnen jeden einzelnen Tag bis zu Ihrem Pensionsantritt zur Hölle machen.«

Mit diesen wenig huldvollen Worten schien die Audienz beim Meister der sadistischen Mitarbeiterführung beendet zu sein. Erleichtert schlich Kapplhofer zur Tür. Selbst eine handgreifliche Kollision mit allen Platzhirschen der gesetzlich genehmigten Wilderei stellte er sich derzeit um einiges angenehmer vor als den Verbleib im Einzugsgebiet dieser schmalbrüstigen Gewitterfront. Daher schritt der behördliche Sündenbock nahezu frohen Mutes an sein auferlegtes Werk.

Enttäuschte Erwartungen, bauernschlaue Beschlüsse

Betriebswirtschaftlich gesprochen mochte eine Reduzierung der Erwartungshaltung durchaus zu einer gewissen Ergebnisoptimierung beitragen, doch was Politik und Polizeidienst betraf, versagte die Maxime selbst im desillusionierten Damischtal. Das gemeine österreichische Wahlvolk hatte seine Erwartungen hier wie dort bereits ins Tiefparterre verlegt, dennoch waren die Ergebnisse der Volksvertreter immer noch einen Stock unterirdischer als befürchtet. Eine Leistung mit Hand und Fuß schien der derzeitigen Staatsräson schlichtweg zu widersprechen.

Doch nicht nur der bodenständige Bürger stand vielerorts vermehrt mit leeren Händen da, auch van Trott hatte nach vier unglaublich anstrengenden Tagen im Dienste der Verbrechensaufklärung nicht mehr vorzuweisen als eine vorschriftsmäßig protokollierte symphonische Ansammlung an misstönendem Waidmannsgeheul. Leute, die sich für Schusswaffen, Gamsbärte, Schweißspuren und Rehgulasch interessierten, waren auch schlagkräftigen Argumenten und blutrauschigen Zuständen nicht abgeneigt. Dass der Hauptmann das Aufeinandertreffen polizeilicher Intelligenz mit Damischtaler Dumpfheit körperlich unversehrt überstanden hatte, war allein Kapplhofers Heimvorteil zu verdanken. Mit einem Hiesigen wollten es sich die meisten der Brachialrhetoriker dann doch nicht verscherzen. Ein Streit hätte womöglich schlimme Auswirkungen auf zukünftige Promillekontrollen und Bauordnungsbelange gehabt.

Geistig fühlte van Trott sich allerdings schwer lädiert. Er wusste nur nicht zu sagen, ob ihm die gewichtigen Ideenzertrümmerer wie der Bürgermeister und der Schuldirektor, die beide einen Jagdschein besaßen, mehr Löcher in seine Denkmuster getreten hatten oder die langzeitahnungslosen Sonntagsjäger, welche bereits die Abnahme ihrer Fingerabdrücke als massiven sexuellen Übergriff verstanden und allesamt so taten, als wären sie in ihrem ganzen bisherigen Leben sowieso und ausnahmslos nur Hirschkühen nahegetreten. Von der örtlichen Trachtenkapelle ganz zu schweigen. Die kakophonischen Blechbläser, Fotzhobler und Akkordeonquetscher trampelten nicht nur die allgemeingültige Harmonielehre zu Tode, sondern auch auf den letzten Nervenenden des Ermittlers herum. In gewissem Sinne stellten also auch sie ihre Gewaltbereitschaft eindeutig unter Beweis.

»Nimm deine Sauborschten weg, du damische Schwuchtel, sonst kannst im Koschplkübl einen Tauchkurs machen«, war noch die freundlichste aller bedrohlichen Zukunftsprognosen, die der Hauptmann zu hören bekam, während er die Fingerkuppen der rabiaten Sterzfresser mit intellektuellem Masturbationshintergrund aufs Stempelkissen zu drücken versuchte. Was schlimm genug war.

Noch schlimmer war allein, dass ihn diese ermittlungstechnische Tour de Force keinen Schritt weitergebracht hatte. Die Sache präsentierte sich mittlerweile ähnlich unkompliziert wie ein Puzzle mit tausend Teilen und dem Motiv Kernölfleck auf Sommerwiese. Alle hatten viel geredet, keiner etwas zu sagen gewusst, und niemand hatte auch nur den Hauch einer Spur hinterlassen.

Wobei die nach wie vor besitzerlosen Fingerabdrücke für den frustrierten van Trott die wohl größte kriminalistische Enttäuschung darstellten. Es schien, als hätte bei dem Doppelmord der Teufel persönlich seine Finger im Spiel gehabt, um gleich darauf spurlos vom Erdboden zu verschwinden. Was van Trott angesichts der gottverlassenen Gegend am Arsch der steirischen Zivilisation nicht einmal sonderlich überrascht hätte. Nur blöd, dass Exorzismus nicht zu den Lehrgegenständen an der Polizeihochschule zählte. Jetzt hatte der Chef der Ermittlungen, wie die Steirer so schön zu sagen pflegten, also definitiv den Scherm auf. Kein Täter, keine Theorie und keinerlei brauchbare Hinweise weit und breit. So eine Blamage konnte einem wirklich nur in diesem hinterwäldlerischen Katastrophengebiet widerfahren.

Da ließ sich ein blondiertes Flitscherl von zwei schwanzgesteuerten Typen begrapschen und in weiterer Folge sogar abmurksen, und keiner der Tatverdächtigen – von denen insgesamt exakt hundertundsiebzehn erfasst und verhört worden waren – hatte nachweislich Hand an jenen Körper gelegt. Damit nicht genug, hatte(n) der oder die Täter selbst den Mops der schönen Leich erwürgt, ihm ein Ohr abgeschnitten und danach mit einem

Gamsbart im Maul zur letzten Ruhe in das Salatbeet der ortsbekannten Wächterin von Tugend und Anstand gebettet. Wobei die Fingerabdrücke an dem toten Flitscherl nicht mit denen am Gamsbart identisch waren und zu keinem der hundertsiebzehn einheimischen wie wellnessenden Fetzenschädeln gehörten.

Der Polizeihauptmann stand kurz vor einem Anfall akuter synaptischer Arthritis. In seinen Gehirnwindungen knirschte es wie in den Gelenken eines altgedienten Brauereirosses. Doch so angestrengt er auch nachdachte, er konnte sich keinen Reim auf diese Ungereimtheiten machen. Selbst die Plutzenberger Primatenbaracke, wie das zur Flüchtlingsherberge umfunktionierte ehemalige Landeskrankenhaus von der unausrottbaren Mein-Krampf-Fraktion mittlerweile genannt wurde, hatte er mit seiner amtlichen Präsenz beunglückt, um den bislang noch nicht erfassten Asylwerbern zwischen »Nix verstehen«, »Ich Angst«, »Wollen Merkel« und wenig einladenden Gesten Fingerabdrücke abzuluchsen. Aber niemand von ihnen hatte irgendetwas Verdächtiges gesehen, gehört oder gar getan, das hatten auch der Bürgermeister, der Schuldirektor und der Gemeindediener bei ihren geheimen Schnüffeleien feststellen müssen.

Im Unterschied zu denen hatte der Hauptmann angesichts all der Probleme, die diese Menschen bereits am Hals hatten beziehungsweise an der Hand hielten, allerdings auch keine zielführenden Erkenntnisse erwartet. Zudem war die ausgehungerte Meute erst ins Damischtal eingefallen, als die Freudentaler Angelika die Freuden des Lebens längst nicht mehr hatte genießen können. Zwischen ihrem Tod und der Auferstehung des Spitals als Empfangseinrichtung für Vertriebene lagen mindestens dreißig Stunden. Da hätten sie ihrer Ankunftszeit schon gewaltig voraus sein müssen, um neben der Panik unter den Dorfbewohnern auch noch Mord und Totwürgen zu säen. Ganz abgesehen davon, dass frisch importierte Syrer niemals den Weg zu Hermine Holzapfels Garten gefunden hätten, ohne allgemeines Aufsehen zu erregen und vor allem, ohne nach dem Weg zu fragen.

Das gesellschaftliche Immunsystem der Gemeinde litt unter dem massiven Anstieg an fremdländischen Habenichtsen bereits erheblich, die halbe Bevölkerung neigte zu heftigen

Allergiereaktionen. Da die Halbwertszeit von Gerüchten die Haltbarkeit eines durchschnittlichen Joghurts leider bei Weitem überstieg, überboten sich auch die Schreckensberichterstatter in ihren ungekürzten Nacherzählversionen garantiert verbürgter Schauermärchen, die der Schwager von der Burli-Oma dem angeheirateten Cousin von der mittleren Tochter des Briefträgers erzählt hatte. Die Geschichten stammten also nachweislich aus absolut zuverlässigen Quellen und hatten dank Augen- und Ohrenzeugen inzwischen auch Eingang in das »Damischtaler Tagblatt« gefunden. Die Hühnerdiebstähle hätten sich seit dem Tag der unerwünschten Invasion nahezu verdreifacht, die Kühe gäben weitaus weniger Milch als je zuvor, und auf den Kukuruzäckern mache sich vermehrt der Maiswurzelbohrer breit, weil die fremden Leut ja mit allen möglichen Bazillen und Bakterien verseucht seien. Völlig logisch war demnach die Tendenz einiger besorgter Anwohner, auch die beiden Morde den Asylanten in die Flip-Flops schieben zu wollen.

Aber van Trott gab nichts auf derartige fremdenfeindliche Belastungstheorien. Nicht weil er angesichts der elenden Zustände Ansätze von Menschenfreundlichkeit verspürt hätte – das Schicksal der Syrer und ähnlich weit Gereisten ging auch ihm am Allerwertesten vorbei –, sondern weil ihn jeglicher Ermittlungserfolg im Asylantenmilieu auf der Karriereleiter kaum weiterbringen würde. Ähnlich wie Drogendealer und rumänische Einbruchsbanden galten auch Migranten als Verbrecher zweiter Klasse. Einen arabischen Tawfiq Ali Irgendwas hinter schwedische Gardinen zu bringen, würde ihm bestenfalls das Goldene Verdienstkreuz des Damischtaler Fremdenverkehrsverbundes einbringen, aber weder eine fette Gehaltserhöhung noch einen nachhaltigen Aufstieg in der Beamtenhierarchie.

Und ob sich die Migranten den heimischen Hendln nun in unlauterer Absicht näherten oder nicht, das war dem Polizeihauptmann wirklich egal. Er hatte keine Zeit, sich mit hysterischen Häuslern wegen ein paar Hühnern in die Federn zu kriegen. Er musste einen – oder mehrere – Mörder zur Strecke bringen, und das bisherige Ergebnis all seiner redlichen Bemühungen trieb selbst dem sonst so gefühlskalten Polizisten Tränen in die Augen. Zum einen, weil ihm die Aussicht auf einen verlängerten Aufenthalt in diesem Rezessionsloch der humanoiden Entwicklung, wo die allgegenwärtigen Traditionen offensichtlich bis in die Steinzeit zurückreichten, schrecklicher erschien als ein eitriges Magengeschwür. Zum anderen, weil auch er Vorgesetzte hatte, die unter massivem Druck der Tourismuslobby standen und den Druck in Form eines aufmunternden Tritts in seinen Allerwertesten nur zu gern weitergaben.

Van Trott war nicht religiös, weil er ungern zu anderen aufsah, aber nun schickte er insgeheim flehentliche Gebete gen Himmel. Vielleicht hatte Gott ja ein Einsehen und ließ ein Wunder geschehen. Es musste auch keine Auferstehung der Toten sein, ein eindeutiger Hinweis auf den Tathergang würde ihm schon genügen. Verzweifelt schwor van Trott bei allem, was ihm heilig war – und das waren im Grunde nur das Strafgesetzbuch in seinem Schreibtisch, die Bügelfalte in seiner Hose und der goldene Pokal, den er als Zwanzigjähriger für seine außerordentlichen Leistungen beim Amateurfunkpeilen erhalten hatte –, mit seinem Dienstwagen nie wieder den Parkplatz des bischöflichen Ordinariats zu blockieren und zukünftig brav seinen Obolus an die Sternsinger zu entrichten, sollte sich das ermittlungstechnische Blatt endlich zu seinen Gunsten wenden.

Ein frommer Wunsch, den Revierinspektor Kapplhofer im Übrigen mit van Trott teilte. Mit einem frei herumlaufenden Mörder und Hundehasser hätte er gerade noch leben können, doch das auferlegte Naheverhältnis zu seinem rachitischen Vorgesetzten würde auch ihn über kurz oder lang ins Grab bringen.

***

»Jetzt sei doch net so ein Itipflreiter, es zählt ja nur der Inhalt. Wer wird denn schon die einzelnen ›s‹ von einem Wort nachzähln wollen.« Erschöpft griff der Pimmelmoser Paul nach seinem Weinglas und leerte es in einem Zug. Manchmal hätte er den Unterkofler Poldl am liebsten durch den Häcksler gejagt. Jetzt zum Beispiel. Als wenn es eine Sau interessieren würde, mit wie vielen »s« man »sexuellen Notstand« schrieb. Er hätte sowieso nur »gambrig« geschrieben, aber das war dem Poldl auch nicht recht gewesen. Und weil der vor einem halben Jahrhundert einmal Ministrant gewesen war, damals sogar die Bibel gelesen und heute noch das »Damischtaler Tagblatt« und den moderneren »Kürbisboten« abonniert hatte, während er selbst nur die Fernsehzeitung und den Jungbäuerinnenkalender las, waren sie übereingekommen, dass der alte Mann sich den Text ausdenken und der Paul ihn dann aufschreiben würde. Weil dem Unterkofler die Gichtfinger halt schon zu viele Striche durch seine Schönschrift machten.

»Der Inhalt zählt bei die Weinfassl oder bei einer Kühltruhe, aber wennst an wichtigen Brief schreiben willst, dann kommt's auch auf die Form drauf an.« Der Unterkofler hatte eindeutig Gefallen an seiner Oberlehrerrolle gefunden. Aber es kam auch nicht jeden Tag vor, dass der zittrige Bauer ein anonymes Schreiben verfasste. Noch dazu eins, das für die Landespolizeidirektion in Graz bestimmt war. Das musste schon nach was ausschauen, damit die Kieberei es auch ernst nahm.

Schuld an der aufwendigen wie ungewöhnlichen Aktion war eigentlich dem Poldl seine Walpurga mit ihrem Strasssteinchentick. Nachdem sie mit dem Glitzerglumpert von den Leichenfundschuhen Poldls Pfefferstreuer und den Griff einer Klobürste liebevollst beklebt hatte, kam natürlich auch ihr der Mord an Hund und Frauerl zu Ohren. Poldl und Paul wohnten zwar in abgeschiedener Ortsrandlage, doch Walpurga besaß ein Abhörtalent, das ihr bei der NSA garantiert zu einem leitenden Horchposten verholfen hätte. Vor ihren Lauschangriffen, bestens getarnt als Lieferservice für frische Eier, Plutzer und Krenwurzn, war nicht einmal die Rasennarbe gefeit, über die sie schweren Schrittes Richtung Dorfplatz marschierte. Wenn Walpurga das Gfrettgstättener Gras wachsen hören wollte, dann hörte sie es auch. Zu ihrem größten Bedauern musste sie sich dieses Talent mit Hermine Holzapfel, der Obfrau der ansässigen katholischen Kernölfraktion, teilen, welche gleichfalls über die gefürchtete Gabe verfügte. Doch nun war die Erzrivalin selbst ins Zentrum der dörflichen Stillen Post geraten, was Walpurga einen erfreulichen Startvorteil verschaffte. In Rekordzeit hatte Poldls Gattin ihre tägliche Dosis an pikanten Lokalnachrichten aufgesaugt und gerade zu deren gedanklicher Weiterverarbeitung in der Küche gestanden, als sie, eine Topflappenlänge vom Herd entfernt, eine geistige Erleuchtung überkam. Das meditative Rühren in der Sterzpfanne hatte offensichtlich eine anregende Wirkung auf das Gehirnschmalz.

Wenn in ihrem Regenwasserfassl der Mops von der erwürgten Masturbiervorlage gelegen hatte und ihr Mann am Ende der Hundeleine zwei herren- beziehungsweise damenlose Schuhe gefunden hatte, dann hätte die dazu passende Leich ja eigentlich auch irgendwo in der Nähe herumliegen müssen. Dass ein lebendiges Mensch in dem Alter vor lauter innerer Hitze und lauen Sommernächten barfuß über die Wiesen hüpfte, das konnte sich Walpurga durchaus vorstellen, aber Tote sprangen nur im Katechismus querfeldein, sonst waren sie eher unbeweglich. Das stand außer Zweifel. So wie der Umstand, dass die schmucken Patscherl bestimmt zu den angeblich so feschen Haxn gehört hatten.

Je länger Walpurga über diese Sachverhalte nachdachte, desto mulmiger wurde ihr zumute. Sie hatte sich bestimmt strafbar gemacht, und das mehr als einmal. Zuerst wegen der Umlagerung des toten Köters, den der Poldl aus Gartenschutzgründen entsorgt hatte und der auf wundersame Weise bei der wurmstichigen Holzapfel wieder zwischen den Radieschen aufgetaucht war. Und dann auch noch wegen der Schuhe, die sie mit der Rosenschere zerschnitten hatte, um die bunten Pailletten besser abtrennen zu können. Vielleicht hatte sie dadurch wertvolles Beweismaterial zerstört. Die Tragweite der Angelegenheit schlug Walpurga derart auf den Magen, dass sie zum ersten Mal seit ihrer Firmung keinen Nachschlag vom Sterzkoch nahm und nicht nur auf die Rahmsuppe, sondern auch auf die Mehlspeis verzichtete. Sie konnte nur noch beten, dass der Täter so rasch wie möglich gefunden wurde. Und zwar, bevor dieser knöchrige Kieberer, der aussah wie ein Model für die Welthungerhilfe, seinen Aktionsradius bis zu ihrem Hof ausdehnen würde.

Doch die Tage vergingen, kein Täter fand sich, und die korpulente Unterkoflerin nahm vor zunehmender Nervosität sogar zwei Kilo ab. Das durfte so nicht weitergehen, befand sie, wo doch die Freuden des Alters allein im Essen bestanden. Es musste dringend etwas getan werden, um den Lauf der Dinge wirkungsvoll zu beschleunigen. Und was auch immer das wäre, ihr Poldl würde es tun. Er hatte ohnehin keine Wahl, wenn er weiterhin Wert auf Kost, Logis und einen Freistoß pro Woche legte.

Auf dem Abort, wo er am längsten seine Ruhe hatte und zudem eine kleine abgegriffene Auswahl an erotischem Anschauungsmaterial unter einem losen Dielenbrett versteckt hielt, kam dem Landwirt endlich die befreiende Idee. Bei dem Gamsbart, der dem toten Köter bei seinem Wiederauffinden im Maul gesteckt hatte, musste es sich nicht unbedingt um einen waidmännischen Brauch handeln, wie alle anzunehmen schienen. Der Bart konnte auch rein dekorative Zwecke erfüllt haben, so wie etwa ein Apfel, den man üblicherweise einem Schweinsschädl ins Maul steckt. Und wem, wenn nicht dem Mostburger Bartl, würde so etwas ähnlichsehen? Er war Fleischer, also Experte für schweinische Belange, sexuell seit Ewigkeiten unterversorgt, vorbestraft, jähzornig mit Ansätzen von Gewalttätigkeit, bekennender Hundehasser und leidenschaftlicher Angler. Eine in seinem Fischwasser angeschwemmte Töle war bestimmt nicht nach seinem Geschmack. Und da er bereits einmal unter Mordverdacht gestanden hatte, hatte er das tote Tier auch nicht zur Polizei gebracht, sondern anderweitig entsorgt. Zum Beispiel in Hermines Gemüsebeet. Weil der Bartl vor Jahren seine Schweine rassemäßig ziemlich aufpoliert und in betrügerischer Absicht umetikettiert hatte, unterlag er nun strengen behördlichen Auflagen und Kontrollen durch das Hygieneamt. Da getraute er sich derzeit bestimmt nicht, einen ganzen Hund zu verwurschten. Ein Garten war da die eindeutig bessere Option. Und die Hermine war an Leichen in ihrer akkurat gepflegten Küchenbotanik eh schon gewöhnt.

Der Poldl drückte und drückte und dachte und dachte. So musste es gewesen sein. Darauf hätte er sein Leben verwettet, auch wenn das angesichts seines Alters kein besonders hoher Einsatz mehr war. Jetzt musste er die bahnbrechenden Informationen nur noch an passender Stelle deponieren, ohne dabei selbst in einen Kugelhagel an unliebsamen Vermutungen und Fragestellungen zu geraten.

Noch bevor er nach der Klopapierrolle griff, hatte Poldl auch dafür eine Lösung gefunden. Er würde dem zuständigen Kommissar einfach seine revolutionären Überlegungen mitteilen. Durch einen, wenn man den derzeitigen Stillstand der Erhebungen betrachtete, wegweisenden Brief. Einen Ermittlungsbeschleuniger sozusagen. Natürlich anonym. Am besten gleich morgen zugestellt. Und danach sollte seine Walli noch einmal wagen, ihn einen Drückeberger zu nennen.

Der alte Unterkofler war derart begeistert von seiner bauernschlauen Genialität, die ihm bereits eine erfolgreiche Frühpension und gewinnbringende Erbfolgeumwälzungen dank klug eingefädelter Eheschließungen seiner vier Töchter eingebracht hatte, dass er am darauffolgenden Morgen beim ersten Hahnenschrei freiwillig und ohne jede Notwendigkeit zum Frischluftbrunzen aus den Federn war. Er hatte Briefpapier, einen Füllfederhalter und Formulierungen. An Letzteren hatte er bereits die ganze schlaflose Nacht hindurch gefeilt. Als er aber die ersten Worte aufs Papier bringen wollte, zitterte seine Hand so stark, dass ihm der Stift zu Boden fiel.

»A so ein Schas!«, fluchte der Landwirt und überlegte. Walpurgas Wurstfinger waren noch weniger für die schönen Künste geeignet als seine schwieligen Ackerbauhände. Es war ihm sowieso unerklärlich, wie sie damit die winzigen Schmuckperlen handhaben konnte, aber dann fiel ihm ein, dass sie dazu meist eine Pinzette verwendete. Doch mit einer Pinzette konnte man nicht schreiben. Er musste seinen Nachbarn um Mithilfe bitten. Ganz nach dem Motto: Eine Hand wäscht die andere. Und saubere Hände mitsamt einer entsprechend reinen Weste hatten sie in diesem Fall eh beide nötig. Immerhin hatte die menschliche Leiche auf dem Nachbargrundstück ihrer Wasserbestattung geharrt.

Der Pimmelmoser zeigte sich auch durchaus kooperativ, da ihm selbst schon aufgegangen war, dass die kargen Resultate der polizeilichen Untersuchung dringend einen Wachstumsschub nötig hatten, um zu verhindern, dass der Trottel von van Trott auch auf seinem Grund und Boden Wurzeln schlagen würde. Als unbeweibter Landwirt im besten Mannesalter war er bereits verhört und datentechnisch erfasst worden. Aber da er die abgelebte beziehungsweise in seinem Grünschnitt abgelegte Frau nur mit den dünnen Handschuhen aus dem Autoverbandskasten berührt hatte, war bislang kein Verdacht auf ihn gefallen.

Damit das auch weiterhin und beidseitig so blieb, saßen sie nun also an Pimmelmosers Küchentisch und suchten dem Schicksal auf die Sprünge zu helfen. Dass der Poldl aber so ein grausliger Erbsenklauber sein würde, damit hatte der Paul eben nicht gerechnet. Es brauchte vier Stunden, zwei Flaschen Schilcher, einen halben Topf vom besten Kübelfleisch, das der Unterkofler heimlich aus Walpurgas üppig gefüllter Speis gestohlen hatte, und gefühlte fünfzig orthografische Boxenstopps, bevor der Brief Gnade vor Poldls pingeligen Augen fand.

Schon am nächsten Tag würde der hochwohlgeborene Kommissär bestens informiert sein über die langjährige sexuelle Mangelversorgung des gewaltbereiten, hundehassenden, angelwütigen und schweinskopfdekorierenden Fleischermeisters. Und vor lauter Freude über die umwälzenden Eröffnungen seines wundersamen ermittlerischen Wohltäters bestimmt ein Dankgebet zum Himmel schicken.

***

Würde Kevin-Karl auch nur das geringste Interesse am esoterisch-ganzheitlichen Brimborium seiner Mutter besitzen, hätte er vielleicht zu ihren psychohygienischen »Mitneuerkraftineinneuesleben«-Tinkturen gegriffen und sich damit volllaufen lassen. Denn seit exakt zwei Tagen, vier Stunden und siebzehn Minuten besaß der Junge eine sehr genaue Vorstellung von dem, was Erwachsene ein rundum betrinkenswertes Leben nannten. Aufgrund seines jugendlichen Alters und seiner Ablehnung von Kräutertee wusste er allerdings nicht, womit er sich betrinken sollte. Red Bull zeigte keine Wirkung, Schnaps schmeckte ihm nicht, und Formaldehydlösungen waren nirgendwo aufzutreiben. Dabei erschien ihm jede einzelne Stunde seines tragischen

Daseins wie eine Symphonie in Dunkelgrau. Mit tiefschwarzen Akzenten. Eine griechische Tragödie sozusagen, nur dass seine jetzt und im Damischtal stattfand. Eben noch hatte seine Liebe für die engelsgleiche Katharina einen unvergesslichen Höhepunkt in Gestalt zweier blassrosa Brustwarzen an seinen durstigen Lippen erreicht, doch kurz darauf hatte er sich in den multimorbiden Tiefen einer höllischen Leidenschaft wiedergefunden. Kevin-Karl fühlte sich, als würde er auf einer emotionalen Folterbank liegen. Jeder Gedanke an Kathi schnitt ihm gleich einem Messerstich tief in die Brust. Nicht an Kathi zu denken, gelang ihm allerdings auch nicht. Kurz gesagt: Der deutsche Ferienbub hatte schrecklichen Liebeskummer und wurde von Herzmigräne, Tränendrüsendurchfall und Gehirnkatarrh gepeinigt. Sterben mit Anlauf musste sich ähnlich anfühlen, dachte der Junge und kam sich mit einem Mal hilflos, alt und geistig gebrechlich vor.

Zum Glück war er für konkrete Selbstmordsehnsüchte noch ein paar Jahre zu jung. Auf derart drastische Lösungsstrategien verfielen dann doch eher Erwachsene. Dennoch sah auch Kevin-Karl keinen Sinn mehr in seinem jetzigen Leben. Es gelüstete ihn weder nach Essen noch nach Spielen und schon gar nicht nach gleichschenkeligen Dreiecken. Allein das Wort verwandelte ihn umgehend in ein heulendes Elend. Bekanntlich gab es ja nur eine einzige funktionierende Dreiecksbeziehung, und die bestand aus Kassler, Sauerkraut und Kartoffelpüree. Aber keinesfalls aus Kathi, Kevin und Schorsch. Und weil der Schorsch schon sechzehn war, einen ungepflegten Bartansatz sowie ein sehr gepflegtes Moped besaß, würde er, Kevin-Karl, fortan bestenfalls die Zweitbesetzung oder Urlaubsvertretung in Kathis Liebesleben sein. Was das Mädel ihm zwar nicht explizit gesagt, er aber mit eigenen tränenden Augen gesehen hatte. Nämlich wie seine treulose Flachlandheidi händchenhaltend mit dem Typen herumgeschlampt hatte. Noch dazu in aller Öffentlichkeit. Mit ihm hatte sie sich nur im finsteren Wald treffen wollen, und in den letzten Tagen war sie gar nicht mehr zu ihren Verabredungen auf dem Märtyrermugl erschienen. Zu viele Heimarbeiten, zu wenig Zeit, zu starke Kopfschmerzen, zu schwache Energie, zu wichtiger Verwandtenbesuch – jeden Tag hatte Kevin-Karl eine neue Kostprobe weiblicher Wirklichkeitsverdrehung zu hören bekommen, die er als Neuling in Sachen Beziehungsanbahnung von Pubertierenden auch unhinterfragt geglaubt hatte. Zumindest bis zu jenem Mittwoch um vierzehn Uhr achtunddreißig, als er die beiden gesehen hatte, wie sie den lauschigen Wanderweg am Fluss entlanggeschlendert waren. Hätten der Bertl und der Franzl nur mehr Durchsitzungsvermögen beim Parallelepiped besessen, wäre ihm der Anblick erspart geblieben! Aber die zwei Mathematikallergiker waren bereits nach kurzer Zeit in den geistigen Stand-by-Modus verfallen, weshalb er den fatalen Entschluss gefasst hatte, sich ein wenig die Beine zu vertreten. So konnten seine Schüler in Ruhe die kongruenten Ebenen wiederkäuen und er seinem sentimentalen Totalschaden entgegenwandern. Und nun saß er hier, der kleine Tor, und war betrübter als je zuvor.

Verzweiflungsverschärfend kam hinzu, dass absolut niemand auch nur das geringste Verständnis für seinen bedauernswerten Zustand hatte. Sein Vater schien für die kulinarische Wadlpasswandernadel in Gold zu trainieren, schnürte pünktlich nach dem Frühstück seine Bergschuhe und ward bis zum Abendessen nicht mehr gesehen. Gedanklich glänzte er sogar rund um die Uhr durch Abwesenheit. Seine Mutter hingegen strahlte ihn unermüdlich an, während sie über die Bedeutsamkeit von dynamisierender Thermosensitivität monologisierte oder vor lauter Vorfreude auf ihre nachmittägliche Abdomenstimulation stundenlang vor dem Kosmetikspiegel saß. Nur ihn nahm keiner von beiden wirklich zur Kenntnis. Hilda klärte ihr Bewusstsein mit Wollustwickeln und Wohlgefühlen, Rüdiger trübte das seine durch Schilcher und Schweinsbraten. Und beide waren damit zufrieden. Selbst Griselda, Omis zerrupfter Handtaschenhund, schien Gefallen an der täglichen Almrauschtour gefunden zu haben, was wahrscheinlich mit den zahlreichen Kostproben echter steirischer Hausmannskost zu tun hatte, die dem Hund täglich zu Pfoten gelegt wurden. Als Bestechungsbrocken sozusagen, damit die sonst in Endlosschleife kläffende Töle ihr Maul hielt. Und weil der Yorkshireterrier sehr rasch lernte, zwischen Hundekeksen aus dem Supermarkt und Rindfleischsülzchen von der Buschenschankwirtin zu unterscheiden, funktionierte Rüdigers Schweigekost-Strategie zur vollsten beidseitigen Zufriedenheit.

Kevin-Karl hatte mit der derzeitigen Situation eindeutig das kürzeste Los gezogen. Er war schlaf-, trost- und appetitlos, aber das schien weder seine Familie noch seine Freunde zu kümmern. Der Franzl und der Bertl besaßen halt in jeder Hinsicht nur unzureichende Vorstellungen von der Beziehungslehre, der geometrischen sowie der geschlechtlichen. Denn obwohl der junge Wertheraspirant mehrmals versucht hatte, mit den zwei Nachwuchskickern über seine Seelenqualen zu sprechen, hatten die das Ausmaß der Tragödie in keinster Weise erfasst. Die Empfindsamkeit der Damischtaler Landjugend kam halt eher im rustikalen Holzhackerdesign daher.

Der Bertl wusste sich auch keinen anderen Rat, als Kevin-Karl mehrmals energisch auf die Schulter zu schlagen. »Geh, mach dir nix draus, Oida. Puderst halt a andere«, setzte er tröstend hinzu.

Der Franzl war, was Liebesfreud und Liebesleid betraf, sogar noch pragmatischer veranlagt. »Is schon ein Gfrett mit die Weiber. Entweder können s' gut kochen oder gut knutschen. Aber kicken können s' nie.« Mehr wusste er zur Dramatik der Geschlechterkrise nicht zu sagen.

Einzig die Rosi Filipić bewies Gespür für den Ausnahmezustand, in dem sich ihr kleiner Karli befand. Der Arme sah ja schon als gesunder Bub immer leicht kränklich aus, aber so wie dieser Tage hatte sie ihn noch nie erlebt. Wie das verblühende Leben. Mit hängenden Schultern, stumpfem Blick und spitzen Wangenknochen schlich er durchs Haus und trat der Katze dabei mehrfach auf den Schwanz. Ein eindeutiger Fall von pubertärem Herzschmerz. Resolut nahm sie den Kleinen an die Brust, verschleppte ihn in die Küche und zwang ihn auf die Eckbank. »Da setzt dich jetzt nieder, und da bleibst sitzen, bis du alles auf'gessen hast.«

Und schon fand sich Kevin-Karl vor einem Berg panierter Hendlhaxn, einem Riesenteller Leberknödelsuppe und einem duftenden Kernölguglhupf frisch aus dem Ofen wieder. »Ich hab aber gar keinen Hunger, Frau Filipić«, wandte der Junge schüchtern ein. Manchmal fühlte er sich von der massigen Präsenz der

Herbergswirtin doch ein wenig erdrückt, so gern er die Rosi auch mochte.

»Du isst jetzt was, Bub. Weil schließlich hast ein 'brochenes Herz und kein 'brochenen Magen. Also, gemma.«

Der leicht anklagende Unterton der Rosi tat eine erste Wirkung. Zögernd griff Kevin-Karl nach dem Löffel und tunkte ihn in die fette Rindsuppe. Es schien ihm unvorstellbar, dem Teller je auf den Grund zu gehen. Allein der hausgemachte Leberknödel stellte den guten Willen des pubertären Suppenkaspers vor größere Herausforderungen. Den ersten Bissen brachte er kaum zu Mund, weil ihn die runde Knödelform zu sehr an die Brust der Kathi erinnerte. Der zweite blieb ihm fast im Hals stecken, weil ihn dessen weiche, warme Konsistenz an genau dieselbe gemahnte. Beim dritten Stück stieß ihm die Sehnsucht nach dem Geschmack von Kathis würziger Haut schwer auf, und beim vierten blockierte ein Pfefferkorn seinen Kauapparat. Das kleine rosa Körndl sah genauso aus wie eine Sommersprosse seiner Geliebten.

Wenn das so weiterging, würden die Hendlhaxn noch zu neuem Leben erwachen, befürchtete Frau Filipić. Der Karli schien das Essen ja weniger mit dem Besteck als mit bösen Blicken vernichten zu wollen. Er brauchte dringend ein gutes orales Gleitmittel. Sie schenkte dem Buben ein Glas Bier ein und blaffte ihn an: »Karli, du sollst die Hendlhaxn essen und nicht bockschauen mit ihnen. Jetzt trinkst dir mal Mut an mit einem g'scheiten Bier, und dann wird ordentlich zugelangt.«

Nie zuvor hatte Kevin-Karl Bier getrunken. Er mochte weder dessen Geruch noch den Anblick von seinem Vater, wenn ihm der Bierschaum im Bart klebte.

»Wennst ein richtiger Mann werden willst, dann musst zumindest ein Glas Hopfensaft trinken können, ohne dasst gleich von der Bank runterkippst. Weil die Madl wollen keine Milchbuberl heutzutage.« Das war riskant gesagt, aber wer nicht wagte, konnte auch nicht gewinnen. Dem Jungen blieben nur zwei Möglichkeiten. Entweder brach er in Tränen aus. Oder er trank.

Kevin-Karl entschloss sich für Zweiteres. Er wollte nicht als Heulsuse dastehen.

Anfangs konnte er dem herben, leicht bitteren Geschmack rein gar nichts abgewinnen, aber mit jedem weiteren Schluck rann ihm das Gebräu leichter die Kehle hinunter. Nachdem er das halbe Glas geleert hatte, gelang es ihm sogar, einigermaßen zügig in ein Hühnerbein zu beißen. Die knackige Kürbiskernpanier verlieh dem saftigen Fleisch einen ausgesprochen aromatischen Geschmack. Und dank der wundertätigen Wirkung des Hopfen-Smoothies fand der Junge erstmals seit Tagen wieder einen gewissen Gefallen an der Nahrungsaufnahme. Er verspeiste sogar ein zweites Geflügelteil und schlussendlich ein extradickes Stück vom Guglhupf. Danach fühlte er sich besser, wenngleich noch lange nicht gut.

Zufrieden räumte Rosi Filipić den Tisch ab. Ein Teller Suppe, zwei Hendlhaxn und ein ordentliches Trum vom Kuchen waren für den Anfang gar nicht schlecht. Sie würde den mageren Buben schon noch in eine einigermaßen akzeptable Form bringen. So wie der kleine Piefke derzeit aussah, konnte er sich ja hinter jeder Bohnenstange verstecken. Kein Wunder, dass das kleinste libidinöse Lüfterl ihn gleich aus den Socken haute. Der Bub hatte eine viel zu dünne Haut. Aber sie würde ihm schon noch ein paar seelische Schwimmreifen in Form von Fettzellen anzüchten. Seine Eltern schienen es mit der Heimreise nicht sonderlich eilig zu haben. Angeblich hatte sich die Mutter ja in diesen glupschäugigen Massagefuzzi verliebt, der sich großspurig Ernesto nannte und seine Haare pechrabenschwarz färbte. In Wahrheit hieß er Willibald und stammte aus Unterpickelbrunn. Aber wo die Liebe hinfiel, da hatte die Vernunft einen schweren Stand. Der Vater hingegen schien sich mit Haut und Magen der Rettung der grenznahen Buschenschankbetriebe verschrieben zu haben. Er sorgte nicht nur für ein beachtliches Umsatzplus bei der Birnstingl Gusti, die direkt am Bremsnigg ihre aussichtsreiche Fotzhobl-Huabm betrieb, er hatte mittlerweile sogar eine einigermaßen gesunde Gesichtsfarbe bekommen. Beide waren so mit sich selbst beschäftigt, dass sie ihr eigener Sohn nicht mehr zu interessieren schien.

Was auch Kevin-Karl so sah. Lieber von Bertl und Franzl genervt und von deren Oma gemästet als von den Eltern ignoriert. »Das hat wirklich gutgetan, Frau Filipić«, sagte er zum Abschied, wobei nicht ganz klar war, ob er damit das Essen oder ihre Gesellschaft meinte.

»Gern g'schehen, Bua. Und morgen nach dem Lernen schaust gleich wieder zu mir in die Kuchl, gell! Dann mach ich dir ein g'schmackiges Topfentommerl mit Spagatkrapfen.«

Eine Aussicht, die selbst dem leidenden Jungen ganz kurz ein kleines Lächeln ins Gesicht zauberte. Er konnte sich derzeit zwar nicht einmal vorstellen, je wieder gesunden Appetit zu verspüren, aber dass ihre einstmalige Quartiergeberin sich so rührend um sein leibliches Wohl kümmerte, freute seine geschundene Seele.

Klapotetze, Kirchenregeln und Katastrophenanbahnung

Klapotetze, also diese urwüchsigen Vogelscheuchen mit den hölzernen Klopfstangen, die aussahen wie eine archaische Mischung aus Riesenspinne und Flugsaurier, verliehen dem gesamten südweststeirischen Raum einen ganz eigentümlichen Reiz. Optisch stachen die bis zu neunzehn Meter hohen und fünfundzwanzig Tonnen schweren Nutzskulpturen an jeder Kurve ins Auge, akustisch machten sie ihrem Namen beim geringsten Lüftchen alle Ehre und klapperten lautstark vor sich hin. Nur zur Energieversorgung trugen sie bislang nichts bei, selbst wenn ihr Anblick mancherorts an geschrumpfte Windmühlen erinnerte. Und trotzdem bewegten sie sich, was man von der selig schlummernden Masse in der bis auf den letzten Platz gefüllten Klachlkapelle nicht behaupten konnte.

Dort fand gerade der Gedenkgottesdienst für die beiden bedauernswerten Opfer des Damischtaler Wauness-Würgers statt. Immerhin hatte die Bestie nicht nur Tier und Mensch umgebracht, sondern auch ihren Fremdenverkehr, was die Einheimischen vermutlich am meisten betrauerten. Dennoch beziehungsweise gerade nun musste der Schein der unendlichen Nächstenliebe gewahrt werden. Sonst würde es ja aussehen, als hätten sie überhaupt kein Gefühl für Ehre und Anstand in der Brust. Was selbstverständlich nicht stimmte.

Dem Bürgermeister lag der örtliche Kontostand zwar noch näher am Herzen, aber das hatte allein mit seinem väterlichen Beschützerinstinkt für Gfrettgstätten zu tun. Der mittlerweile bis auf den letzten Cent geleerte Gemeindesparstrumpf war wirklich kein schöner Anblick. Im Vergleich dazu hatten die Leichen nahezu hübsch ausgesehen. Doch diese profanen Betrachtungen behielt er natürlich für sich. Nach außen hin beweinte er das Hinscheiden der beiden himmlischen Wesen bei jeder passenden wie unpassenden Gelegenheit. Und bestand zur Krönung seiner pathetischen Betroffenheitsperformance zudem auf einer tränenreichen Trauerfeier für die zwei bemitleidenswerten Seelen. »Wir müssen ein allgemein verständliches Zeichen unseres tiefsten

Bedauerns setzen«, hatte er in der letzten Gemeinderatssitzung gefordert. »Sonst schaut des ja so aus, als würd's uns komplett am Arsch vorbeigehen, dass die Melkkühe unserer paradiesischen Wellness-Destination einen gewaltsamen Tod finden. Ein Herzinfarkt kurz vorm Wadlpass oder Trunkenheit am Steuer, das wär zumindest selbstverantwortliches Sterben gewesen, da wären wir jetzt fein raus, aber das war leider kein Verkehrsunfall, sondern Mord.«

»Die fesche Puppn hat doch angeblich eh mit mehrere Mannsbilder verkehrt«, warf der Gemeindediener mit anzüglichem Grinsen ein. »Dann is des doch sozusagen ein Kollateralschaden.«

»Halt die Pappn und verzapf nicht so einen Blödsinn, sonst tuschn wir zwei mal so z'samm, dasst froh sein kannst, wennst deine Invaliditätspension noch erlebst.« Feyertag hasste Zwischenrufe und stufte das Dorffaktotum gedanklich wieder um eine Gehaltsklasse zurück.

»Es kann und darf einfach nicht sein, dass wir immer nur mit Horrormeldungen in die Schlagzeilen kommen.« Dank der detaillierten wie realitätsfernen Gerüchteerstattung der heimischen Boulevardpresse hatte sich die Zahl der toten Hunde inzwischen locker vervierfacht. Ganz zu schweigen von der ermordeten Angelika Freudentaler, in deren – in Wahrheit recht friedlichem – Antlitz angeblich das blanke Grauen gestanden haben sollte, weil man ihren Körper, laut steirischem Provinzblatt, aufs Entsetzlichste massakriert hatte. Die geistig rasenden, körperlich aber meist abwesenden Reporter hatten sich wie die Aasgeier auf den Damischtaler Leichenfund gestürzt, um damit das saisonale Nachrichtenloch zu stopfen. Mit eigenen Augen gesehen hatte die Tote zwar niemand von ihnen, aber wofür besaß man schließlich professionelle Phantasie? Die Flüchtlingsdramen an der südsteirischen Grenze lockten niemanden mehr hinter dem Sonnenschirm hervor, und das Parlament setzte in der Ferienzeit auch keine skandalösen Aktivitäten. Da kam so ein sadistischer Weiberwürger gerade recht. Der tat der Auflage gut, nicht aber dem Ruf der Gfrettgstättener.

»Daher müssen wir unsere Trauer unbedingt in aller Öffentlichkeit zelebrieren. Und das geht am besten mit Gottes Gnaden, dem Herrn Pfarrer und viel rührendem Brimborium. Zudem werde ich die Gelegenheit ergreifen, um ein paar strategisch wichtige Punkte in der Damischtaler Verbrechensbekämpfung aufzuzeigen, während Hochwürden Hafernas den Klingelbeutel diesmal für das ausschließliche Wohlergehen herrenloser Hundsviecher schwingen wird. Und wehe dem, der mir einen alten Anzugknopf in den Beutel schmeißt.«

Da Alois Feyertag kraft seines Amtes nicht nur für hehre Worte, sondern auch für den örtlichen Flächenwidmungsplan, die Vergabe von Sozialwohnungen sowie die Genehmigung von Zeltfesten jeglicher Couleur zuständig war, fiel der Protest eher verhalten aus. Und weil der Wettergott das gottesfürchtige Vorhaben offenbar für gut befunden hatte, wurde der Trauerzug von herrlichster Sommersonne begleitet. Sogar der vollzählige Kriegsveteranenverband quälte sich keuchend und schnaufend den Märtyrermugl – der im Übrigen allein aufgrund seiner steilen Hanglage und nicht wegen irgendwelcher historischen Heiligenlegenden so hieß – hinauf. Zwar hatte keiner von ihnen die Verstorbene je zu Gesicht bekommen, aber die alten Herren gehörten zum Standardinventar einer Gedenkveranstaltung. Nun saß also halb Gfrettgstätten pflichtbewusst und dicht gedrängt im kühlen Kirchenschiff und suchte, den traditionellen Gottesdienstgeboten gerecht zu werden. Die waren zwar nicht in Stein gemeißelt, aber fester Bestandteil der mündlichen Überlieferung und als solche gewissermaßen Teil der Essenz, die einen provinziellen Mikrokosmos im Innersten zusammenhielt.

1. Du sollst kein gutes Kleidungsstück an deinem Nächsten lassen.

Dass die Hermine Holzapfel den grau melierten Wolljanker bereits im Vorjahr zur Fleischweihe getragen hatte, durfte keinesfalls ungesehen und schon gar nicht unkommentiert durchgehen. Und dass ausgerechnet der hochherrschaftliche Schuldirektor einen klitzekleinen Kernölfleck auf seinem Sonntagshemd hatte, warf kein gutes Licht auf sein Eheleben.

2. Du sollst maximale Sorgfalt bei der Wahl deines Sitzplatzes walten lassen.

Was gar nicht so einfach war. Zuerst galt es, geduldig abzuwarten, bis eine Reihe möglichst weit vorne nahezu vollständig gefüllt war. Danach zwängte man sich an allen schon sitzenden Menschen vorbei, um den am schwersten zugänglichen Platz zu erreichen. Idealerweise stieg man den Damen dabei auf ihre Stöckelschuhe. Und wenn die Messe bereits begonnen hatte, legte man noch umständlich Jacke, Hut oder Gehhilfen ab.

3. Du sollst nur dann lautstark husten, wenn der Chor gerade das Gotteslob oder ähnlich getragenes Liedgut intoniert.

4. Du sollst bei den Gebeten mit größtmöglicher Zeitverzögerung aufstehen und dabei das Gebetbuch zu Boden fallen lassen.

5. Du sollst niemals vergessen, dich während des Glaubensbekenntnisses bei deinen Freunden, die zwei Reihen hinter oder vor dir sitzen, nach dem Befinden ihrer Kinder zu erkundigen.

6. Du sollst für dein leibliches Wohl sorgen und stets einen kleinen Flachmann mit dir führen, der in gelebter Nächstenliebe herumgereicht wird.

7. Du sollst die Drängelordnung bei der Hostienvergabe berücksichtigen. Dabei stürmen die letzten Reihen stets mit der doppelten Geschwindigkeit der vorderen zum Altar. Nur so entsteht im Mittelfeld ein ernst zu nehmender Stau.

8. Du sollst die Zeit zwischen Kyrie und Tagesgebet für ein kleines lautstarkes Nickerchen nutzen.

9. Du sollst das religiöse Liedgut durch innovative Textvariationen beziehungsweise ein fröhliches La-la-la-la aufheitern.

10. Du sollst genügend Knöpfe für den Klingelbeutel eingesteckt haben.

Den letzten Punkt hatte der Bürgermeister nun zwar durch nachhaltige Drohungen vorübergehend außer Kraft gesetzt, aber ansonsten hielten sich die Lämmer Gottes brav an die erprobten Gebote. Nur blöd, dass in diesem speziellen Fall – es handelte sich ja sozusagen um einen außerordentlichen wie grenzüberschreitenden Gottesdienst – auch einige der Gäste aus der Wauness-Welt anwesend waren. Familie Bartenstein hatte in leidiger Erinnerung ob der tragischen, um nicht zu sagen blutrünstigen Vorkommnisse an gleicher Stelle vor einigen Jahren zwar von einer Teilnahme abgesehen, aber ein paar andere waren erschienen, um Angelika Freudentaler und ihrem Mops Mitzi vom Stummelschwanzhof gedanklich die letzte Ehre zu erweisen. Und denen fehlte bedauerlicherweise jegliche Praxis, was die wachkomatösen religiösen Entrückungszustände der Einheimischen betraf. Was sich im Nachhinein als tödliches Versäumnis herausstellen sollte.

Corolianus Hafernas jedenfalls war angesichts seiner Aufgabe zu geistlicher Höchstform aufgelaufen. Unterstützt von den pathetischen Klängen vom Canto General, drückte er von Anfang an derart massiv auf die Tränendrüsen, dass die zehn Kirchenbesuchsgebote um ein elftes ergänzt werden mussten, das da lautete: »Du sollst so lange wie möglich nach sauberen Taschentüchern kramen und dabei den neben dir Sitzenden mindestens zwei Mal deinen Ellbogen in die Hüfte rammen.« Der Schuldirektor Kilian Klöpfer hatte auf dem ausgesprochen selten gespielten Musikstück bestanden, weil es nicht nur ergreifend monumental und somit der Tragweite der Situation angemessen klang, sondern auch, weil in einigen der Gesänge von Pablo Neruda und Mikis Theodorakis den Tieren eine tragende Rolle eingeräumt wurde. Auch dem Ableben des Rasseköters musste schließlich durch entsprechendes Wehklagen gedacht werden. Klöpfers missratene Nachzucht, die sowohl optisch als auch inhaltlich in keinster Weise dem Original ähnelte, hatte auf Geheiß seines autoritären Vaters bereits Stunden zuvor an einer ausreichend wohlklingenden Soundkulisse herumgebastelt. Ewiglich hatte er auf dem harten Kirchenboden zwischen Kandelabern, Kelchen und Kirchenstühlen herumkriechen müssen, um ungeachtet der vorsintflutlichen technischen Ausstattung der Kapelle seine mitgebrachten musikalischen Gerätschaften funktionstauglich zu verkabeln, was alles andere als ein Kinderspiel gewesen war. Sollten seine Flüche und gotteslästerlichen Verwünschungen tatsächlich unzensiert bis ans Ohr des Schöpfers gedrungen sein, wäre ihm ein Freifahrtschein ins tiefste Verlies der Hölle gewiss. »Herrgotthimmelarschnochamoi, *fuck the hell*!« oder »Jetzt nagel ich die Jungfrau bald auch noch auffi ans Kreuz!« zählten noch zu seinen freundlichsten Unmutsbekundungen.

Dreimal hatte der prähistorische Sicherungskasten während des Soundchecks seinen schwächlichen Geist aufgegeben, was den Equalizer zu einem kurzschlüssigen Röcheln veranlasst hatte, danach hatte die Steckdose im Sakristeikammerl Funken gesprüht, und letztlich hatte der minderbemittelte Messdiener auch noch den von der Gemeinde gespendeten Blumenkranz auf seinen sauteuren Subwoofer geworfen. Wäre Lorenz nicht derart dringend auf die finanzielle Unterstützung seines Vaters angewiesen gewesen, er hätte so einen ausgefressenen Diktator schon längst aus seinem Telefonregister gestrichen. Aber als Student der schönen Künste wie Komasaufen, Jointdrehen und Casual-Sex war er auf regelmäßige Zuwendungen im zumindest dreistelligen Bereich angewiesen. Und für seine tatsächlich sehr fachkundig ausgeführte Klanginstallation würde sein Erzeuger hoffentlich wieder ein paar Hunderter rüberschieben.

Der Priester konnte seine herzzerreißenden Trauerreden jedenfalls mit perfekt aufeinander abgestimmten konzertanten Schalleinlagen vortragen. Damit hatte Lorenz Klöpfer seine Aufgabe erfüllt und erfreute sich an der Aussicht, dem Kollektiv an Dorftrotteln bald wieder seinen mageren Rücken kehren zu können, bevor er selbst in damische Zustände verfiel. Das Aufregendste im Leben dieser katechismustreuen Sterzfresser und blasmusikhörigen Langweiler war vermutlich ein Müllcontainer, der in falscher Reihenfolge am Straßenrand stand.

Noch aber musste er unter den gestrengen Augen seines Vaters in der Kapelle ausharren, für tontechnische Spezialeffekte sorgen und die jämmerliche Litanei in voller Länge über sich ergehen lassen. Der Herr war eindeutig nicht mit ihm. Während Lorenz also missmutig an seinen Reglern und Knöpfen herumschob und -drehte, spulte der Pfarrer eine recht seltsame Variante des allgemeinen Schuldbekenntnisses ab.

»Ich bekenne Gott, dem Allmächtigen, und allen Brüdern und Schwestern, dass ich Gutes unterlassen und Böses getan habe.«

Lorenz erhöhte die Lautstärke in theatralische Bereiche.

»Ich habe gesündigt in Gedanken, Worten und Werken, durch meine Schuld. Durch meine große Schuld. Aber auch der Hund hat gesündigt. Und sich durch Befleckung des Unbefleckbaren schuldig gemacht. Auge um Auge, Zahn um Zahn, Trieb um Trieb. So steht es in der Heiligen Schrift geschrieben.«

Da die einheimischen Kirchgänger in vorauseilendem Gehorsam bereits bei Punkt acht der Gottesdienstgesetzgebung angelangt waren, fiel die Erwähnung des lasterhaften Hundes nur denjenigen auf, die sich gerade nicht im Schlafsitzen übten. Dazu zählte das schwule Pärchen, das sich äußerst verwundert anblickte. Als praktizierende Atheisten besaßen beide jedoch nur rudimentäre Vorstellungen von Ablauf und Wortwahl einer Totenfeier, daher kamen sie letztlich darin überein, dass die unverständliche Anspielung des Pfaffen wohl ganz allgemein dem mythologischen Höllenhund gegolten haben musste.

Aber auch Revierinspektor Ferdinand Kapplhofer hatte das schrullige Schuldbekenntnis mit ungewöhnlich offenen Augen und Ohren verfolgt. Einerseits, weil er hoffte, den Täter zu erblicken, der sich durch eine auffällige Geste verriet. Im Fernsehkrimi kehrte der Sünder auch immer an den Tatort zurück – oder suchte zumindest die Begräbnisfeierlichkeiten auf. Vielleicht funktionierte das im wirklichen Leben auch mit Gedenkmessen? Ein Versuch würde jedenfalls nicht schaden, vor allem, weil die Totenmesse nicht mit seinen Essenszeiten kollidierte.

Andererseits war er ausgerechnet neben dem Unterkofler Poldl zu sitzen gekommen, der über eine Mehrfachbegabung verfügte, was die rituellen Gottesdienstpflichten betraf. Aufgrund langjähriger Übung konnte der alte Landwirt gleichzeitig schnarchen, nach einer Schneuzfahne kramen und dem Polizisten wiederholt gegen das Schienbein treten, was Kapplhofer zuverlässig am Einschlafen hinderte. Bislang hatte seine Opferbereitschaft allerdings zu nichts außer ein paar blauen Flecken am linken Schienbein geführt. Und der unerfreulichen Aussicht auf ein klärendes Gespräch mit dem Herrn Pfarrer. Seit die Hermine Holzapfel dem Corolianus Hafernas nicht mehr zur priesterlichen Hand gehen musste, um dessen frühmorgendliche Samenspende in Empfang zu nehmen, kam dem Inspektor der schmächtige Mann von Tag zu Tag verwirrter vor. Vielleicht hätte er seine gotteslästerlichen Praktiken besser beibehalten sollen, statt sich auf seine alten Tage noch in Keuschheit zu üben. Nun litt er offenbar an einem eklatanten Hormonstau, über dessen wahnhafte Nebenwirkungen ihn weder Arzt noch Altes Testament informiert hatten. Nicht genug, dass Hafernas seit Jahren einen Haselbusch verehrte, in dem ihm angeblich Gott Vater erschienen war, nun fielen auch noch Tiere seinem moralischen Reinheitsgebot zum Opfer. Ein Hund mit katholischem Sündenregister, da hatte wohl ein besonders aufmüpfiges Spermium für einen synaptischen Kurzschluss in seinen Gehirnzellen gesorgt. Wodurch in aller Welt sollte so ein Tier schon Schuld auf sich laden?, fragte sich Kapplhofer, wenngleich weniger aus echtem Interesse als zum Zwecke des Zeitvertreibs. Durch Unzucht? Völlerei? Oder gar durch den Mord an einem Sulmtaler Hendl? Das käme zumindest in den Augen des Inspektors einem schweren Vergehen gleich. Davon abgesehen waren ihm die Tugenden oder Untugenden von Vierbeinern schlichtweg egal. Angesichts der Rehabilitationsbestrebungen ihres Hundehotels kam ihm die Wortwahl allerdings ziemlich unpassend vor. Nur gut, dass auch der Bürgermeister friedlich vor sich hin döste.

Kapplhofer war jedenfalls eher über den rapide ansteigenden Verwirrtheitsgrad des Gottesdieners bekümmert, dem man seine Tassen im leibeigenen Hostienschrank offenbar dringend zurechtrücken musste. Am besten mit Hilfe von guten Psychologen und noch besseren Psychopharmaka.

Für verdächtig hielt er den Pfarrer, der mittlerweile ohne weitere Exkurse in den Haustierbereich bei den Fürbitten angelangt war, aber in keinem Fall. Nicht nur, dass Hafernas bereits behördlich befragt worden war, er hatte sogar bereitwillig seine zittrigen Finger auf die Abdruckplatte gedrückt. Um danach, gleich allen anderen bislang Verhörten, von jeder Schuld freigesprochen zu werden. Die zwei unterschiedlichen Abdrücke an der Frauenleiche sowie die auf dem Gamsbart schienen einem Phantom zu gehören. Sofern Gevatter Tod sich nicht persönlich die Hände schmutzig gemacht hatte. Letztlich war Kapplhofer aber viel zu ungläubig, um derartigen Hypothesen ernsthaft nachzugehen.

Und auch seine kriminalistischen Glaubensgrundsätze standen im Unterschied zu denen seines Vorgesetzten nur auf einem bröckeligen Fundament. Er glaubte weder an Triebtäter noch an Hundehasser und schon gar nicht an Waidmänner. Für Letztere standen Strangulationsmethoden garantiert im Widerspruch zu ihrer blutrünstigen Ehre. Stattdessen hätten die schießwütigen Herren – Frauen mit Jagdschein fanden sich im Damischtal noch eher selten, vermutlich reichte es dem weiblichen Geschlecht, einen Ehemann erlegt zu haben – ein ordentliches Gemetzel veranstaltet und die blutige Bescherung dann als unverzeihlichen wie unvorhersehbaren Jagdunfall deklariert. Oder das Ganze gleich den angeblich so militanten Tierschützern in deren garantiert synthetische Schuhe geschoben. Gegen die Hundehasser-Hypothese hingegen sprach Kapplhofers Ansicht nach allein die Tatsache, dass fundamentalistische Tiergegner über ihre Feinde meist bestens informiert waren. Mit großer Wahrscheinlichkeit wären sie also nur dem Mops an seinen überfetteten Hals, nicht aber der Besitzerin an ihren zarten Kragen gegangen. Auch wenn die vor lauter Trauer über ihr geliebtes Tier von selbst suizidalen Ablebensphantasien verfallen und freiwillig hinweggeschieden wäre. Und was die von van Trott bei keiner passenden, aber leider bei jeder unpassenden Gelegenheit wiedergekäute Theorie der gewalttätigen Triebabfuhr von sexuell mangelversorgten Singlemännern betraf, an die verlor der Inspektor keinen einzigen Gedanken. Man sollte bekanntermaßen nie von sich auf andere schließen, befand er. Von ungesunden Leidenschaften getrieben war schließlich vor allem der Hauptmann selbst.

Und der Herr Pfarrer, der soeben laut und deutlich »Heiliger Haselbusch, bitte für uns« gesagt hatte? Aber sexuelle Sodomie mit einhäusig zweigeschlechtlichen Birkengewächsen stellte seines Wissens kein Verbrechen im Sinne der Strafgesetzordnung dar. Dagegen könnte höchstens der Landschaftsschutz Einspruch erheben. Und der würde beruhigenderweise nicht in Kapplhofers Kompetenzbereich fallen.

Der in homöopathischen Dosen vertretenen bibelfesten Zuhörerschaft war der Passus mit dem heiligen Haselbusch allerdings schwer aufgestoßen. Die angegrauten Betschwestern tolerierten keinerlei Veränderungen ihrer hoch- und mehrmals täglich gelobten überirdischen Herrschaftsverhältnisse. Das grenzte ja schon nahezu an Blasphemie, was der Kuttenbrunzer da von sich gab. Derartige Worte würden beim nächsten Treffen des Pfarrgemeinderats böse Einschnitte bezüglich des Kuchenangebots zur Folge haben.

Auch Jonas und Manuel, den beiden Homosexuellen, erschienen die Worte des Predigers ziemlich grenzwertig, wobei sie dabei allerdings an die Grenze zwischen Debilität und Wahnsinn dachten, wodurch sich die katholische Kirche in vielen Bereichen vom gesunden Menschenverstand unterschied. Unbefleckte Mütter, geteilte Weltmeere und fleischliche Auferstehungen galten in derart institutionalisierten Kreisen ja seit jeher als normal, aber an gleichgeschlechtliche Liebe mochten sie einfach nicht glauben. Und jetzt hatten sie offenbar auch noch einem armseligen Strauch zu höheren Weihen verholfen.

Jonas und Manuel wollten jedenfalls kein Gebüsch um einen Gefallen bitten, das hielten sie für wenig effizient. Aber sie wünschten sich eh nichts, sie hatten alles, was ihr Herz begehrte. Außer vielleicht einen guten Schluck Prosecco und etwas Fingerfood. Die Klagepredigt des Priesters unterzog ihr Sitzfleisch mittlerweile einem schweren Belastungstest. Die wirren Worte des Mannes wollten und wollten kein Ende nehmen. So lange hatte die junge Angelika Freudentaler gar nicht auf Erden verweilt, wie sie nun in den Himmel gebetet wurde.

Gelangweilt schaute sich das Paar im Kirchenschiff um. Auf den ersten Blick gab es in der kleinen Kirche aus dem 17. Jahrhundert nichts Außergewöhnliches zu sehen. Das übliche Religioteninventar halt, nur in einer etwas weniger pompösen Ausführung als anderswo. Vergilbte Fresken, verstaubte Ikonen und Berge an Blumengebinden, Grableuchten und Orgelpfeifen schmückten den dunklen Innenraum. Auf einem Sockel links vom Hochaltar stand eine wurmstichige Statue aus dem frühen 15. Jahrhundert, die den heiligen Bartholomäus darstellte. Der gemarterte Mann hielt seine eigene abgezogene Haut im Arm und schien das Geschehen zu seinen Füßen mit tränenden Augen zu verfolgen. Kein netter Anblick, befanden Jonas und Manuel und wandten sich schaudernd ab. Dabei war der geschnitzte Heilige im Vergleich zum toten Böllinger Sepp, der vor zwei Jahren auf genau diesem Sockel gesessen hatte, ermordet, nackt, mit einem Messer im Bauch und einer Miederhose auf dem Kopf, die durchaus augenfälligere Option. Das war ein Anblick gewesen, bei dem selbst dem kurzsichtigen Kriegsveteranenverband die Grausbirnen aufgestiegen waren. Aber davon wussten Jonas und Manuel natürlich nichts. Und im idyllischen Hochglanzprospekt vom Fremdenverkehrsverband hatten jene unliebsamen Vorfälle aus dem Jahre 2014 auch nicht gestanden. Dennoch fühlten sich die beiden zunehmend unwohl inmitten der archaisch anmutenden Zeremonie. Die dichten Weihrauchschwaden, die durch den Raum zogen, empfanden sie als direkte Vorstufe eines Giftgasanschlages, das endlose Gelaber und Gekrächze des Gottesmannes erinnerte sie an eine äußerst subtile wie wirkungsvolle Form von Psychoterror, und die harten Kirchenbänke hätten selbst jetzt im Hochsommer einer Sitzheizung bedurft. Doch aufgrund der beengten Platzverhältnisse hatten sie keine andere Wahl, als bis zum bitteren Ende der Messe auszuharren, denn die zwei jungen Männer waren ausgerechnet zwischen dem walrossförmigen Schuldirektor und der Stiege zur Empore eingekeilt.

Zumindest ihren Gedanken konnten sie freien Lauf lassen. Also nutzten sie die anschwellende Geräuschkulisse, die auf eine vom Kirchenchor vorgetragene musikalische Einlage zurückzuführen war, um sich über die bizarren Kleidungsgewohnheiten der Eingeborenen zu amüsieren. Ganz vorne, in der ersten Reihe, saß eine aufgedonnerte Rothaarige, deren pinkfarbenes Outdoor-Negligé aussah wie die Berufskleidung in einem Swingerclub. Mit einem Dekolleté, das sich bis zu den Kniescheiben zu erstrecken schien, und rot bemalten Lippen, die selbst die blutenden Wunden von Christus am Kreuze noch um Nuancen in den Schatten stellten. Kein Wunder, dass der Pfarrer unter akustischen Verwirrtheitsanfällen und sprachlichen Fehlzündungen litt. Der Anblick hatte ihm gewiss den Geist vernebelt, mehr noch als die wabernden Weihrauchschwaden. Nur gut, dass Bibiana Doppler ihre wenig schmeichelhafte Beschreibung der beiden Männer nicht zu Ohren kommen konnte. Drei Plätze weiter saß eine in Anstand und Würde ergraute Dame reiferen Alters, deren selbst gestricktes dunkelblaues Complet mit den dicken braunen Wollstrümpfen aussah wie ein modisches Relikt aus der Zeit des Warschauer

Pakts. Auch Hermine wäre über ihre abfällige Bewertung bestimmt wenig erfreut gewesen, doch auch sie bekam von ihrer Musterung nichts mit. Noch witziger erschienen Jonas und Manuel allein die Vertreter des Kriegsveteranenverbands, die sie an einen Almabtrieb vom Braunviehzuchtverband erinnerten. Die altvätrischen Frontexilianten hatten den gesamten Bestand eines Heimatkundemuseums für Ornamentalistik flächendeckend auf ihren Anzügen verteilt: Plaketten, Verdienstkreuze, Bänder, Schlaufen, Anstecknadeln und Ehrenabzeichen zierten jeden verfügbaren Quadratzentimeter Stoff zwischen Kragen und Taillennaht. Fehlten nur noch die Kuhglocken, frotzelten die zwei und sahen sich in Erwartung weiterer Highlights der Damischtaler Sonntagsmode weiter um.

»Du, Manuel, der Typ da vorne links, der mit den Zottellocken, der da ganz einsam neben den Kränzen steht, ist das nicht der Saufkopf mit den Blechpickeln im Gesicht? Der aus dem Grazer Stadtpark?«

Manuels Blick folgte dem richtungsweisenden Zeigefinger seines Partners. »Möglich wär's schon.« Er kniff die Augen zusammen, um besser zu sehen. Seit einigen Jahren mangelte es ihm an Weitsicht, aber aus Gründen der Eitelkeit mochte er keine Brillen tragen. Und mit Kontaktlinsen hatte er ein feinmotorisches Problem. Dank seiner Ungeschicklichkeit hatte er sie bereits dreimal im Abfluss versenkt.

»Ich sag dir, das ist er. Der hat dieselben Tattoos auf den Armen. Sieht gleich magersüchtig aus. Und den total zugedröhnten Blick werde ich auch nie vergessen.«

Manuel und Jonas waren mit ihrem jungen Goldie vor ein paar Wochen durch das innerstädtische Grazer Naherholungsgebiet Gassi gegangen. So wie dreihundert andere Hundebesitzer an dem Tag auch. Und gleich allen anderen hatte auch ihr strammer Golden Retriever am Ende einer langen Rollhundeleine gehangen. Als den pubertären Kläffer dann plötzlich der Spieltrieb überkam, hatte Manuel nicht schnell genug die lange Leine eingeholt, was zu äußerst verwickelten Umständen mit einem anderen Hundehalter beziehungsweise dessen Köter geführt hatte. Ihr Goldie und dessen Mops hatten sich untrennbar in gefühlten hundert Laufmetern bunter Auszugsleine verheddert und waren jaulend vor Vergnügen hintereinanderher gehopst.

Die Leinenführer hatten die Lage weniger unterhaltsam gefunden. Das achtpfotige Knäuel zu trennen, ohne die zwei rasenden Tiere dabei zu strangulieren, gestaltete sich als äußerst schwieriges Unterfangen, das sie an die Grenzen ihrer Standfestigkeit gebracht hatte. Immer enger hatten sich die Leinen um ihre Kniekehlen gewickelt, während die Hunde wie durchgeknallte Karussellpferde im Kreis um sie herumgerannt waren. Irgendwann hatte Jonas ihre ungestüme Alina zumindest am Schwanz zu fassen bekommen und brutal daran gezogen. Die kurzfristige Wirkung dieses Bremsmanövers hatte sich schließlich der Mopsbesitzer zunutze gemacht und sein hechelndes Tier am Brustgeschirr aus dem Getümmel gehoben. Leider hatte der Goldie das abrupte Ende der wilden Jagd wenig goutiert und war am Mopshalter hochgesprungen, um den Spielkameraden aus dessen unfreiwilliger Höhenlage zu befreien. Da die goldige Fellnase aber stattliche fünfundzwanzig Kilo auf die Waage brachte, hatte der gegnerische Spielverderber dem Aufprall nicht standgehalten, sein ohnedies fragiles Gleichgewicht verloren und war mitsamt Mops zu Boden gegangen. Was Jonas und Manuel in Anbetracht der grässlichen Alkoholfahne, die dieses Nachbaumodell eines Averell Dalton umwehte, nicht sonderlich verwundert hatte. Erstaunt hatte sie eher der unerwartete Schwall an bösen Beschimpfungen, mit dem das schmalbrüstige Körperkunstwesen – der Typ war tätowiert bis hinter die Ohren, was ihm das Aussehen einer wandelnden Litfaßsäule verlieh – sie daraufhin bedacht hatte.

»Behinderte Arschficker!« oder »Kloakenkiffer, gehts scheißen!« waren noch die liebenswürdigsten oralen Ergüsse gewesen. Nie zuvor hatten sich die beiden Männer mit einem derart kariösen Kommunikationsverhalten konfrontiert gesehen. Die schwarzen Löcher in der Syntax, eine schwer lädierte Aussprache und ein nach Fäulnis stinkender Mundgeruch hätten vermutlich ausgereicht, um standfestere Mannsbilder als sie zuverlässig in die Flucht zu schlagen, doch Manuel und sein Freund waren noch zu gefesselt von dem Leinenwirrwarr gewesen, um umgehend das Weite suchen zu können.

Daher hatten sie die Hasstirade mit jungfräulichen Ohren über sich ergehen lassen. Verglichen mit dieser verbalen Dreckschleuder befleißigte sich selbst ihr Hund noch eines allgemein verständlichen Umgangstons. Endlich hatten sie die Besitzverhältnisse der beiden Wuffis ausreichend entwirrt, um getrennte Wege zu gehen. Zu ihrer beidseitigen Erleichterung war es auch dem Fäkalsprachentalent nach geraumer Zeit und unzähligen Fehlversuchen gelungen, wieder eine aufrechte Haltung einzunehmen, woraufhin er sich, den armen Mops immer noch fest am Brustgeschirr hochhaltend, schwankend, wenngleich nicht schweigend, entfernt hatte. Damit hätte der unerfreuliche Zusammenstoß eigentlich ein Ende haben können, wäre da nicht Alinas Sturkopf gewesen.

Die rührige Hundedame hatte mit ihrer feuchten Schnauze beharrlich die grüne Grasnarbe umgefurcht und dabei ein kleines Säckchen ans Tageslicht gestupst, das dem betrunkenen Burschen bei seinem Sturz offenbar aus einem Hosensack gefallen war. Mehr aus Ordnungsliebe denn aus Neugier hatte Jonas das kleine Beutelchen aufgehoben, geöffnet und nach einem raschen Blick tief in seiner Tasche versenkt. Erst als alle drei wohlbehalten zurück in ihrer großen Atelierwohnung waren, hatte er seinen Fund erneut hervorgekramt und vorsichtig auf den Küchentisch gelegt. In dem Tütchen hatte sich das beste, reinste und flashigste Crack befunden, das die zwei seit Jahren in ihre Hände beziehungsweise Lungen bekommen hatten. Sie beschlossen, dem abgewrackten Typen unbedingt noch einmal vorsätzlich auf die Pelle zu rücken, um ihn über die Bezugsquelle des göttlichen Stoffs auszuquetschen. Das Zeug war eingefahren wie ein himmlisches Versprechen. Und hatte das auch Stunden später noch gehalten. Aber sooft sie ihren Hund danach auch kreuz und quer durch den Stadtpark geschleift hatten, zu ihrem größten Bedauern war ihnen die seltsame Type nie wieder über den Weg gelaufen.

Und nun, als sie bereits jede Hoffnung auf ein Wiedersehen begraben hatten, sahen sie den Mann. Ausgerechnet bei einer grotesken Totengedenkmesse in der tiefsten Provinz. Zumindest Jonas war sich sicher, dass es sich bei dieser Gestalt, die nach wie vor reglos neben den Kränzen lehnte, zweifelsfrei um den heiß ersehnten Drogenfeinspitz mit den bedrohlichen Ausdrucksformen handelte. Beim diesmaligen Zusammentreffen würde ihnen sein Vokabular allerdings egal sein. Sie wollten schließlich nur ihren kleinen Vorrat an erstklassigen Stimmungsmachern auffüllen und keine gepflegte Konversation betreiben. Was mit diesem Terminator der deutschen Sprache selbst in nüchternem Zustand bestimmt nicht möglich wäre.

Voll vorfreudiger Erregung kamen die beiden überein, umgehend und ungeachtet aller baulichen oder menschlichen Hindernisse sofort zum Ausgang zu stürmen, sollte der Crack-Junkie auch nur für eine Sekunde hinter die botanischen Kulissen des Altarbereichs verschwinden. So eine Chance auf guten Stoff würden sie nie wieder bekommen. Mit neu erwachten Lebensgeistern stimmten sie lautstark in das Schlussgebet ein. In gewissem Sinne waren sie ja wirklich Gott dem Herrn beziehungsweise dessen Vertreter auf Erden ihren innigsten Dank schuldig. Bald schon würden sie in Frieden hingehen und sich an himmlischen Substanzen und paradiesisch ekstatischen Zuständen erfreuen können.

Amen.

***

Polizeihauptmann van Trott traute seinen Augen nicht. Er war zwar generell ein umfassend misstrauischer Mensch, aber das galt nur gegenüber dem Rest der Menschheit. Seinen eigenen Geistesblitzen und Sinneseindrücken hatte er bislang stets vollstes Vertrauen entgegengebracht. Beim Anblick des außerordentlich konfusen, an den »hochwohlgeborenen Chef der Ermittlungsbehörde der Kriminaldienststelle der Landeshauptstadt Graz« gerichteten Schreibens hatte es ihm aber fast seine spartanisch gefasste Lesebrille beschlagen. Und das, obwohl in der Amtsstube eine ausgesprochen trockene Atmosphäre herrschte. Da hatte ihm doch glatt jemand einen anonymen Brief geschickt. Und wollte ihm den Täter des Damischtaler Massakers quasi schwarz auf weiß präsentieren. In kindlicher Handschrift und stark antiquiertem Vokabular. Angeblich, so die blassblauen Worte, sei es der Mostburger Bartl, also der örtliche Fleischermeister, gewesen. Weil dieser weithin bekannte und gefürchtete Ungustl nicht nur und von Berufs wegen schweinisch veranlagt sei, sondern weil der Mensch zudem seit fast einem Jahrzehnt unter chronischem Samenstau leide. Zudem sei er passenderweise vorbestraft, jähzornig mit Ansätzen von Gewalttätigkeit, ein bekennender Hundehasser und darob noch ein leidenschaftlicher Angler. Gegen eine schöne, eigenhändig erwürgte Leich in seinem Fischwasser habe er daher bestimmt nichts einzuwenden gehabt, aber ein dreckiger Hund zwischen seinen Saiblingsbeständen, der hätt ihm seinen Fang versaut. Nur logisch, schlussfolgerte der anonyme Wald-und-Wiesen-Profiler, dass der unsaubere Herr Mostburger den toten Mops anderswo entsorgt habe. Es sei doch ganz typisch für den Schlächter, dass er dem Hund einen Gamsbart in die Schnauze gesteckt habe, weil er den Schweinsköpfen ja auch Äpfel in die Mäuler schob.

Der Absender glaubte wohl, statt dem Ei des Kolumbus nun den Apfel des Mostburger Bartl erfunden zu haben. Den Sauschädel hatte van Trott aufgrund seiner Vorstrafen natürlich als Ersten in Verdacht gehabt, aber Bartls dreckige Wurschtfinger hatten sich zumindest in forensischer Hinsicht als porentief sauber erwiesen. Spurenermittlerisch gesehen hatte der Mann weder den Gamsbart noch den Frauenkörper in Händen gehabt. Außer er hatte Handschuhe getragen. Aber wer zum Teufel hatte dann Frau und Bart begrapscht? Am Fell der toten Töle hatten sich gleich gar keine nützlichen Rückstände feststellen lassen – außer Schuppenpartikeln von Bachforellen, unterschiedlichsten Laubresten, diversen Gräsersamen und Gemüsegartenerde sowie Blutspuren am amputierten Ohr. Die aber vom Hund selbst stammten.

Der Hauptmann stöhnte leise auf und fuhr sich nervös durch sein millimetergenau gestutztes Haupthaar. Die Situation oder besser gesagt die damit verbundene Langzeitahnungslosigkeit machte ihm mehr zu schaffen, als er sich eingestehen wollte. In seinem akkurat ausformulierten Mitarbeiterbrevier kamen Wörter wie Stillstand, Entschleunigung oder strategische Pause nicht einmal vor. An keiner einzigen Stelle. Weil Stagnation mit einer fortschrittlichen und erfolgversprechenden Verbrechensbekämpfung nicht vereinbar war. Herumstehen und blöd schauen konnten die innerstädtischen Abgaskoordinatoren, sprich Verkehrspolizisten, wenn sie als Ampelmännchen-Ersatz auf der Kreuzung ausharren mussten und mit den Armen in der stickigen Luft gestikulierten. Aber ein kriminalistischer Spürhund hatte Tag und Nacht wenigstens eine heiße Spur zu verfolgen, um den Täter zu stellen, bevor der noch ein Dutzend weiterer potenzieller Opfer kaltmachen konnte. Das hatte van Trott auch persönlich immer so gehalten. Und vermutlich nie Fett angesetzt, weil er unermüdlich irgendeinem Bösewicht hinterherhetzte.

Aber nun hatte ihn der Damischtaler Würger eingebremst. Nahezu von der ersten Sekunde des Falles an steckte ausgerechnet der ehrgeizige, hyperaktive Hauptmann schier rettungslos in einem unlösbaren Schlamassel fest. Sosehr er sich sein militärisch gedrilltes Gehirn auch zermarterte, es wollte ihm einfach keine gangbare Lösung einfallen. Er konnte schließlich nicht warten, bis der Strangulationsexperte alle leinenführenden Blondinen zwischen Graz und Gfrettgstätten ins Kürbisnirwana geschickt hatte. Oder seine Untaten von selbst einstellte, weil es sich mit Gichtfingern und Gelenksarthrosen schlecht würgen ließ. Die viel zitierte Methode des Abwartens und Teetrinkens war van Trotts Ansicht nach ausschließlich geriatrischen Anstalten vorbehalten. Dort konnten Menschen, die bereits mit einem Bein im Grab standen, so lange in Ruhe an ihrer Schnabeltasse nuckeln, bis auch das zweite Bein begräbnisreif war.

Doch all die Gedanken brachten den Hauptmann nicht voran. Seine einzigen Schritte führten ihn von seinem Schreibtisch zur gegenüberliegenden Wand, wo er kurz aus dem Fenster in einen kleinen Innenhof sah, und wieder retour. Bei der exakt dreiundzwanzigsten Runde änderte er seine Route und ging ohne tiefere Absicht zum Aktenschrank, an dem ein Abreißkalender hing. Einer mit weisen Sprüchen für jeden Tag, allerdings datierte der letzte Spruch der Weisheit bereits gut zwei Wochen zurück. Alles musste man selbst machen, fluchte der Hauptmann innerlich und riss hektisch die veralteten Blätter ab. Wenn heute der 27. Juli war, dann musste sich auch ein Kalender daran halten. Binnen kürzester Zeit hatte van Trott Papier und Realität synchronisiert und las gedankenlos die tagesaktuelle Erkenntnis: »Sündigen heißt, den eigenen fleischlichen Willen über den Willen Gottes zu stellen.«

Klang komisch, fand er. Irgendwie nach Fleischeslust und Gottlosigkeit, auf jeden Fall nicht nach ihm. Doch dann fiel ihm der anonyme Brief wieder ein, dessen Inhalt sich um die angebliche Schuld des Mostburger Bartl drehte. Wer, wenn nicht ein Fleischer, besaß ein Übermaß an fleischlichem Willen? Wer, wenn nicht er selbst, hatte vor gar nicht allzu langer Zeit Gott um Hilfe angefleht?

Hektisch sah der Hauptmann alle abgerissenen Kalenderblätter durch. An keinem einzigen anderen Tag war von fleischlichen Sentenzen die Rede. Nur heute. Van Trott beschloss, dem zweifachen Wink des Schicksals Folge zu leisten und sich erneut an den Breitengrad des grassierenden Wahnsinns zu begeben. Diesmal würde er weder Gnade noch Nachsicht walten lassen und aus Angst um seine eigene Unversehrtheit die Dienstwaffe gut sichtbar mit sich führen. Wäre doch gelacht, wenn es ihm beim zweiten Anlauf nicht gelänge, dem rabiaten Schweinskopf die Wursthaut nachhaltig wie ergebnisorientiert über die Ohren zu ziehen. Und zwar so lange, bis der Bartl selbst den biblischen Sündenfall gestehen würde.

Ein Hochsitz zur Hölle

»Jetzt mach schon. Wir gehen in den Wald und nicht auf eine Hochzeit.« Jonas verlor langsam die Geduld mit seinem Freund. Da hatten sie endlich ihr langersehntes Rendezvous mit dem speedigen Crack-Vertreter, und Manuel führte sich auf, als stünde ihm ein Date mit Yves Saint Laurent bevor. Dreimal schon hatte er sein Hemd gewechselt, weil es seiner Ansicht nach nicht zu den peppigen Sneakersocken gepasst hatte, und nun wollte er sich auch noch rasieren. Manchmal verstand Jonas seinen Partner beim besten Willen nicht. Besonders in letzter Zeit. Da war Manuel des Öfteren derart morgenmufflerisch aufgewacht, dass er glatt als Frau hätte durchgehen können. Wenn er jetzt noch lange in andächtiges Stirnrunzeln vertieft vor dem Badezimmerspiegel verweilen würde, dann müsste Jonas wohl zukünftig Manuela zu ihm sagen.

»Jo eh.« Was in etwa dem deutschen »Du hast zwar recht, aber das ist mir egal« entsprach. Manuel sah keinen Grund zur Eile. Ihnen blieb noch mehr als eine gute Stunde Zeit, bevor sie sich mit ihrem Beglückungsmittelbeschaffungshelfer treffen sollten. Hinter den Kukuruzäckern fing der Vogelstimmenwanderweg an, hatte der ihnen vor der Kapelle in nahezu verständlichen Worten erklärt. Dort müssten sie bis zur dritten Schautafel gehen, auf der ein Zilpzalp abgebildet sei, und an der strammen Eiche dann im rechten Winkel nach links biegen. Dort stünde eine Wildfütterung, in deren Nähe er auf sie warten würde. Ganze fünf Gramm hatte er ihnen versprochen, und das zu einem ausnehmend günstigen Preis. Aber rasiert hätte Manuel sich dennoch ganz gern, bevor sie sich sozusagen ins Unterholz schlugen. Er hasste es, nachlässig gekleidet, unfrisiert und mit Bartstoppeln im Gesicht außer Haus zu gehen. Gerade man(n) konnte nie wissen, wer einem über den Weg laufen würde. Nicht dass er Jonas je betrogen hätte, aber er zeigte sich gern von seiner attraktivsten Seite. Schließlich konnten die meisten Menschen besser schauen als denken. Und die sogenannten inneren Werte wurden sowieso schwer überschätzt. Er persönlich gestand diese überhaupt nur seinem Gefrierschrank zu. Daher ignorierte er Jonas' vorauseilende Hektik und schmierte sich in aller Seelenruhe Rasierschaum ins Gesicht. »Kannst derweil ja den Hund bürsten, der sieht auch ganz verzottelt aus«, legte er seinem Freund noch ans Herz, bevor er zur Klinge griff.

Jonas hätte ihn erwürgen mögen, aber er wusste aus Erfahrung, dass jede weitere Diskussion sinnlos war. Aus kindlichem Trotz hätte Manuel sich dann womöglich auch noch die Schuhe putzen wollen. Also hielt er den Mund und legte Alina schon mal das Brustgeschirr an – ohne sie zu bürsten. Auch er hatte seine Prinzipien.

Endlich schienen Manuels Anspruch an sein Aussehen und sein Spiegelbild einer Ansicht zu sein, weshalb die drei ihre Suite verlassen konnten. »Den Hund hättest aber schon noch bürsten können«, grollte Manuel noch ein kleines Stück des Weges, aber letztlich vertrieb die Aussicht auf die himmlischen Zustände, die sie in Kürze erleben würden, jedes Ressentiment.

Beschwingt schritten sie an den Kürbisfeldern vorüber, wo die fetten steirischen Ölplutzer – Cucurbita pepo var. styriaca – bereits ihrer genüsslichen Bestimmung in Salat oder Eierspeise entgegenreiften. Im Grunde müsste das daraus gewonnene dunkle, dickflüssige Öl mit dem zarten Nussgeschmack auch unter die Suchtmittelverordnung fallen, denn wer einmal davon gekostet hatte, gierte immer wieder danach. Selbst wenn die grünbraunen Flecken des kulinarischen Schmiermittels für lebenslange Erinnerungswerte auf der Oberbekleidung sorgten.

Das ästhetische Risikopotenzial war auch der Grund, warum Manuel bislang hartnäckig verweigert hatte, sich einen echten südweststeirischen Ölrausch anzutrinken. Er fürchtete um sein unbeflecktes Erscheinungsbild, das ihm verlässlich den Neid frustrierter Gemahlsgattinnen und die Bewunderung bereitwilliger Singlemänner einbrachte. Selbst die gelbgrün gesprenkelten Plutzer schienen beim Anblick von Manuels strahlend weißem, auf Hochglanz poliertem Outfit ehrfürchtig zu erblassen.

Nur Jonas tat sich nach nunmehr beinahe drei gemeinsam verlebten Jahren immer noch schwer, im partnerschaftlichen Fegefeuer der Eitelkeiten nicht über Gebühr heißzulaufen. Nicht dass er auf abgerissene Typen stand, denen die dreckigen Jeans bis unter das Arschgeweih hingen, aber drei Laufmeter Kleiderschrank an hemdsärmeligen Alternativen schienen ihm dann doch etwas übertrieben, vor allem in Kombination mit Manuels hochkomplexem Auswahlverfahren, das je nach Laune, Luftfeuchtigkeit und Sockenmuster Stunden beanspruchen konnte. Weshalb er stets zur Eile mahnen musste, um rechtzeitig ins Kino oder aufs Konzert zu kommen. Jonas war überzeugt davon, dass seinem Freund das ewige Leben beschieden war, weil er selbst zum Sterben zu spät kommen würde.

Auch nun war an gemächliches Schlendern durch die beinahe bukolische Landschaft rund um Gfrettgstätten nicht zu denken. Flotten Schrittes marschierten sie querfeldein, um pünktlich den Vogelstimmenwanderweg zu erreichen. Was genau ein Zilpzalp war, wussten beide nicht, und mit Wandervögeln kannten sie sich auch nicht gut aus; sie hatten es lieber bequem, ohne Ameisen und Tannennadeln.

Dennoch fanden sie sich zurecht und trafen auch bald auf ein vergilbtes Schild mit dem Bild eines unscheinbaren grauen Vogels und dessen ornithologischer Beschreibung. Da sie aber nicht gekommen waren, um mehr über den grasmückenartigen Weidelaubsänger zu erfahren, bogen sie rasch um die beschriebene Ecke, also linksherum im rechten Winkel, und zwängten sich durch dichtes Unterholz. Was nicht einmal dem Hund reibungslos gelang. Der bereits etwas verfilzte Goldie blieb mit seiner dicken hellen Wolle ständig an Ästen, Zweigen und Kletten hängen und ähnelte immer stärker einem Laubhaufen. Nur das Schwanzwedeln passte nicht ganz ins Bild. Manuel grummelte gleichfalls vor sich hin, da es ihm vor Rissen in seinem Rohseidenhemd graute, biss die Zähne jedoch tapfer zusammen und stapfte Jonas todesmutig hinterdrein. Der wunderte sich über den seltsam gewählten Treffpunkt, verstand allerdings auch, dass für eine derart heikle Geschäftsanbahnung ein möglichst uneinsehbarer und unzugänglicher Platz angebracht war. Schließlich sehnten sie sich nach ekstatischen Zuständen und nicht nach einer Ausnüchterungszelle.

Nach gefühlten drei Stunden erlittener Querfeldeinqualen lichtete sich das Dickicht, und nahe einer Wildfütterung traten sie auf eine kleine, einsame Waldlichtung, auf der nichts außer grünem Gras und einem Hochsitz zu sehen war.

»Ich bin da oben.« Der King of Crack lehnte sich über die Balustrade des hölzernen Hochsitzes, war aber dennoch schwer zu erkennen, da er Tarnfarben trug.

Jonas und Manuel sahen sich unschlüssig an. Weder konnten sie mit dem großen Hund die steile Holzleiter hinaufklettern, noch schien dort oben Platz für drei Menschen zu sein.

Der Typ schien Gedanken lesen zu können. »Wartets, ich komm runter.« Erstaunlich gelenkig kraxelte er die Stufen nach unten. »Ich wollt nur sicher sein, dass euch niemand gefolgt ist und ihr allein seids.«

Offenbar hatte Fozzy, so hatte er sich zumindest vorgestellt, nicht nur die Muppet Show, sondern auch zu viele Mafiafilme gesehen. Seitdem der Damischtaler Würger in der Gegend sein Unwesen trieb und Mädchen wie Möpse umbrachte, getraute sich doch eh kaum mehr jemand an die frische Luft. Mal abgesehen von Männern mit Kampfhunden, Asylwerbern, denen, außer spazieren zu gehen, jede befriedigende Tätigkeit untersagt war, und ein paar einheimischen Nachwuchskickern mit Debilitätshintergrund.

»Natürlich sind wir allein. Und geredet haben wir auch mit niemandem über unser Treffen«, suchte Jonas, Fozzy zu beruhigen, der sich gehetzt nach allen Seiten umsah. »Wir wollen das Zeug ja nicht teilen müssen.«

Der Angesprochene murmelte etwas, das sich anhörte wie »gut«, aber genau konnten sie es nicht verstehen.

»Wo hast denn eigentlich deinen Mops?«, wollte Manuel nun wissen. Er legte stets Wert darauf, Gespräche auf einer menschlichen, emotionalen Ebene zu führen.

»Der hat nicht mir gehört, das war der von einem Studienfreund, der is krank gewesen.« Womit offenbar der Studienfreund gemeint war, denn der Hund hatte im wahrsten Sinne des Wortes mopsfidel gewirkt.

In Wahrheit hatte der Mops die zwei ja ein wenig an den der ermordeten Angelika Freudentaler erinnert. Deren stummelschwänzige Fußhupe hatte sie in der Hotellobby ständig angekläfft und Alina durch ungelenke Hopser zum Spiel zu verführen gesucht, aber letztlich sahen die plattnasigen Zwergenbullis doch eh alle gleich aus. Überfettet, schwarz-beige, mit großen Glupschaugen und Atembeschwerden. Dass Ähnliches auf fast alle Rassehunde und damit auch auf Golden Retriever zutraf, hätte man den beiden aber keinesfalls sagen dürfen.

Fozzy jedenfalls schien kein wirklicher Hundefreak zu sein. Obwohl ihre menschenfreundliche Alina einladend mit dem Schwanz, also eigentlich mit dem ganzen Hinterteil, wedelte, hatte ihr der schmalspurige Dealer kein einziges Mal über den Kopf gestreichelt. Er schien das Tier nicht einmal zur Kenntnis zu nehmen.

»Also, gemmas an«, meinte er stattdessen und zog sich die Kapuze seines Shirts noch ein wenig tiefer ins Gesicht.

Jonas und Manuel konnten sich ein Grinsen kaum verkneifen. Der führte sich ja auf, als würde er mit Kronjuwelen handeln und nicht mit ein paar Gramm Crack.

»Ich hab das Zeug da oben gelagert, weil seit dem Tamtam um die Hundshotelbaracken eh das ganze Jahr Schonzeit in die Wälder hier ist. Da traut sich kein Jaga mehr, was ab'knallen. Er könnt ja versehentlich an Hund derwischen. Is also ein total sicheres Versteck. Dort könnts dann ausprobieren, was lieber wollts.«

Das klang wie Paradiesvogelgezwitscher in den Ohren von Jonas und Manuel. Mit einer crackigen Artenvielfalt hatten sie in ihren kühnsten Träumen nicht gerechnet.

»Mit dem Hund kommts aber nicht da rauf.« Fozzy schien ihren Goldie also doch zur Kenntnis genommen zu haben, wenngleich nur als Hinderungsgrund für den Aufstieg. Nun war es leider so, dass die junge Alina das Alleinsein noch nicht gut vertrug. Sobald man sie zurückließ oder, schlimmer noch, sie irgendwo anzubinden versuchte, brach ein unüberhörbares Protestgeheul los. Was im Hinblick auf ihre heikle Mission nicht von Vorteil wäre.

»Ich wart mit dem Hund unten, du steigst rauf«, entschied Jonas. Manuel hatte den besseren Geschmack, aber die schlechtere Befehlsgewalt über Alina. Das schien die praktikabelste Lösung.

Fozzy und Manuel kletterten also den Ansitz hinauf, während Jonas sich auf die Wiese setzte und den beiden nachsah. Nach längerem Zureden leistete ihm sogar der Hund dabei Gesellschaft.

Dann passierte erst einmal nichts. Die Vögel sangen, die Sonne strahlte, und fleißige Bienen bestäubten blaue Blümchen, die Jonas nie zuvor gesehen hatte. Doch schon bald vernahm er von oben andächtige Laute wie »Aaaahhh!«, »Ohhhh!« und »Woooow!«.

Der Hund hob kurz den Kopf und schwänzelte. Auch Jonas freute sich. Das hörte sich recht vielversprechend an. Hoffentlich erwies sich sein Kompagnon dieses eine Mal etwas flotter bei der Entscheidungsfindung als normalerweise vor seinem Kleiderschrank, damit er nicht bis zum Wintereinbruch hier sitzen und warten müsste.

»Aaaaargggghhhhh.«

Jonas schreckte aus seinen Gedanken auf. Das hatte sich eindeutig weniger enthusiastisch angehört. Eigentlich eher nach einem Migräneanfall als nach Begeisterungsgejohle. Kurz darauf schien es ihm, als hätte er einen gedämpften Plumps wahrgenommen, aber da streckte Fozzy bereits seinen Kopf aus der Luke des Ansitzes und fuchtelte aufgeregt mit den Armen herum.

Mann und Hund sprangen umgehend auf, wobei der Hund mehr Gelenkigkeit bewies.

»Du musst sofort raufkommen, deim Freund is was Schreckliches passiert«, flüsterte Fozzy so laut, dass man es am Fuße des hölzernen Aussichtsturmes gerade noch verstehen konnte.

»Um Gottes willen, was denn?«

»Weiß ich nicht, auf einmal hat er keine Luft mehr 'kriegt und is umgefallen.«

Jonas musste die Leiter hoch, selbst wenn Alina ganz Gfrettstätten auf den Plan bellen würde.

»Ich schau derweil auf den Hund«, bot sich Fozzy in telepathischer Weitsicht an.

Also hängte Jonas Alinas Leine kurzerhand um das Gerüst des waidmännischen Bauwerks und erklomm, gleich zwei dünne Holzleistenstufen auf einmal nehmend, die luftige Plattform, die schon beinahe zwischen den Baumwipfeln lag.

Fozzy streckte ihm hilfsbereit eine Hand entgegen, während er in der anderen einen Kranz Extrawurst hielt. Aber in einem derart dramatischen Moment hätte Jonas sich nicht einmal über ein Modellflugzeug oder einen Germguglhupf gewundert. Er hatte nur Blicke für seinen Freund, der im winzigen Innenraum des Hochsitzes hingestreckt und bewegungslos auf dem Boden lag. Um ihn herum kostbares weißes Pulver verstreut. Jonas ließ sich auf die Knie fallen, berührte Manuel vorsichtig an der Schulter und tunkte einen Finger in den wollüstigen Staub. Dann wurde auch ihm schwarz vor Augen. Er sah nicht mehr, wie Fozzy dem Hund die Wurst zuwarf, damit der kurzfristig das Maul hielt. Er schmeckte das Backpulver an seinem Finger nicht mehr. Selbst den Sturz vom Hochsitz bekam er nicht mit, gefolgt von dem Fall von Manuel, der direkt auf ihm landete und sich deshalb einige Knochen weniger brach. Er hörte nicht einmal Alinas grausames Aufjaulen, als Fozzy ihr mit einem Hammer auf den Schädel schlug, um sie danach in Ruhe mit einer ledernen Schleppleine zu strangulieren. Ein Schicksal, das auch den beiden Männern bevorstand.

Bei Jonas ging es relativ schnell. Die Erschütterung durch den unfreiwilligen Absturz aus fünf Meter Höhe hatte sein Gehirn ausreichend durchgeschüttelt, aber Manuel kehrte noch einmal kurzfristig in die Welt der klaren Gedanken zurück. Und bekam vor seinem Übergang in die anorganische Chemie sogar noch einen davon kurz zu fassen.

Das stimmt gar nicht, dachte er, dass man hinterher immer klüger ist. Man kann auch einfach nur besoffen sein – oder schwanger. Oder gar tot. Danach setzte auch seine Hirntätigkeit aus. Endlich war kein Röcheln, Wimmern und Jaulen mehr zu vernehmen, doch dem Damischtaler Würger stand der anstrengendste Teil seines Zeugenbeseitigungsprogrammes noch bevor. Er musste die drei leblosen Körper im dichten Gestrüpp zwischenlagern, um sie dann in einer Nacht- und idealerweise auch Nebelaktion in der Damisch zu versenken.

Mühsam zerrte er die schweren Leichen an den Rand der Lichtung und beförderte sie mit Fußtritten unter die Brombeerstauden. Solange die Beeren nicht reif waren, würde kein Mensch sich hierher verirren. Rasch steckte er den zwei Männern noch die zu diesem Zweck mitgenommenen Gamsbärte in den Mund und befestigte sie vorausschauend mit wasserfestem Klebeband. Der Hund blieb jedoch undekoriert, da der Mörder in der Eile nur zwei Bart-Exemplare hatte auftreiben können. Bis gestern hatte er von der erneuten Notwendigkeit, jemanden umbringen zu müssen, ja noch nichts geahnt. Dann hatten die zwei Schwuchteln ihn auf einmal vor der Klachlkapelle angesprungen. Einer von links, einer von rechts.

»Wir kennen uns doch«, hatten sie nahezu im Duett gesäuselt, »wir sind uns im Stadtpark von Graz mal über den Weg gelaufen.« Fozzy hatte ein sehr schlechtes Erinnerungsvermögen. Sein Gedächtnis war fast noch schlechter als seine Leberwerte. Also zuckte er nur mit den Schultern und hoffte, dass die zwei ihm schnell aus dem Weg gehen würden. Er hatte keine Lust auf Small Talk. Schon gar nicht mit händchenhaltenden Warmduschern.

»Du hattest einen Mops dabei«, meinte der größere der beiden, was die Gesprächsbereitschaft von Fozzy schlagartig hob. Das durfte niemand erfahren, wo doch das ganze Damischtal gerade äußerst sensibilisiert war, was diese Hunderasse betraf. Dann aber stellte sich heraus, dass die zwei Ärsche gar nicht über Hunde, sondern über Crack reden wollten. Dass er mal ein Päckchen seines heiligen Pulvers verloren hatte, daran konnte Fozzy sich erinnern. Es war ein schlimmer Verlust gewesen, ein ganzes Wochenende lang nur Stuss ohne Stoff, aber warum zum Teufel hatten ausgerechnet die zwei Wichser das Crack gefunden? Und dann auch noch die richtigen Rückschlüsse auf ihn und seinen Zeitvertreib ziehen müssen?

Eilig hatte er die beiden hinter den Glockenturm der Kapelle gezogen und ihnen die Erfüllung all ihrer Wünsche in Aussicht gestellt. Genau genommen nahezu den Himmel. Nun ja, mittlerweile waren die zwei auch bestimmt in eben jenem angekommen.

Unter falschem Verdacht

Der Kirchenwirt platzte aus allen Mauerfugen, kaum hatte sich die Nachricht von der Verhaftung des Mostburger Bartl flächendeckend im Damischtal verbreitet. Selbst die traditionell verfeindeten Plutzenberger hatten sich zum geselligen Gerüchteaustausch ins nachbarschaftliche Wirtshaus begeben. Immerhin bezogen auch sie ihre Klapotetzkeulen, Käsekrainer und Blunzenradl vom Fleischer in Gfrettgstätten. An dessen Wurst- und Selchwaren aus hausgeschlachteten Mangalicas war auch wirklich nie etwas auszusetzen gewesen. Nur was Bartls Umgangs- beziehungsweise Ausdrucksformen betraf, die sehr gewöhnungsbedürftig, um nicht zu sagen, archaisch waren, hätte es noch großes Optimierungspotenzial gegeben. Dennoch, das Zeug zum Sexualstraftäter hatte ihr Fleischhauer bestimmt nicht, da waren sich alle einig. Dass sie genau diesen Mann vor nicht einmal einer Woche noch selbst für schuldig gehalten hatten, hatten die situationselastischen Einheimischen längst verdrängt. Nun vertraten sie die Ansicht, dass der Bartl viel zu unkoordiniert für ein derart komplexes Verbrechen war. Dafür hätte es ja Körper, Kopf, strategisches Denken und auch noch eine ruhige Hand – alles zu gleichen Teilen – gebraucht. Jemandem einen Schweinsstelzen über den Schädel zu hauen, das ja, dafür war der Bartl jähzornig genug, aber einer großstädtischen Blondine zuerst unter den Rock und dann an die Gurgel zu gehen, nein, das sah keinesfalls nach Fleischerhandwerk aus. Außerdem, so wurde kolportiert, war das Opfer sogar in anderen Umständen gewesen. Das minimierte dem Bartl seine Täterschaft sowieso um mindestens neunundneunzig Prozent. Der grobschlächtige Mann hatte in seinem gesamten sporadischen Beziehungsleben noch nie etwas mit Hand und Fuß zustande gebracht. Seine letzte Freundin – die auch schon über zehn Jahre her war – hatte ihn verlassen, weil bei ihm die Liebe angeblich nur durch den Magen gegangen wär, während ihr eine ganz andere Art von Fleischeslust vorgeschwebt war. Nein, der Fleischer war kein Würger, da waren sich Plutzenberger wie Gfrettgstättener erstmals in der Geschichte des Damischtals einig. Seine neuerliche Verhaftung aufgrund exakt dieses Verdachts schlug dem behördlichen Fass nun wirklich den Boden aus.

»Des glaubt der van Trottl ja wohl selbst nicht, dass der Bartl in der Nacht herumspaziert und junge Dirndl erwürgt«, befand sogar Balthasar Schragl, der Plutzenberger Fremdenverkehrsobmann und chronisch Zweitgereihte bei der Bürgermeisterwahl. Nie zuvor hatte er für die verfeindete Gemeinde Gfrettgstätten ein verständnisvolles oder gar gutes Wort gefunden, aber für den unsäglich blasierten und ebenso unglaublich verblendeten Polizeioberwaschl konnte er noch weniger Sympathien aufbringen.

Auch Inspektor Kapplhofer hatte sich am Stammtisch eingefunden, wo Köpfe wie Zigaretten gleichermaßen rauchten, um die selbst für ihn unfassbare Verhaftung außerdienstlich zu kommentieren. »Der Chef«, womit natürlich Hauptmann van Trott gemeint war, »also, der Chef hat g'sagt, des ermordete Mensch is ein paarmal mit einem schlanken Typen g'sehen worden, der einen Kapuzenpulli und grüngelbe Schuh ang'habt hat.«

So einer Beschreibung würde der Bartl nicht einmal entsprechen, hätte ihn Picasso in seiner surrealen Periode gemalt, fand Kapplhofer. Kapuzenpulli und Turnschuhe, bunte Turnschuhe, das passte zum Fleischer wie ein Dudelsack zu den Wiener Philharmonikern. Nämlich gar nicht. Ganz abgesehen davon, dass der Mostburger bestenfalls im Vergleich zu Flusspferden oder Nashörnern als schlank durchgehen würde.

Aber van Trott hatte wie stets keine Widerworte hören wollen. Er hatte den tobenden Fleischer direkt von der Schlachtbank zu seinem Dienstwagen verfrachtet, ihm Handschellen angelegt und ihn mit vorgehaltener Pistole zum Einsteigen gezwungen. Danach war er umgehend Richtung Stadt gebraust.

Dem armen Bartl war nicht einmal Zeit genug geblieben, die noch lauwarme Sau auf der Schlachtbank ordnungsgemäß zu zerlegen. »Des is mir wurscht!«, hatte van Trott gebrüllt, als der Metzger um ein paar Stunden Aufschub bat. Und ihn dann energisch und mit einer Dreifachdosis an hauptmännischem Charme nach draußen getreten.

Waidmannsheil und Flüchtlingspech

»Hände hoch, oder ich knall dich ab, du gambrige Sau, du!«, schrie der Pfnatschbacher Willibald in einer Lautstärke durch den Wald, dass selbst den Tannen die Nadeln zu Berge standen. Der Sonntagsjäger hielt voller Stolz seine Flinte im Anschlag, während ihm ganz warm um sein waidmännisches Herz wurde. Es gab doch keinen schöneren Moment im Leben eines Jägersmannes, als einer Beute ins Auge zu blicken, die sichtlich um ihr Leben zitterte. Nun ja, beinahe. Seinen Fang dann auch erlegen zu dürfen, das wäre natürlich noch um einiges schöner, doch dem stand derzeit der Gesetzestext im Wege. Der hauptberufliche Bankdirektor konnte sein Glück nicht fassen. Ausgerechnet er war bei der täglichen Routinepirsch durch die Damischtaler Landschaft auf den oder besser gesagt die Mörder gestoßen.

Seit der Ankunft der Asylantenhorde in ihrem vormals friedlichen Plutzenberg hatten die einheimischen Jäger endlich wieder eine sinnvolle Aufgabe, der sie in Form von nahezu täglichen Runden nachhetzen konnten. Wegen der vom Fremdenverkehrsverband verhängten ganzjährigen Schonzeit zum Schutze der tourismusfördernden Hundeschar hatten sie im letzten knappen Jahr schon unter extremem Entzug gelitten. Da half es auch wenig, stattdessen die Ehefrau zu verprügeln oder dem Nachwuchs den Hintern zu versohlen, der Jagdtrieb wollte ordnungsgemäß befriedigt sein. In den Augen der Plutzenberger Jägerschaft stellte das allgemeine Schießverbot ohnedies eine unfassbare Ungerechtigkeit dar, weil ihre Gemeinde vom Hundezirkus im Nachbarort nicht im Geringsten profitierte. Für sie beschränkte sich die viel gerühmte Umwegrentabilität auf Hundescheiße auf den Kürbis- und Kukuruzäckern. Aber weil die zahlungskräftigen Gäste mitsamt ihren Kötern in ihrem Bewegungsdrang nicht eingeschränkt werden durften, hatte man ihnen einfach ein generelles Jagdverbot auferlegt. Als würden sie einen Dackel nicht von einem Rehbock unterscheiden können. Oder eine blade Mittfünfzigerin mit brünetter Dauerwelle und Haaren auf den Zähnen für eine Wildsau halten. Und wenn so ein deppertes Hundsviech ohne Leine, Maulkorb und Erziehung durch den

Wald lief, dann gehörte es erst recht erschossen. Als ehrbare Waidmänner konnten sie es doch nicht einfach so hinnehmen, dass arme kleine Bambis, arme kleine Fasanenküken oder arme kleine Ferkelchen sinnlos von den Tölen dahingemetzelt würden. Die mussten schließlich groß und stark werden, damit sich der Abschuss auch lohnte. Aber sosehr sie auch gejammert, geklagt und gedroht hatten, der Fremdenverkehr blockierte ihnen gnadenlos den Finger am Abzug. Die guten Gewehre, allesamt zu Staubfängern im Vorzimmerschrank degradiert. Eine wahrhaft himmelschreiende Ungerechtigkeit, die sie elf lange Monate hatten hinnehmen müssen.

Dann war das Flüchtlingspack gekommen. Und mit ihm die Furcht vieler Einheimischer vor Gräueltaten aller Art. Vergewaltigte Frauen, vergiftete Brunnen, verschwundene Hendln und verdreckte Grünstreifen – bei so unzivilisierten Menschenaffen musste man mit allem rechnen. Aber von Leuten, die keinen Schilcher tranken, kein Schweinsschnitzel aßen und nicht Karten spielen konnten, war auch nichts anderes zu erwarten. Integration fand schließlich im Wirtshaus statt, nicht auf dem Gebetsteppich.

Und damit auf diese bedrohlichen Alpträume kein noch bedrohlicheres Erwachen folgte, hatten die Jäger beschlossen, eine Art Heimwehr zu gründen und fortan mit Gewalt und Gewehr ihre Heimat vor bösen Zugriffen zu schützen. Seitdem rotteten sie sich als überparteiliche fundamentalistische Überfremdungsfraktion mindestens fünfmal die Woche zusammen, um dem unwillkommenen Gesindel bei jedem Schritt genau auf die Pfoten zu schauen. Ganz nach dem Motto: »Wozu in die Ferne schweifen, sieh, das Böse liegt so nah. Brauchst nur dein Gewehr ergreifen, und gebannt ist die Gefahr.« Diese bedrohlichen Gestalten waren ja fast alle jung, stark, männlich, bestimmt gewaltbereit und offenbar absolut arbeitsscheu. Den lieben langen Tag taten sie nichts anderes, als spazieren zu gehen. So schön hätten sie es auch mal gern gehabt. Und dazu noch drei warme Mahlzeiten pro Tag. Ohne Gegenleistung. So ein Verhalten sollten sich ihre Jugendlichen mal leisten.

Aufgrund des bräunlich eingefärbten Tunnelblicks sowie

einer waidmännischen Gewohnheit zur exakten Fokussierung bewiesen die Beschützer des gemeindeeigenen Wohlergehens keine echte Weitsicht, was den Befürwortern der lokalen Mitmenschlichkeit wiederum sehr missfiel. Asylwerber hätten ja generell Beschäftigungsverbot, warfen sie ein, zudem würden auch Frauen und Kinder im ehemaligen Krankenhaus leben, und man solle ihnen allen doch wenigstens eine Chance geben, statt sie unter Generalverdacht zu stellen. Doch ihre Aufklärungsversuche fanden kein Gehör. Und so gingen sie halt Tag für Tag gemeinsam in Gottes schöner Natur spazieren, die Jäger und die Gejagten. Zweitere schlichen voran, Erstere folgten mit ein paar hundert Metern Abstand. Allerdings nicht, um die Privatsphäre dieses Gesindels zu wahren, sondern um sich und ihre Hunde ein wenig im Fährtenlesen zu trainieren. Sonst kämen sie ja ganz aus der Übung.

Und nun bewies sich, dass ihre Verfolgungstouren nicht umsonst gewesen waren. Willibald Pfnatschbacher, der vor Aufregung glänzende Augen und Schweißperlen auf der Stirn bekommen hatte – vielleicht auch vor Jagdfieber –, hatte soeben den Würger vom Damischtal auf frischer Tat ertappt.

Umringt von mindestens einem Dutzend lernwilliger Assistenten, kniete einer der Moslembrüder auf dem Boden und drückte einem anderen Mann auf die Brust. Wobei der andere bestimmt kein Araber war, weil der ganz sauber aussah, mit beigen Hosen und einem weißen Hemd. Und rasiert war er auch. Von den mitteleuropäischen Sekundärtugenden hatten solche Leute ja keine Ahnung; die kannten sich mit Sprengstoffgürteln oder mit Tellerminen aus, aber garantiert nicht mit Bügeleisen oder Rasierapparat.

Wer weiß, was die mit dem Opfer noch alles angestellt hätten, wäre er nicht rechtzeitig um die Ecke gebogen. Offenbar hatten die es zudem an den Ohren. »Pfoten in die Luft!«, rief er daher zum zweiten Mal und fuchtelte zum eindeutigeren Verständnis mit seiner Flinte in der Luft herum. Doch die zwei auf dem Boden bewegten sich nicht, also zumindest der gut gekleidete nicht, während der andere ihn nach wie vor brutal angrapschte, ja sogar zu küssen versuchte.

Dafür starrten ihn alle anderen entsetzt an. Die meisten von ihnen hatten sogar brav die Hände erhoben, mit den Handflächen nach außen und hoch über den Kopf.

»Doktor, müssen Doktor kommen«, radebrechte endlich einer der Mittäter und wies dabei auf den Liegenden.

Da seine Jagdgenossen, angelockt von seinem Geschrei, mittlerweile ebenfalls die Waldlichtung betraten, machte Pfnatschbacher einen Schritt weiter nach vorne, um das Geschehen aus nächster Nähe zu beurteilen.

Bei den groben Hand- und Mundgreiflichkeiten könnte es sich mit etwas Phantasie natürlich auch um Wiederbelebungsversuche handeln, musste der Jäger sich eingestehen. Doch wozu den Mann dann erst abmurksen?

»Doktor, Doktor«, stotterte der Wortführer der Mörderbande nun immer verzweifelter und machte dabei unmissverständlich die Geste des Halsabschneidens.

Pfnatschbacher begann zu verstehen. Diese Haderlumpen wollten sich einfach um ihre Strafe drücken. Vielleicht hatte es sich ja sogar bis zu ihnen herumgesprochen, dass es in Österreich so was wie Gesetze gab. An die man sich selbst dann halten musste, wenn man weder schreiben noch lesen konnte.

»Sepp, ruf die Rettung an. Und vor allem die Polizei. Wir passen derweil auf die Bagage auf.« Vor lauter Wichtigkeit war Willibald um mindestens zehn Zentimeter gewachsen.

Die anderen Jäger perlustrierten inzwischen die nähere Umgebung. Damit nicht ein zweiter Attentäter im Hinterhalt lag. Mit Sprengstoffgürtel und allem Drum und Dran, wie es deren Tradition war.

»Bist du deppert, da ist noch ein Higer!«, meldete sich kurz darauf der Schwartlinger Benno zu Wort.

Im beinahe undurchdringlichen Gestrüpp, nicht einmal drei Meter vom ersten Tatort entfernt, hatte der Benno einen zweiten Mann entdeckt. Dieser sah allerdings nicht mehr waidwund, sondern schlichtweg mausetot aus. Als Jäger hatte Benno ein erprobtes Auge für den sogenannten gebrochenen Blick. Da war nichts mehr zu machen. Dennoch bückte er sich, schob ein paar Äste zur Seite und berührte den Toten am Hals. Kein Puls, kein zartes Pochen, nichts. Dafür ein Gamsbart, der im Mund der Leiche steckte. Und eine hellbraune Hundepfote sah der Benno auch. »Jessasmariaundjosef, des is ja ein muslimischer Massenmord!«, brüllte nun auch er los. »Und den wollen s' uns dann auch noch in die Schuh schieben. Die Gfraster, die verfluchten. Aber wir werden uns mit unserer Puffn schon zur Wehr setzen.«

Frenetisches Nicken von allen Seiten, wobei die Begeisterung vor allem dem letzten Punkt galt.

»Is ja allah-hand«, entfuhr es sogar dem schüchternen Hasenfuß der Truppe, der aus lauter Angst vor Jagdunfällen immer nur mit Warnweste in den Wald ging.

»Aufhängen sollten mir s' alle, bevor s' den halben Ort ausg'rottet haben«, fasste der Willibald das allgemeine Wunschdenken präzise zusammen.

Aber Gesetz war Gesetz. Zudem hatten sie weder genügend Stricke noch einen derart tragfähigen Galgen zur Hand. Und an den Maibaum oder die Klapotetze konnten sie diesen Abschaum der Menschheit auch nicht hängen. Das würde das Ortsbild zu sehr verschandeln.

Also standen sie weiterhin tatenlos herum und warteten auf den Arm des Gesetzes. Sie hatten die Banditen zwar zur Strecke gebracht, doch weil sie nicht im Wilden Westen, sondern im faserschmeichlerischen Österreich lebten, mussten sie ihre Beute den Behörden zum alleinigen Fraß vorwerfen. Die blutrünstigen Heger und Pfleger des heimischen Wildbestands bekamen erstmals eine genaue Vorstellung davon, wie ihre Jagdhunde sich fühlen mussten, wenn die nach getaner Arbeit mit leeren Fängen dastanden und auf Almosen hofften.

So wie sie. Gemeinderat, Fremdenverkehrsbehörde oder Landespolizeidirektion würden ihnen vielleicht einen fetten Orden umhängen, aber ein echtes Kesseltreiben hätte sie mehr erfreut.

Da Inspektor Kapplhofer aber gerade bei der Nachmittagsjause saß und nicht wollte, dass die dampfenden Wuchteln sich eine Erkältung zuzogen, weil er sie allzu lange warten ließ, und weil dessen Vorgesetzter erst aus der Landeshauptstadt anreisen musste, trafen die Sanitäter mit großem Vorsprung vor der Staatsgewalt am Ort des Geschehens ein.

Noch bevor die flotte Erste-Hilfe-Truppe auf der Lichtung erschien, war bereits deren konzertantes »Leck mi am Oarsch!« zu hören. Da die Waldlichtung nicht einmal durch einen Forstweg an die Zivilisation angeschlossen war, mussten die Rettungsmänner einen langen Fußweg bewältigen und dabei Gerätschaften wie Tragebahre mühevoll zwischen den Bäumen hindurchmanövrieren. Erst beim Anblick der versammelten Jägerschaft hielten sie kurz an. Das Ganze sah grotesk aus. Wie eine Treibjagd auf Menschen. Die Jäger hatten die Gewehre im Anschlag, die Asylanten die Arme erhoben, und einer lag reglos auf dem Boden.

»Was geht denn da ab?«, fragte der jüngste der Ersthelfer. Vermutlich der turnusmäßige Zivi, ohne den der Betrieb nicht aufrechtzuerhalten wäre, seit das Krankenhaus zur Flüchtlingsherberge degradiert worden war.

Aus Rentabilitätsgründen, hatten die Zuständigen den Einwohnern des Damischtals zu erklären versucht, diese Volksverräter. Und sie, das leidtragende Volk, hatten seitdem nicht nur Kranke und Verletzte, sondern auch noch Mörder und Ermordete am Hals. Zumindest nach Ansicht der gerade besonders aufgebrachten Jäger.

»Wir haben die Würger auf frischer Tat g'stellt«, erklärte Willibald Pfnatschbacher der gesundheitlichen Hilfstruppe und warf sich so stolz in die Brust, wie es mit einer Flinte im Anschlag gerade noch ging. Das »wir« hatte ihn zwar einige Überwindung gekostet, aber das war er dem Korpsgeist der Jäger schuldig. Am Stammtisch würde er die ganze Angelegenheit schon richtigstellen.

»Na geh.«

Die Junghupfer schienen komplett unbeeindruckt von der Sache zu sein. Einer von ihnen, mit Glatze und Sonnenstudioverbrennungen, vermutlich der, der in den Ferien in der Pathologie mal die Böden geschrubbt hatte und sich seither als Einziger seiner Fachkenntnisse rühmen durfte, hatte sich bereits zu dem Opfer auf den Boden hinuntergebeugt und tastete es ab. Dann schloss er den Mann an seltsame Apparate an, sprach leise in sein Mobiltelefon und klopfte dem Haupttäter anerkennend auf die Schulter. Die beiden schienen sich sogar zu unterhalten, was angesichts der Umstände wie auch der Sprachbarrieren eigentlich gar nicht sein konnte. Willibald Pfnatschbacher schüttelte den Kopf.

Aber der vermeintliche pathologische Bodenpfleger blieb nicht lange am Boden. Er schien alles geklärt zu haben und trat nun direkt auf Pfnatschbacher zu. Als er nur noch eine Armlänge vom Jäger entfernt war, konnte dieser auf dem blassgrünen T-Shirt das Namensschild lesen: »Dr. med. Mohammed Azdari«.

Damit hatte Willibald jetzt nicht gerechnet. Noch ein Ausländer. Und dem Namen nach aus einem der unchristlichen Krisengebiete, in denen die Frauen bei der Heirat noch in Kamelen aufgewogen wurden. Für einen kurzen Moment freute sich der Waidmann ganz bewusst seines ausgezeichneten Gesundheitszustandes. Nicht auszudenken, wenn er sich in die medizinische Obhut von so einem Kameltreiber begeben müsste. Beruhigenderweise konnte der zumindest nicht Gedanken lesen, sonst wäre es um die körperliche Unversehrtheit des Pfnatschbachers möglicherweise rasch ein wenig schlechter bestellt gewesen.

»Nur zu Ihrer aller Information: Aufgrund multipler lebensbedrohlicher Verletzungen ist der Patient nicht transportfähig, daher habe ich einen Rettungshubschrauber angefordert, der in Kürze hier sein sollte. Im Interesse Ihrer eigenen Sicherheit muss ich Sie bitten, die Lichtung nun umgehend zu räumen.«

Das hörte sich zwar schon ein wenig komisch an, aber Pfnatschbacher hatte alles verstanden. Was ihn sehr verwunderte. »Sie sprechen Deutsch?«, entfuhr es ihm.

»Sie nicht?«, konterte der Arzt, was die zögerliche interkulturelle Annäherung rasch zum Erliegen brachte.

»Aber«, so leicht gab sich der hauptberufliche Bankdirektor dann doch nicht geschlagen, »als Augenzeugen sind wir dazu verpflichtet, auf das Eintreffen der Polizei zu warten.« Auch er konnte geschraubtes Hochdeutsch reden, wenn es denn sein musste. Wahrscheinlich kapierte der akademische Kameltreiber eh kein Stoasteirisch.

»Außerdem haben wir die Damischtaler Würger gestellt, gell. Also die gesamte Nation vor einer Bedrohung gerettet. Die können wir ja nicht einfach wieder laufen lassen, solchene

Menschen«, dem ausländischen Arzt zuliebe hatte er das Gesindel nicht beim richtigen Namen genannt, »sind gemeingefährlich.«

»Einer dieser Menschen hat dem beinahe Ermordeten das Leben gerettet«, warf der Arzt ein. »Ohne sein Eingreifen wäre der Mann noch vor unserem Eintreffen seinen schweren Verletzungen erlegen.«

»Zuerst niederwürgen und dann auf Retter in der Not machen, das ist aber wirklich keine gute Tat.« Willibald Pfnatschbacher hatte schon mit einheimischen Gutmenschen ein Problem. Geschweige denn mit einem ausländischen Mörder, der allein durch sein todesmutiges Eingreifen an der Vollendung seiner Untat gehindert worden war und nur aus strategischen Gründen einen Umkehrschwung eingelegt hatte, um nicht noch zum Doppelmörder zu werden.

»Das kann ich nicht beurteilen, das ist Aufgabe der Polizei. Ich kann nur Aussagen über den jeweiligen Verletzungsgrad und die damit verbundene Überlebenschance treffen.«

»Na, vielleicht könnten S' auch ein paar Aussagen über den Ablebensgrad der Leichen dort drüben treffen«, brachte der Jäger nun seinen Wissensvorsprung ein. Um keine Beweismittel wie Finger- oder Fußabdrücke zu zerstören – davon wurde in einschlägigen Fernsehserien ja immer nachdrücklich gewarnt –, hatten die Waidmänner die zwei Leichen im Gestrüpp liegen lassen. Nicht aus Pietätlosigkeit. Aber für die beiden wäre ohnehin jede Hilfe zu spät gekommen.

Dr. Azdari erstarrte. »Was sagen Sie da?«

Jetzt geriet Pfnatschbacher in ein Faust'sches Dilemma. Zwei Seelen bekriegten sich, ach, in seiner Brust. Einerseits hätte er dem arroganten Pillendreher durch den Anblick der beiden Kadaver gern so richtig eins ausgewischt, zumindest symbolisch gesprochen, andererseits würde er dadurch seiner Beute den Rücken zuwenden müssen. Nach heftigem inneren Ringen beschloss er, die Oberaufsicht kurzfristig an einen seiner vier Kollegen abzugeben. Als versierte Sonntagsjäger hatten auch sie die Finger schnell am Abzug, um einen Fangschuss abzugeben, sollten die begehrten Trophäen einen unerwarteten Kopfrettungsversuch wagen.

Leider passierte nichts von beidem. Weder suchten die Asylwerber das Weite, noch verlor der Arzt beim Anblick der Würgeopfer die Fassung.

Nachdem er, misstrauisch beäugt von der gesamten Jägerschaft, nur noch den definitiven Tod hatte feststellen können, zuckte er mit den Schultern und meinte: »Da hat die Polizei jetzt wohl mal richtig was zu tun.«

Willibald Pfnatschbacher war enttäuscht. Etwas mehr Enthusiasmus hatte er sich schon erhofft. Oder zumindest eine angemessene Panikreaktion. Immerhin lagen zwei frisch Erwürgte vor ihnen im Unterholz, während die Würger geschlossen hinter ihnen auf der Lichtung standen.

Doch kaum hatte der Arzt sich mit eigenen Augen davon überzeugt, dass vor Ort keine ärztliche Hilfe mehr vonnöten war, schien er das Interesse an der Sache zu verlieren. Ohne einen weiteren Kommentar wandte er sich ab, zog sein Mobiltelefon hervor und widmete sich der virtuellen Wischerei. Weil der Jungmediziner aber multitaskingfähig war, schaffte er es, dem Oberjäger dabei noch ordentlich ins Gewissen zu reden. »Ah, eins noch. Stellen Sie endlich Ihr ›Hände hoch!‹ ab. Eine derartige Haltung führt über längere Zeit zu Schmerzen und Durchblutungsstörungen. Das sind ja Nazi-Methoden. Die Leute laufen Ihnen sowieso nicht davon, solange sie von allen Seiten mit Waffen bedroht werden. Außerdem sind diese Menschen möglicherweise bereits durch Kriege und Verfolgungen traumatisiert. Ihnen dann ein Gewehr vor die Nase zu halten, ist in meinen Augen schlichtweg Folter.«

Willibald Pfnatschbacher riss Augen und Ohren auf. Das war doch nicht zu fassen, was der Grünschnabel sich da gerade herausgenommen hatte! Der hatte wohl selbst einen Schuss abbekommen? Derartig hirnloses Geschwätz ging nicht nur auf keine Kuhhaut, sondern auch auf keinen Ärztekittel. Sollten sie für eine Bande sozialschmarotzender Schwerverbrecher vielleicht noch Armlehnstühle aufstellen, belegte Brote reichen und ein bequemes Kissen unter den Hintern schieben? Am liebsten hätte er diese promovierten Oarschkrätzn gleich mit über den Haufen geschossen, aber bevor Pfnatschbacher seinen psychohygienischen Gewaltphantasien weiter freien Lauf lassen konnte, waren bereits Rotorengeräusche zu hören.

»Ich muss Sie jetzt bitten, endlich vom Landeplatz wegzutreten. Und zwar ausnahmslos alle.«

»Wir sind alt genug, um selbst auf uns aufzupassen«, konterte Pfnatschbacher. Und um die anderen is eh nicht schad, fügte er in Gedanken hinzu.

»Seien Sie nicht kindisch. Haben Sie je die Landung eines Hubschraubers erlebt? Wissen Sie, wie gefährlich so was sein kann?« Dr. Azdari hatte seine Nerven eindeutig besser unter Kontrolle als der Jäger, dessen Gesichtsfarbe mittlerweile den gesunden Bereich verlassen hatte und sich in Richtung bedrohlicher Bluthochdruck entwickelte. Was dem Expertenblick des Arztes nicht entging. »Übrigens sollten Sie dann auch alt genug sein, um etwas gegen Ihren Bluthochdruck zu unternehmen. Vorausgesetzt natürlich, Sie überleben die Hubschrauberlandung.«

Die anderen Jäger, die sich bislang aus Gründen der Waidmannsehre und -ethik in rhetorischer Zurückhaltung geübt hatten – einem Schützenkameraden machte man die Beute nicht abspenstig –, begannen aufgeregt miteinander zu tuscheln.

Weder wollten sie den Befehlen dieses dahergelaufenen Kotzbrockens Folge leisten noch vor der Schilchersturmzeit von Rotorenblättern zermalmt werden. Im Zweifelsfalle rettete man halt doch lieber die eigene Haut als den kollegialen Ruf. Daher standen die vier zunehmend unschlüssig herum, als zum Glück für das allgemeine Wohlergehen Ferdinand Kapplhofer forschen Schrittes auf der Lichtung erschien.

Mit einer Hand fuchtelte er wild in der Luft herum, mit der anderen hielt er sich sein Diensthandy ans Ohr. Ein Anblick, mit dem die Einheimischen nicht wirklich vertraut waren. Und was der Bauer nicht kennt, das jagt ihm bekanntlich Angst ein. Dazu gehörten fremdländische Menschen, fremdländisches Essen, fremdländische Sprachen und fremdländische Kopfbedeckungen. Nur bei ebensolchen Automarken zeigte selbst der bodenständigste Plutzerproduzent interessanterweise keine Berührungsängste. Zudem galten hierzulande auch Borkenkäfer,

Bildungsreformen und Baseballmützen als durchaus besorgniserregend. Und natürlich unheimliche Begegnungen der dritten Art wie etwa mit ihrem Dorfpolizisten in Bewegungseuphorie.

»Weg da, alle miteinand«, stieß Kapplhofer mühsam keuchend hervor, steckte das Mobiltelefon ein und zog stattdessen seine Dienstwaffe hervor. »Das ist ein Tatort und kein Spielplatz.« Jetzt zielte er mit der Waffe sogar in die Menge.

Ein Szenario, das den eingeborenen Damischtalern fremdartiger vorkam als die Initiationsrituale der Amazonas-Indianer. Wo ihr gemütlicher Gendarm bislang wirklich nie etwas Gefährlicheres in den Händen gehalten hatte als Messer, Gabel oder einen Bleistift. Das konnte nur zweierlei bedeuten. Entweder hatte der gute Mann einen Sonnenstich abbekommen, es war doch relativ heiß heute, und im Unterschied zu den gut behüteten Waidmännern saß auf Kapplhofers Kopf kein Kappl. Oder es war wirklich Feuer am Dach der Landespolizeidirektion ausgebrochen, was angesichts der Brisanz der Umstände kein Wunder gewesen wäre.

Die besorgten Jäger waren jedenfalls heilfroh, sich ihrem Dilemma der Solidarität mit Willibald Pfnatschbacher entziehen zu können, und suchten eilig das Weite. Da über den umstehenden Wipfeln immer weniger Ruhe herrschte, musste sich der Rettungshubschrauber bereits im Landeanflug befinden. Dennoch verharrten der Arzt, Willibald Pfnatschbacher und dessen Fang immer noch – mehr oder weniger – freiwillig auf der Lichtung, dem improvisierten Hubschrauberlandeplatz.

Wobei die Asylwerber anfingen, akute Panikreaktionen zu zeigen. Da die Flüchtlinge aus Kriegsgebieten stammten, in denen statt allem Guten nur viele Bomben von oben kamen, beunruhigte sie Hubschrauberlärm weitaus mehr als vorgehaltene Schrotflinten. Im Nahkampf würden sie sich vielleicht noch behaupten können, aber Luftangriffen wären sie hilflos ausgeliefert.

Bevor eine allgemeine Meuterei ausbrechen konnte, wiederholte Kapplhofer seinen Räumungsbefehl. Dass nun auch der Oberpuffnmeister mit seiner Beute ohne weitere Widerworte abzog, war allerdings der strategischen Fußnote des Inspektors zu verdanken. Der Workshop über Konfliktvermeidung und

Deeskalationsmethoden, zu dem man ihn im Vorjahr zwangsverpflichtet hatte, war offensichtlich nicht ganz umsonst gewesen. Im Sinne der friedlichen Kooperation hatte er den Pfnatschbacher um Mithilfe beim Gefangenentransport gebeten, zwecks sicheren Geleits. Und ihn darauf aufmerksam gemacht, dass geschredderte Verdächtige keinerlei Geständnisse mehr ablegen konnten und demnach mit jedem Rotorblattschlag die Hoffnung auf lebenslängliche Haft sank. Was den Waidmann umgehend zu einem Kurswechsel Richtung Abzug bewogen hatte.

Die Flüchtlinge zogen erleichtert mit. Sie wollten sowieso nicht fliehen, das hatten sie ja in den letzten Wochen schon hinter sich gebracht. Nun wähnten sie sich eigentlich auf sicherem Terrain, Zehntausende Kilometer fern ihrer Heimat. Daher verstanden sie nicht, warum die grün gekleideten Männer mit den komischen Hüten sie mit Waffen bedrohten. Österreich war doch angeblich ein Land, in dem seit Ewigkeiten Frieden herrschte. Zudem hatten sie ihres Wissens und Gewissens nicht das Geringste getan, das ein derartiges Verhalten rechtfertigte. Aber natürlich kannten sie sich weder mit der vorherrschenden Gesetzeslage noch mit den Sitten, Gebräuchen und Gepflogenheiten der Einheimischen aus. Nicht einmal nachfragen konnten sie, weil das an der gemeinsamen, völkerverbindenden Sprache scheiterte. Die Asylwerber konnten kein Deutsch, aber recht gut Englisch, mit den Einheimischen verhielt es sich eher umgekehrt. Aber im Grunde wollten ohnedies nicht alle mit ihnen sprechen, fast die Hälfte der Dorfbevölkerung hielt nicht nur die empfohlene Armeslänge, sondern sogar eine Straßenbreite Abstand zu ihnen. Ganz freiwillig. Die andere Hälfte wog das Misstrauen der einen durch verständnisvolle Hilfsbereitschaft zwar wieder auf, aber die war gerade nicht vor Ort beziehungsweise im Wald, um sie über das seltsame Gebaren der bewaffneten Männer aufzuklären. Allein der Arzt hatte ansatzweise verstanden, dass sie mittels Mund-zu-Mund-Beatmung und Herzmassage versucht hatten, den zweiten erwürgten Mann am Leben zu erhalten, doch die Männer in Grün hatten bei dem Anblick offenbar nur rotgesehen. Jedenfalls wurden sie nun erneut mit vorgehaltener Flinte, sekundiert von einer Pistole, an der Fortsetzung ihres

Spaziergangs gehindert. Doch weil man sie zumindest aus der Gefahrenzone des Hubschraubers trieb, leisteten sie keinen Widerstand und trabten willig mit.

Einzig den Schwartlinger Benno hatten sie zur Absicherung des Tatorts zurückgelassen. Er sollte bis zum Eintreffen von Hauptmann van Trott auf der Waldlichtung ausharren und den Schauplatz der Verbrechen gegen Eindringlinge jeglicher Art verteidigen. Außer einem vorwitzigen Eichkätzchen ließ sich allerdings nichts und niemand blicken. Der Arzt war mit dem Verletzten im Rettungshubschrauber davongeflogen, die Sanitäter unverrichteter Dinge abgezogen, und die vermeintlichen Mörderbuben wurden streng bewacht Richtung Polizeirevier getrieben, wo sie ein Fahrzeugkonvoi in die Landeshauptstadt bringen würde. Und danach auf immer und ewig hinter Gitter. Was man ja, aktuellen Auswüchsen einer neuen Heimatliebe zufolge, hoffentlich noch sagen und hoffen durfte, ohne dafür gleich ins rechte Eck gestellt zu werden.

Zuvor jedoch bekamen die Dörfler noch Dinge zu sehen, die sie bislang nur aus amerikanischen TV-Serien kannten. Oder aus virtuellen Postings der Pegida-Propagandisten. Da marschierte eine Gruppe abgerissener Gestalten im Gleichschritt und mit erhobenen Händen mitten über den Hauptplatz. Hinten trieben der Pfnatschbacher Willibald und drei andere Waidmänner sie an, vorne bremste der Ferdinand Kapplhofer den Tross wieder ab, weil ihm die Kondition für flotte Fußmärsche fehlte. Und alle hielten sie ihre Puffn im Anschlag. Bis auf den Inspektor, der beide Hände fest an seine Uniformjacke gepresst hatte.

So einen Umzug hatte es in Gfrettgstätten das letzte Mal im Zweiten Weltkrieg gegeben, aber daran konnten sich nur die Älteren erinnern, sofern sie noch nicht alzheimerisierten. Die meisten Damischtaler hatten nur die Nachgeburt jener schlimmen Zeit erlebt. Damals hatte sich bis 1989 ein undurchdringlicher eiserner Vorhang mitten durch ihre Winzertrassen und Bundesstraßen gezogen und das einstige Jugoslawien von der Steiermark abgetrennt. Davon war heute natürlich nichts mehr zu sehen, der Fremdenverkehr floss im wahrsten Sinne des Wortes grenzenlos von hier nach dort, und abgesehen von ein paar verwitterten Schildern im Wald, auf denen »Achtung Staatsgrenze« stand, gab es keine authentischen Relikte mehr. Bei den stacheldrahtbewehrten Barrieren, auf die Pedalritter wie Wandervögel mittlerweile erneut an manchen Stellen stießen, handelte es sich um Nachbauten aus der Neuzeit. Mit ihnen wollte die Staatsmacht den Flüchtlingsstrom in behördlich genehmigte Bahnen leiten. Ein frommer Wunsch, der leider nicht einmal in Gottes Ohr Gehör fand, geschweige denn bei den Massen an Vertriebenen, die in den letzten Monaten durch die Steiermark Richtung Merkel-Land zogen. Nur verschlug es diese Menschen üblicherweise nicht mitten auf ihren Dorfplatz, und einen Escortservice hatte die einheimische Jagdaufsicht bislang auch noch nie im Angebot gehabt.

Daher stieß das, was sich nun vor aller Augen abspielte, erneut an unüberwindliche Grenzen, wenngleich diesmal vor allem an die des eigenen Verstands. Den Gfrettgstättenern mit kriegerischer Vergangenheit stiegen die Grausbirnen auf, während die jüngere Generation ernsthaft ihre Trinkgewohnheiten überdachte. Vielleicht sollten sie statt zum Schilcherkrug doch öfter zum Wasserglas greifen, selbst wenn diese bestenfalls blasenanregende Flüssigkeit ihrer Ansicht nach nur zur äußerlichen Körperpflege geeignet war. Letztlich aber blieben ihnen die nahezu umstürzlerischen Gedanken im Hirn stecken, denn der geheime Blick hinter Gardinen- oder Vorgartenhecken hervor auf die Straße erforderte ihre ganze Konzentration.

»Dass ich des noch erleben muss«, murmelten die Alten erschrocken und stockten in Gedanken bereits ihre Waschmittelvorräte auf. So ein Krieg war an und für sich schon ein dreckiges Geschäft, da sollte man zumindest saubere Hemden und Hände haben.

»Dass ich des noch erleben darf«, twitterten die Jungen begeistert, sahen ihre Anzahl an Followern ins Unermessliche steigen und bauten sich auf Facebook bereits eine Seite als künftige Kriegsberichterstatter.

Nur Kapplhofer dachte nicht an Krieg, sondern vielmehr an Kapitulation. In Kürze würde er erneut auf seinen bärbeißigen, intoleranten und pflichtverliebten Vorgesetzten treffen müssen, um ihm die Horde an vermeintlichen Tatverdächtigen zu übergeben. Dank waidmännischem Geleitschutz war die Gruppe von Asylwerbern vollständig bis an ihr behördliches Ziel gelangt. Allein der korrekten Dienstkleidung des Inspektors mangelte es erneut an Vollständigkeit. Er hatte sich nicht getraut, seine Uniformmütze aufzusetzen, weil die dämliche Katze sie als Nagelkissen benutzt hatte. Nun verunzierten dicke Kratzer den Stoff, und das metallische Emblem hing an einer Seite lose herunter. Damit durfte er van Trott keinesfalls unter die Augen treten. Ein derart ramponiertes Stück polizeilichen Staatseigentums hätte garantiert seinen unmittelbaren Antritt der Invaliditätspension zur Folge. Aber weil schlimmer immer ging, bekam er zudem seine Uniformjacke nicht mehr zu. Sosehr der Inspektor sich auch bemühte, den Bauch einzuziehen, seine Jacke und er hatten sich eindeutig auseinandergelebt, daran konnte auch das frisch gebügelte Uniformhemd nichts mehr ändern.

Van Trott würde ihn so lange in Grund und Boden brüllen, bis der Inspektor sich mit einer akuten Nervenwurzelentzündung freiwillig im Archivschrank verkroch. Und deshalb mindestens drei warme Mahlzeiten versäumte. Am liebsten hätte er mit einem der Syrer getauscht. Der war bestimmt früher wieder auf freiem Fuß als er. Der Hypothese einer Würgegruppe mit Migrationshintergrund, Gewaltphantasien und Gamsbartsammelstelle schenkte der Inspektor ebenso wenig Glauben wie der unbefleckten Empfängnis. Oder dem kriminalistischen Gespür des Polizeihauptmanns. Doch leider würde man ihn nie danach fragen.

***

Ähnlich erging es dem unglücklichen Kevin-Karl. Auch ihn fragte niemand nach seinem desaströsen Befinden. Außer der Rosi Filipić, bei der er an fast jedem Nachmittag seinen Kummer, kalorisch anregend verpackt, in sich hineinfraß. Nach der mathematischen Endlosschleife mit Bertl und Franzl und vor seinen gleichfalls endlosen Frustrationsrunden durch die lieblose

Landschaft saß er gern bei der Zimmerwirtin in ihrer gemütlichen Küche. Dort versuchte er krampfhaft, durch konzentrierte Nahrungsaufnahme wenigstens kurzfristig nicht an die blond bezopfte Kathi zu denken.

»Armer Bub, das Leben geht weiter, glaub mir«, tröstete die Rosi das Urlauberkind. Auch wenn das Kind schon vierzehn war. Seine Situation veranschaulichte der Rosi, dass es für Liebeskummer kein richtiges Alter gab, dafür war man nie zu jung und auch nie zu alt.

Kevin-Karl jedenfalls fühlte sich nach wie vor, als hätte das Mädchen ihm das Herz aus der Brust gerissen. Ohne groß darüber nachzudenken, so als wäre es ein nachwachsender Rohstoff. Und jedes Mal, wenn er seine erste große Liebe mit dem doofen Schorsch irgendwo händchenhaltend herumstehen oder -gehen sah, brach die Wunde von Neuem auf. Insofern wäre es natürlich weitaus weniger schmerzhaft gewesen, einfach daheimzubleiben. Oder mit den zwei mathematisch Minderbegabten Fußball zu spielen. Doch Kevin-Karl musste seinen sentimentalen Kreuzweg gehen. Tag für Tag quälte er sich stundenlang durch die Landschaft, um zumindest einen Blick auf Katharina zu werfen, die ihrerseits nur noch Augen für Schorsch hatte. Kurzfristig hatte Kevin-Karl sogar erwogen, es mit Laufen zu versuchen. Angeblich wurden nach einer gewissen Anzahl bewältigter Kilometer haufenweise Glückshormone ausgeschüttet. Aber nicht bei ihm. Bei ihm wurden nur die Schweißdrüsen angeregt, während die Kniebänder schmerzten und die Gelenke krachten. Dass man seine Lebenserwartung angeblich um zwei Jahre verlängern konnte, sofern man vier Jahre mit Laufen verbrachte, war ihm auch kein spontaner Trost. Deshalb kehrte er zur Bummelschrittgeschwindigkeit zurück. Katharina war ihm ohnedies schon davongelaufen.

Der Junge hatte es so was von satt, eine Existenz als wandelndes Leerzeichen zu führen. Selbst der sprichwörtliche Strich in der Landschaft erregte scheinbar mehr Aufmerksamkeit als er. Dabei gab er sich beim Essen mittlerweile wirklich Mühe, um zumindest etwas an bemuskelter Benutzeroberfläche zuzulegen. Wenigstens musste er dank Rosi Filipić nicht allein von Luft und Liebe leben. In seinem jugendlichen Alter war die Luft ja auch noch ziemlich dünn. Und umgeben von all den testosteronlastigen Schorschs in der Umgebung wäre er auch zum Verhungern verdammt gewesen. Was sollte seine frühpubertäre Leidenschaft schon gegen spätpubertäre Bartstoppeln ausrichten? Er jedenfalls wurde bestenfalls nach weiblicher Lust und Laune versetzt. Oder schlimmstenfalls gar nicht zur Kenntnis genommen. Seine ehemalige Kathi hatte ihm ihren Busen in der freien Natur definitiv entzogen. Nun sah sie über ihn hinweg wie über ein Stück unfruchtbares Brachland. Dabei begehrte Kevin-Karl nichts sehnsüchtiger, als endlich kein Auslassungszeichen mehr zu sein, sondern ein dicker, fetter Doppelpunkt.

All seine Bemühungen, dem blonden Engel allein über den Weg zu laufen, hatten zwar bislang nicht gefruchtet, aber dafür kannte der Junge die Landschaft rund um Gfrettgstätten und Plutzenberg mittlerweile besser als jeder Borkenkäfer, Maiswurzelbohrer oder Vogelstimmenwanderer. Er wusste über die besten Pilzplätze und die uneinsehbaren Bumsstellen ebenso Bescheid wie über die Vorliebe vom Unterkofler, zur Mittagszeit seine Jauche auszufahren, oder über die wandelnden Besitzverhältnisse der Grenzsteine zwischen den Plutzenberger und den Gfrettgstättener Kürbisäckern. Aber solche Sachen berührten ihn in keinster Weise. Er war weder an Pilzen noch am Petzen interessiert, nur an Kathi. Und die ließ sich selten sehen. Dafür lernte Kevin-Karl die gesammelte Artenvielfalt an Damischtaler Demenz kennen, unter der – irgendwie hatte er das aus dem Psychologieunterricht anders in Erinnerung – komischerweise auch recht junge Menschen zu leiden schienen. Vielleicht hing das ja mit dem übermäßigen Genuss von Alkohol zusammen, den sie hier bereits im Vorschulalter konsumierten. Auf die eine oder andere Weise gingen Damischtaler wie Touristen augenscheinlich entweder mit den Hunden oder vor die Hunde. Im Hotel, auf den Hundewiesen und entlang der Flussauen war man vor dem Mordfall ständig mit einer imposanten Rassenvielfalt an Fellnasen und deren Besitzern kollidiert. Selbst im Speisesaal war das dezente Schmatzen von weniger dezentem Jaulen und Kläffen übertönt worden. Doch darüber durfte man sich in einer Gegend, die sich als Elysium für Hund und Herrl hatte verkaufen wollen, nicht wundern.

Über die, die keinen Hund besaßen, aber ganz so taten, als hätten sie einen, wunderte sich Kevin-Karl hingegen sehr. Seinem kindlich unverdorbenen Geist fehlte die phantasievolle Elastizität, mit der Erwachsene sich die Welt in ihrem Interesse zurechtbogen, um irgendwelche Vorteile daraus zu ziehen. Wie etwa dieser irre Priester, der sich mit einer Hundeleine geißelte und dazu ständig etwas von seiner Schuld fabulierte, während er unweit der Klachlkapelle vor einem Haselnussstrauch auf die Knie fiel. Sein Verhalten fand Kevin-Karl ziemlich unheimlich. Und dann noch der langhaarige Hippie im tarnfarbenen Kapuzenshirt, der mit einer Lederleine und einem Kranz Extrawurst durch den Wald schlich und sich an jeder Ecke umsah, als würde er auf seinen Hund warten, welcher aber nirgendwo auftauchte, der hatte sie doch auch nicht mehr alle. Wahrscheinlich war das Tier schon vor Jahren gestorben, aber der Typ hatte das noch immer nicht geschnallt.

Langsam begann der Junge sich zu fragen, warum die Leute Hundeleinen nicht auch zum Aufhängen der Wäsche, als Fahrradkette oder Angelschnur verwendeten, wenn sowieso alle eine besaßen. Also, eine Leine, keinen Hund. Eigentlich hätte er ja auch gern eine besessen, um die untreue Katharina damit für immer an sich zu binden. Womit er wieder beim tragischen Thema Nummer eins war.

Kevin-Karl seufzte. Warum gab es Wellness-Hotels für Hundebesitzer, aber keine Reha-Kliniken für Herzschmerzpatienten?, überlegte er. Sein Opi war zeit seines Lebens alle Jahre auf Reha gewesen. Wegen chronischer Hüftschmerzen. Danach war es dem alten Mann stets besser gegangen, aber gestorben war er trotzdem. Vielleicht würde es ihm auch bald so ergehen, dachte Kevin-Karl immer öfter. Schon jetzt benötigte er dringend einen sentimentalen Herzschrittmacher, während seine Lebensfreude auf künstliche Beatmung angewiesen war. Nur gut, dass die Rosi Filipić zumindest als personifizierte Magensonde fungierte. Sonst hätte der Hungertod als zusätzlicher Mitläufer in Kevin-Karls multimorbidem Marathon reelle Chancen auf einen Sieg besessen. Ganz zu schweigen vom Damischtaler Würger, dem so eine halbe Portion zum Aufwärmen gerade recht gekommen wäre.

Zu Kevin-Karls Glück – auch wenn der Junge das in seinem derzeitigen Leidenszustand nicht als solches wahrnahm – hatte der Mehrfachmörder die schmächtige Gestalt hinter den Brombeerhecken aber nicht gesehen. Die Kapuze hatte sein Sichtfeld seitlich etwas eingeschränkt, und Kevin-Karl hatte aus Gründen einer beschleunigten Verdauung reglos im Gestrüpp gekauert. Und da der Würger eben keinen Hund mit sich führte, hatte auch niemand verräterische Spuren wittern können. Und der deutsche Urlauberjunge war, zwar von heftigen Leidenschaften gebeutelt, aber zumindest ungewürgt davongekommen.

Kleiner Mann ganz groß

Nach diesen weiteren zweieinhalb Morden war das Damischtal definitiv in aller entsetzter Munde. Gfrettgstätten hätte sich bestenfalls noch als Wiege des heimischen Aggressionstourismus verkaufen können. Zwar waren die Einheimischen im Hinblick auf die nahende Breinwurst- und Blunzensaison beruhigt, dass ihr Fleischermeister nun doch kein Massenmörder war, aber die Vorstellung fremdländischer Würgerbanden, die in unmittelbarer Nähe ihr Unwesen trieben, war ihnen auch kein großer Trost. Da saß nun ein halbes Dutzend der dahergelaufenen Gewalttäter ein, doch die restlichen über hundert verweilten immer noch vor Ort. Womöglich war das Strangulieren von Hundebesitzern ja ein arabischer Zeitvertreib wie das Steinigen von Frauen oder das Halsdurchschneiden von Schafen. Angeblich, so wollte es die einheimische Intelligenzija – die im Grunde nur aus dem Schuldirektor und dessen gehorsamer Gefolgschaft bestand – mit eigenen Augen gelesen haben, stehe im Koran sogar nachweislich etwas über die Unreinheit von Kaniden. Dass ausgerechnet solche Schweine sich nun an Hundedreck stießen, nahm man den militanten Islamisten natürlich besonders übel. Zumindest die fundamentalistische Überfremdungsschutzfraktion.

»Von wegen eine Armlänge Abstand halten. Tausend Kilometer sind noch z' wenig für solchen Abschaum«, befanden sie. »G'sammelt in die Luft sprengen sollt man solchene Leut«, so drückten sich die weniger Friedfertigen unter den Fremdenfeindlichen aus.

Die andere Hälfte des Damischtals, durch das sich seit der Ankunft der Asylwerber ein ideologisch unüberwindbarer Graben zog, der weitaus tiefer und reißender als die sanft dahinplätschernde Damisch war, sah das naturgemäß anders. So anders, dass ihre beidseitig sehr schlagkräftigen Argumente beinahe in eine Wirtshausrauferei ausgeartet wären. Nur durch das spendierfreudige Eingreifen des Kirchenwirts, der mit einer Extrarunde Schilcher aufs Haus beschwichtigend zwischen die ärgsten Streithansln getreten war, konnten knochenbrecherische Kollateralschäden des tief greifenden Kommunikationskonflikts vermieden werden. Das mit der Armlänge Abstand war halt auch in einheimischen Kreisen nicht immer ganz einfach durchzustehen. Der gesunden Watschn etwa stand eine Sicherheitsdistanz eher im Weg. So wie die Gutmenschen den Bösmenschen. Jeglicher Versuch, die verbliebenen Bewohner des Flüchtlingsheims nicht nur hinter Zollschranken, sondern am besten direkt über das Mittelmeer zu treiben, wurde von den Befürwortern der Willkommenskultur aufs Heftigste verdammt.

»Das sind doch selbst arme Hund, die keiner Fliege was zuleide tun«, empörten sich die mitmenschlicher veranlagten Damischtaler und gelobten, der Verrohung von Sitten und Sprachgebrauch mit Fäusten Einhalt zu gebieten.

Auch Revierinspektor Kapplhofer schlug sich auf deren Seite. »Die können des gar nicht g'wesen sein, glaubt's mir. Da spricht alles dagegen und nix dafür, aber mehr darf ich nicht sagen«, meinte er. Sonst würde sein Vorgesetzter ihm diesmal definitiv den Kopf abreißen. Der schwere Verstoß gegen die penible van Trott'sche Dienstkleidungsordnung hatte ihm bereits die rote Karte, einen temporären Trommelfellinfarkt sowie einen herben Schlag ins Genick eingebracht. Würde er jetzt noch berufliche Geheimnisse ausplaudern wie etwa die in keinem Fall übereinstimmenden Fingerabdrücke, dann bräuchte er keine Uniform mehr, sondern nur noch ein Leichentuch.

»Jetzt red halt!« Umgehend rückten die wissbegierigen Wirtshausgäste dem Inspektor auf die Wursthaut, was ihm überhaupt nicht behagte. Hätte er nur den Mund gehalten, dann könnte er jetzt in Ruhe und Frieden seine g'schmackige Breinwurst essen. Diese traditionelle Kochwurst aus Schweinefleisch, Gerste oder Buchweizen, die meist mit frischem Sauerkraut und gerösteten Erdäpfeln serviert wurde, galt zwar als typisches Wintergericht, aber dank der Erfindung von Tiefkühltruhen hatte der Wirt die Delikatesse auf besonderen Wunsch auch in der Sommerzeit auf Lager.

Kapplhofer wurde von allen Seiten derart bedrängt, dass er nicht einmal mehr ordentlich mit Messer und Gabel hantieren konnte.

»Uns kannst es ja sagen, wir derzählen das eh nicht weiter«, suchten sie, den verbissen Kauenden von seiner Schweigepflicht zu entbinden. Als besonders vertrauensfördernde Maßnahme rückte der Schuldirektor dem Revierinspektor sogar das Brotkörberl zurecht, ohne sich selbst daraus zu bedienen. Was ähnlich oft vorkam wie ein Sieg der Österreichischen Fußballnationalmannschaft im Halbfinale der Weltmeisterschaft.

Dennoch kam Kapplhofer kein abtrünniges Wort über die Lippen. »Beim Essen spricht man nicht«, war alles, was er sagte. Aber ewig würde er sich hinter dem Gebot gesitteter Tischmanieren nicht verschanzen können. Selbst die allerbeste Breinwurst hatte nur zwei Enden und ließ sich leider nicht beliebig in die Länge ziehen. Nicht einmal dann, wenn er das verbliebene Stück in immer dünnere Scheiben schnitt, um seine verbale Schonzeit so weit wie möglich auszudehnen.

Hatten die neugierigen Dörfler erst einmal Blut geleckt, was Klatsch, Tratsch und böswillige Unterstellungen betraf, dann konnte sie nichts und niemand mehr zurückhalten. Sie belagerten die Quelle potenziell heißer Informationen so lange, bis diese entweder vor Erschöpfung zu sprudeln begann oder vor Altersschwäche versiegte. Beim Inspektor wurde aufgrund seines unzureichenden Alters die erste Variante angewandt. Kapplhofer war ja generell ganz gern erschöpft. Wo andere nur Luft holten, stöhnte er bereits, und wo andere erst gähnten, begann bei ihm schon die Tiefschlafphase.

Da der Kirchenwirt keine weiteren Breinwürstl mehr parat hatte, sahen sich die sensationsgierigen Stammtischbrüder kurz vorm Ziel ihrer akustischen Wünsche. Zudem hielt sich der Gastronom vorsorglich vom Inspektor fern, um diesem keine Gelegenheit mehr für einen Nachschlag oder gar zum Ordern des Nachtischs zu bieten. Was zwar kurzfristig seinen Umsatz schmälerte, dafür aber den allgemeinen Informationsgewinn steigerte. Zudem galt in Österreich das Gesetz der gläsernen Glaubwürdigkeit: Jede unglaubwürdige Nachricht musste man sich erst Glas um Glas glaubhaft trinken. Weil im Wein ja bekanntlich die Wahrheit lag. Je haarsträubender die Neuigkeiten also waren, desto besser lief das Geschäft. Auch jetzt hatte der Wirt bereits vorausschauend eine Kiste kühlen Schilchers aus dem Weinkeller geholt und begonnen, die Gläser zu polieren. Ewig konnte sich der Kapplhofer eh nicht mehr schweigend hinter seinem leeren Teller verschanzen.

Was dem Inspektor angesichts all der aufdringlichen Blicke auch bewusst wurde. Endlich setzte er zu einem zaghaften Geständnis an. Es brachte nichts, um den heißen Brei herumzureden. Das wusste er aus langjähriger Erfahrung. Da gab es ein paar Experten der Informationseinholung, denen alle psychischen Foltermethoden geläufig waren. Wie etwa den Schuldirektor, der von Berufs wegen gegen Verschwiegenheit war. Oder die Bibiana Doppler, die einem so lange mit ihren haxnbrecherischen Stöckelschuhen und einem im wahrsten Sinn des Wortes atemberaubenden Parfüm nahetrat, um den Verlust eines Haargummis, den Diebstahl eines Honigglases oder den Verdacht auf künstliche Besamung einer Ringelblume anzuzeigen, bis man ihr endlich das erzählte, was sie unbedingt wissen wollte. Zudem hatte er seine heiße Breinwurst mittlerweile restlos aufgegessen. Die rhetorische Galgenfrist war demnach abgelaufen, und er begann widerwillig, zu erzählen, während der Wirt ihm rasch ein Glas Schilcher hinstellte, damit er sich ausreichend Mut antrinken konnte. Der säurelastige Wein war als Nachgeschmack auf Breinwurst mit Sauerkraut zwar wenig passend, aber als Vorgeschmack auf prickelnde Geheimnisse nahezu perfekt.

»Also, die Gschicht war a so, dass die Flüchtling ja alle schon beim ersten Mord erfasst worden sind, also den an der feschen Blondine und ihrem Mops, und da hat sich dann herausgestellt, dass –«

Leider würden die gierig lauschenden Gäste so schnell nicht erfahren, was sich damals herausgestellt hatte, denn auf einmal durchfuhr ein eisiger Windhauch das Lokal. Der Grund dafür war eine mikroklimatische Gewitterzone, die die Stimmung unvermittelt kippen ließ.

Van Trott stand vor dem Stammtisch und starrte den Inspektor an, als hätte er ihn beim Geschlechtsverkehr ertappt. Was in gewisser Hinsicht sogar stimmte. Kapplhofer verkehrte zum einen promiskuitiv und zum anderen, was noch schwerer wog, in aller rauchgeschwängerten und alkoholtrunkenen Öffentlichkeit. »Sie kommen mit. Und zwar auf der Stelle.« Der Polizeihauptmann aus Graz hatte eine derartige Kälte in seine Stimme gelegt, dass die Stammtischrunde Frostbeulen an den Ohrwascheln befürchtete.

Der Inspektor erhob sich mit zittrigen Knien. Nicht nur, dass er um diese Uhrzeit die Wachstube und keinesfalls den Stammtisch hätte besetzen müssen, auch seine Kleidung entsprach mal wieder nicht den behördlichen Vorgaben. Kapplhofer trug weder eine Waffe bei sich noch eine Uniform, weil er sein Essen weder einschüchtern noch selbst hatte schießen wollen.

Vielleicht würde es ihm ja strafmindernd ausgelegt werden, dass der Wirt den Teller bereits abgeräumt hatte. Leider standen die Gläser als stumme Zeugen der Anklage mit leichter Röte noch herum.

In diesem Moment hätte Kapplhofer am liebsten nach der Flasche gegriffen. Nicht um sie auszutrinken, sondern um sie seinem Vorgesetzten genussvoll über dessen kantiges Haupt zu ziehen. Dabei neigte der Inspektor sonst überhaupt nicht zu Gewaltphantasien. Schlimmstenfalls schlug er sich mit seinem Bauchumfang herum, aber niemals mit Mensch oder Tier. Doch van Trott brachte sein normalerweise friedfertiges Gedankengut mit jedem Tag stärker durcheinander. Weil ihm kein Ausweg offenstand, setzte er statt seiner Mütze wie gewohnt viel gute Miene zum bösen Spiel auf und folgte dem Hauptmann gesenkten Hauptes aufs Revier.

Kaum hatten sie die Wachstube betreten, riss sich der Hauptmann wie stets den bequemen, ergonomisch geformten Schreibtischstuhl unter den Hintern und holte einen dicken Stapel fliegender Blätter aus seiner Aktenmappe.

Kapplhofer musste mit dem gebrechlichen Besucherstuhl vorliebnehmen, der jedes Mal seufzte, wenn der Inspektor sich auf ihm niederließ. Dass sein Chef keine tragbare Guillotine aus der blank polierten Ledertasche hervorgezaubert hatte, schien ihm bereits ein gutes Omen zu sein. Solange der Mann ihm nur Aktennotizen an den Kopf warf, würde er die Situation überstehen. Doch nicht mal das schien zu passieren. Entgegen aller Befürchtungen befand sich der Hauptmann in ungewohnt ungefährlicher Stimmung. Er war nicht gerade umgänglich, das nicht, aber auch nicht unerträglich. Was fast schon beängstigend war.

Ohne ein Wort über Kapplhofers Dienststellendesertion zu verlieren, begann er mit einer seiner akribisch zusammengefassten Sachverhaltsdarstellungen.

Als Zeichen seiner tief empfundenen Reue und eines neu erwachten Arbeitseifers griff der Inspektor umgehend nach Bleistift und Papier. Er wollte jedes Wort buchstabengetreu mitschreiben, damit auch ja keine von den offenbar sehr schwerwiegenden Erkenntnissen des Hauptmanns verloren ging. In vorauseilendem Gehorsam hatte er sogar schon Locher, Ordner und Stempelkissen bereitgelegt.

Doch van Trott winkte nur müde ab und meinte: »Sie brauchen nicht mitzuschreiben, es reicht, wenn Sie zuhören. Aber mit beiden Ohren. Und zuvor schalten Sie gefälligst Ihr Gehirn ein. Wenn Ihnen das möglich ist.«

Eine nahezu freundliche Aufforderung, fand Kapplhofer, der dem Frieden noch weniger traute als den üblichen wortkriegerischen Auseinandersetzungen. Vielleicht war van Trott aber auch nur an Vogelgrippe erkrankt oder von seinem hohen Amtsschimmel gestürzt und auf den Kopf gefallen. Egal, einem derart mühelos auszuführenden Befehl gehorchte er gern. Er legte den Bleistift wieder ab und stellte dafür die Ohren auf.

»Die Lage ist komplex, äußerst komplex, also, genau genommen ist sie komplizierter als alles, womit ich je zu tun gehabt habe. Im Grunde unbegreiflich kompliziert. Sogar für mich.«

Bei diesen Worten von seinem eigentlich unfehlbaren Vorgesetzten riss der Inspektor überrascht den Mund auf. Ein derartiges Eingeständnis von Unverständnis hätte er nie für möglich gehalten.

»Obwohl Gerichtsmedizin, Spurentechnik, DNA-Analysten und natürlich ich rund um die Uhr im Einsatz waren, fehlt vom Täter nach wie vor jede fassbare oder zumindest verwertbare Spur.« Van Trott schien unterdrückt zu seufzen. »Es gibt zwar Unmengen an Spuren, aber die führen bestenfalls ins Nichts und schlimmstenfalls in den Wahnsinn.« Jetzt seufzte er hörbar.

Kapplhofer begann, in seiner Schreibtischschublade nach Taschentüchern zu kramen. Dass er das noch erleben durfte. Eine weinende Panzerfaust.

»Bei den beiden Opfern handelt es sich um das homosexuelle Paar aus der Wauness-Welt, Manuel von Breisenberg und Jonas Schmidt. Manuel, der aufgrund seines kritischen Zustands in künstlichen Tiefschlaf versetzt wurde, ist durch einen festen Schlag auf den Hinterkopf zuerst betäubt und danach gewürgt worden. Wie im Übrigen auch der Hund. Den Schlag hat man mit einer Holzlatte ausgeführt, die sich nach wie vor am Tatort befindet. Also, auf dem Ansitz. Bis dahin ist die Sache zwar unerklärlich, aber zumindest nachvollziehbar. Was folgt, ist der Wahnsinn. Verstehen Sie, was ich damit sagen möchte? Der Teufel muss seine Hände im Spiel gehabt haben, anders kann ich mir das alles nicht mehr erklären. Bei diesen Morden ging und geht es nicht mit rechten Dingen zu.« Bei den letzten Worten hatte van Trott richtiggehend aufgeschluchzt.

Diskret reichte Kapplhofer seinem Chef ein Taschentuch.

»Manuel von Breisenberg hatte Backpulverspuren an allen Fingern. Backpulver! Ein krümeliges weißes Zeug, das Hausfrauen in ihre Kuchen rühren. Der gesamte Holzboden auf dem beschissenen Abschussort war voll davon.«

Van Trott schnäuzte sich geräuschvoll, Kapplhofer kratzte sich ausgiebig am Kopf. Der Hauptmann zählte nicht zu den Befürwortern der Sonntagsjagd. Er tolerierte Waffengebrauch ausschließlich durch fachkundige Hände. Und über die verfügte seiner Ansicht nach nur die Polizei. Außerdem litt van Trott unter extremer Höhenangst. Der Gedanke an das Besteigen eines Hochsitzes über eine wackelige Holzleiter rief in ihm vermutlich Gefühle hervor, die sonst nur routinierte Gipfelstürmer angesichts der Eiger-Nordwand empfanden. »Und nun sagen Sie mir: Welche Hausfrau besteigt einen Hochsitz, um Kuchen zu backen und nebenher zwei Menschen und einen Hund zu erwürgen? Nachdem sie eine Blondine begrapscht, eventuell geschwängert und danach gleichfalls ins Jenseits befördert hat. Das ist doch alles nicht mehr normal. Das geht doch gar nicht. Ich versteh das einfach nicht.«

Kapplhofer wusste nicht, was er dazu sagen sollte. Auch er verstand es nicht. Aber er verstand die Verzweiflung seines Vorgesetzten. Zögernd schob er die ganze Packung Taschentücher in dessen Richtung.

»Doch damit nicht genug der Rätsel. Der erwürgte Golden Retriever hatte eine Wursthaut im Maul und Extrawurst im Magen. Unvergiftet. Aber ganz frisch. Offensichtlich kurz vor seinem Tod an ihn verfüttert. Bitte, wer geht mit einem Wurstkranz und Backpulver durch den Wald und klettert derart beladen auf einen Hochsitz? Und warum waren die Schwuchteln dort oben?«

Der Taschentuchvorrat schwand zusehends. »Die abgerissenen Araber sind natürlich – und vor allem nachweislich – unschuldig wie die Lämmer. Sie haben wirklich nur Erste Hilfe geleistet. Also einer von ihnen. Nicht nur, dass ihre Fingerabdrücke nirgendwo zu finden waren; also, abgesehen von denen eines Ali Baba Irgendwas, dem Manuel von Breisenberg sein Leben verdankt. Der ist tatsächlich syrischer Sanitäter und wusste, was er tat. Er hat perfekte Arbeit geleistet, ohne ihn wäre der zweite Schwule auch krepiert. Entlastend für den Syrer kommt außerdem dazu, dass er nachweislich allergisch auf Hundehaare reagiert. Er hätte einen langhaarigen Köter gar nicht erwürgen können, ohne danach stundenlang mit roten Augen und triefender Nase herumzulaufen.«

Mittlerweile sah der Hauptmann selbst ziemlich allergisch aus. Mit roten Augen und triefender Nase. »Damit aber nicht genug. Da die zwei erfolgreich Ermordeten, also der Hund und das eine Herrl, mindestens seit einer Stunde tot waren, als die ausländische Bagage am Tatort eintraf, kann es sowieso niemand von ihr gewesen sein. Und dass die Muselmanen nicht schon früher vor Ort waren, das haben ausgerechnet deren größte Feinde, die Jäger, bezeugt. Die haben sie nicht aus den Augen gelassen, um sie ja bei allen möglichen Gräueltaten zu ertappen. Und nun haben die einstimmig ausgesagt, dass sie erst nach dem Mittagessen aufgebrochen sind, um wie stets den Flüchtlingen auf ihrem Spaziergang zu folgen. Zu der Zeit waren Jonas und der Hund aber bereits tot. Wobei der Mann offenbar vom Hochsitz gefallen ist oder gestoßen wurde. Laut Gerichtsmedizin wäre er über kurz oder lang seinen schweren inneren Verletzungen und multiplen Wirbelbrüchen erlegen. Die Strangulation hat den Tod nur beschleunigt.« Der Ermittler sah inzwischen weitaus schlechter aus als nötig. Er hatte die Stirn in tiefe Falten und die Nase lautstark hochgezogen.

Kapplhofer bekam nahezu Mitleid mit ihm, fand aber weder tröstende Worte noch weitere Taschentücher. Dank seiner Liebe zu ständigen Mahlzeiten hatte er zumindest eine ausreichende Anzahl von Servietten gehortet, die er dem Hauptmann darbrachte.

So wie es aussah, sah es also definitiv nach nichts aus. Nur das Schicksal vom Mostburger Bartl hätte Kapplhofer jetzt noch interessiert. Eigentlich hatte er den griesgrämigen Mann immer gemocht. Selbst wenn ihm der Saubartl so manche Schweinerei zum Auflösen gegeben hatte, war er doch niemals ernsthaft gewalttätig geworden. Doch bevor er dieses sensible Thema zur Sprache bringen konnte, hatte der heulende Hauptmann bereits den nächsten Stapel Papier ergriffen.

»Und mit dem rabiaten Ungustl von Fleischer haben wir uns wie stets auch nur Scherereien ohne Ende eingehandelt. Das herausragende Talent von dem Schweinsschädl scheint ja weniger in der Wurschterei als in der Irreführung der Behörden zu liegen. Allein für die sinnlos vergeudeten Stunden mit diesem autistischen Satansbraten hätte der sich zehn Jahre Zwangsarbeit im Hindukusch verdient. Aber zu meinem allergrößten Bedauern bin ich nicht befugt, ihn dazu zu verurteilen.«

Der Hauptmann schniefte erneut. Dass er den Bartl nicht auf Weltreise schicken durfte, schien ihm wirklich sehr leidzutun. »Natürlich hat der Unmensch auch diesmal seine dreckigen Wurstfinger im Spiel gehabt und damit mehr Schaden angerichtet, als sich sein beschränktes Hirn überhaupt vorstellen kann.«

Nun saß der Inspektor zumindest gedanklich stramm. Das klang allerdings hochinteressant. Und vor allem ganz nach dem Fleischer. Der Mostburger Bartl war ja nicht nur für seinen Erfindungsreichtum, was die Füllung von Schweinsdärmen betraf, berühmt, sondern auch berüchtigt wegen genau dieser Kreativität, die er bei der Auslegung von Gesetzen schon mehr als einmal bewiesen hatte.

»Die ganze Nacht haben wir den Analphabetenarsch verhört. Und auf einmal hat er gestanden. Aber natürlich nicht den Mord, sondern einen ganzen Haufen anderer Delikte, die im geltenden Strafgesetzbuch bislang nicht einmal in einer Fußnote erfasst sind. Er war es, der den toten Mops gefunden hat. Also, genau genommen geangelt hat. Und weil er offenbar unter unüberwindbaren Berührungsängsten mit den Behörden leidet, hat er dem Viech einfach das Ohr abgeschnitten, in dem sich der Angelhaken verfangen hatte.«

Van Trott griff nach einer Serviette, um sich mit zittrigen Händen den Schweiß von der Stirn zu wischen. Bestimmt lebte der Hauptmann mittlerweile vegan, um nie wieder fleischlich fundierten Gedankengängen folgen zu müssen. Oder er hatte die Nahrungsaufnahme gänzlich eingestellt, da er sich nicht einmal mehr in Bleistifte verbiss, wie Kapplhofer jetzt bemerkte.

»Damit also nicht der geringste Verdacht auf den Idioten fallen würde, hat er den Hund dann einfach im Gemüsebeet von dieser Hermine Holzapfel platziert. Und zwar nicht, weil er der alten Schachtel eins auszuwischen gedachte, deren Garten besonders günstig für ihn lag oder er bei der Gelegenheit schnell noch ein paar Stangenbohnen stehlen wollte, sondern weil er überzeugt war, dass Leichenfunde im Garten der Holzapfel generell nicht aufgeklärt werden. Weil das vor zwei Jahren auch so gewesen ist. Der damalige Mörder hat den toten Hummelbrunner Franz bei der erzkatholischen Schreckschraube hübsch drapiert zwischen den Salatköpfen abgelegt und ist dann auf Nimmerwiedersehen verschwunden.«

Da dem seinerzeit ermordeten Hendlbaron vom Damischtal niemand auch nur eine Träne nachgeweint hatte – ganz im Gegenteil, dessen gewaltsamer Tod hatte das Wohlbefinden der Hühner, der Nachbarn und des Fremdenverkehrs nachhaltig verbessert –, war der Fall recht bald zu den Akten gelegt worden. Der Hummelbrunner war stockbesoffen gewesen und letztlich weder erschossen noch erwürgt worden, sondern nur überfahren. Unfall mit Todesfolge und Fahrerflucht. Trotzdem lag dem Hauptmann diese Geschichte bis heute schwer im Magen. Seine Karriere war damals das Einzige gewesen, das nicht vom bis heute ungeklärten Ableben des Chemiehendlzüchters profitiert hatte. Der tote Mops im Gemüserabattl erschien dem Chefermittler also wie ein persönlicher Affront.

»Und damit nicht genug, hat diese Pestbeule dem Köter allein zu dem abscheulichen Zweck einen Gamsbart ins Maul gesteckt, um die Behörden, also mich, vorsätzlich in die Irre zu führen. Können Sie sich das vorstellen? Er hat die Töle nur deshalb verschandelt, weil die Leiche damals einen Wetterhahn auf dem Kopf gehabt hat. Nur deshalb. Und weil der Mostburger eben keinen Wetterhahn zur Hand hatte, hat er einfach gedacht, ein Gamsbart tut's auch. Zur Verschönerung des Mordopfers und zur Verwirrung meiner Person! Stellen Sie sich das einmal vor!« Die letzten beiden Sätze hatte der Hauptmann nahezu in Großbuchstaben gebrüllt.

Kapplhofer konnte sich das alles schon vorstellen. Sogar recht gut. Und überhaupt, was den Mostburger Bartl betraf, der hatte selbst der Lebensmittelbehörde schon mehr Sand in die Augen gestreut als in Jesolo am Strand lag. Aber das behielt er fürsorglich für sich. Stattdessen riss er die Augen weit auf und brachte sein tiefstes Mitgefühl durch ein mehrmalig gestammeltes »Ist ja nicht zu fassen, so ein Halunke!« zum Ausdruck. Dazu nickte er im Sekundentakt.

Die monotone Bewegung schien den Hauptmann etwas zu beruhigen. Zumindest so weit, dass er weiterreden konnte. »Der Gamsbart hat übrigens dem Böllinger Sepp gehört, also seinem Hut. Und der befindet sich nach wie vor beim Fleischer. Kein Wunder, dass wir die Fingerabdrücke auf dem Gamsbart nicht zuordnen konnten, wenn die zu einem längst Verstorbenen gehören. Hätten wir vielleicht auch noch auf dem Friedhof erkennungsdienstliche Maßnahmen durchführen sollen?«, fragte van Trott empört. »Das wär ja Leichenfledderei gewesen.«

Der Inspektor schüttelte pflichtbewusst mehrmals den Kopf. »Nein, natürlich nicht, Herr Hauptmann.« In Gedanken zollte er dem Fleischer mittlerweile sogar Bewunderung. Das war ja ganz raffiniert von ihm gewesen, den Gamsbart von Böllingers Hut zu nehmen. Den Sepp hatten seinerzeit zwei halbwüchsige Feuerwehrhilfskräfte erschlagen. Und zwar direkt auf der Schlachtbank des Fleischers. Und auch damals hatte sich letztlich dessen Unschuld herausgestellt. Der Bartl hatte halt schon auch viel Pech in seinem Leben gehabt, was mörderische Angelegenheiten betraf. Immer war er zur falschen Zeit am falschen Ort gewesen, doch mehr konnte man ihm nicht zum Vorwurf machen.

»Wenn er den Hund wenigstens vergewaltigt hätt«, fuhr der Hauptmann nun in seiner karrieremäßigen Grabesrede fort, »dann könnte ich ihn wegen Sodomie einlochen. Aber nein, er hat das Tier nur verstümmelt. Und das zu einem Zeitpunkt, wo der Köter eh schon im Hundehimmel verweilte. Hätte er ihn nicht wenigstens restlos verwurschten können, statt uns alle auf eine falsche Fährte zu hetzen?«

Doch der Fleischer hätte niemals den Geschmack seiner kostbaren Mangalica-Kreationen durch einen überfetteten Mops gefährdet. Da war sich der Inspektor sicher. Aber als Genussmensch und Vielfraß besaß er auch ein weitaus besseres Verständnis für die Qualität von Lebensmitteln als sein Vorgesetzter.

»Langer Rede kurzer Sinn: Weil der depperte Fleischer zum Zeitpunkt der zweiten Mordserie das allerbeste Alibi der Welt vorweisen kann, nämlich einen streng bewachten Aufenthalt in der Untersuchungshaft, kommt er als Täter leider nicht in Frage. Ab morgen wird auch er wieder auf freien Fuß gesetzt. Gemeinsam mit den Asylanten.«

Wobei das mit dem freien Fuß in Wahrheit nur auf den Fleischer zutreffen würde, befürchtete Kapplhofer. Den Flüchtlingen hatten die Überfremdungshysteriker ja längst symbolische Fußfesseln angelegt. Die würden auch in Zukunft kaum einen unbeobachteten Schritt tun können.

In gewisser Hinsicht sah van Trott inzwischen aus wie eine Klagemauer: grauer Anstrich, bröckelnde Fassade und Risse im Fundament. Resigniert schob er seine gesammelten Aktennotizen zur Seite. »Was uns bleibt, sind Mengen an Fingerabdrücken. Zwei unterschiedliche am Körper der ermordeten Angelika Freudentaler, die eines Toten auf dem Gamsbart, die vom syrischen Ersthelfer und die eines ausländischen Arztes an den Hälsen von Jonas Schmidt und Manuel von Breisenberg. Doch wie gesagt, auch der Syrer hat nichts Böses getan, sondern sogar ein Leben gerettet. Erwürgt wurden alle drei Opfer allerdings mit demselben Strick. Der Forensik zufolge handelt es sich mit größter Wahrscheinlichkeit um eine Führleine aus Elchleder. Wobei der Mops eine Ausnahme bildet, denn der wurde laut Gutachter mit einer aus Synthetik stranguliert. Wer soll das noch verstehen? Wer?« Dem Hauptmann standen erneut Tränen der Verzweiflung in den Augen.

Und angesichts der völlig verwirrenden Fakten auch durchaus zu Recht, fand sein Untergebener, der liebevoll nach einer der letzten Servietten griff. Gut, dass er letztens das besonders flauschige Toilettenpapier gekauft hatte und kein kratziges Billigangebot. Er würde es als Taschentuchersatz bald brauchen.

»Und warum bringt so ein Irrer überhaupt zuerst eine Frau und danach zwei Männer um? Die zwei Schwulen betrieben eine Werbeagentur, hatten keinerlei Feinde, waren allseits beliebt, weder vorbestraft noch sonst je auffällig geworden. Niemand weiß, was die beiden ausgerechnet auf einem Hochsitz wollten.«

Auch Kapplhofer hatte diesbezüglich keine Ahnung. Zwar war ihm die Neigung mancher Einheimischer zur luftigen Vögelei bekannt, weshalb die immer wieder gehörig Federn lassen mussten, wenn sie ertappt wurden, sich an den Holzplanken verletzten oder gar herunterfielen, aber Auswärtige hatten dieser gefährlichen Spielart der Frischluft-Erotik seines Wissens bisher noch nicht gefrönt. Denn dazu musste man nicht nur schwindelfrei sein, sondern vor allem genau über die Besitzverhältnisse und Besatzzeiten der zugehörigen Jäger Bescheid wissen.

Und selbst, wenn die beiden dort oben widerrechtlich verkehrt hätten, wäre das noch lange kein Mordmotiv. Ganz zu schweigen vom Hund, der keine Leiter hätte hochklettern können und deshalb bestimmt unten angebunden gewesen sei. Der hätte doch gebellt, sobald sich jemand genähert hätte. »Das kapier ich auch nicht, das is ja alles völlig hirnrissig«, drückte nun auch der Inspektor sein totales Unverständnis der Dinge auf etwas bodenständigere Art und Weise aus. Seine Dienstbefugnisse endeten zwar bei Hühnerdiebstahl und häuslicher Gewalt – wobei im Damischtal bislang nur Ersteres vorgekommen war –, und Aufstiegschancen gab es in der Provinz eh keine, man würde ihn eher wegrationalisieren und durch eine automatische Notrufnummer ersetzen, aber ein frei laufender Strangulationsprofi könnte seinen angenehm beschränkten Aktionsradius äußerst unangenehm ausdehnen. Daher schaltete er seine geistige Betriebsgeschwindigkeit um einige Gänge rauf. »Die einzige Gemeinsamkeit aller Opfer besteht im Grunde darin, dass sie im Hundehotel wohnten. Und daher logischerweise auch einen Hund hatten.«

»Aber das bringt uns nicht weiter, nur zurück. Wir werden die paar verbliebenen Gäste natürlich erneut vernehmen müssen. Aber was dann? Deren Fingerabdrücke sind bereits erfasst worden und haben keinerlei Übereinstimmungen mit denen auf dem Körper der Freudentaler aufgewiesen. Und die toten beziehungsweise halb toten Männer wurden offenbar nur mit Handschuhen angefasst.« Und das waren beileibe keine Samthandschuhe gewesen, bedauerte der Hauptmann.

Eine gute Minute lang sahen beide dumm aus der Wäsche, was dem Inspektor aufgrund seines natürlich zerknitterten Erscheinungsbildes ein wenig überzeugender gelang.

Dann machte van Trott dem betrüblichen Gedankenaustausch ein unerwartet rasches Ende. »Ich bleibe noch ein wenig hier, um alle gesammelten Aussagen zum gefühlt tausendsten Mal durchzugehen. Und morgen werde ich den Restbeständen des Hechelschuppens noch einmal verstärkt auf den Zahn fühlen. Wobei wir die mit den dritten Zähnen nicht mehr zu vernehmen brauchen. Wer seinen arthritischen Zwergpinscher mit dem Rollator ausführt, besteigt garantiert keine Hochsitze.«

Dem konnte Kapplhofer nicht widersprechen. Er fürchtete, dass allein Rüdiger Bartenstein allen Anforderungen an das Täterprofil einigermaßen entsprechen würde. Bis auf die sichergestellten Fingerabdrücke, die nicht mit seinen übereinstimmten. Dafür hatte er garantiert noch echte Zähne.

»Und nun gehen Sie hin in Frieden. Und saufen S' etwas für mich mit.«

Der Inspektor traute seinen Ohren nicht. Hatte van Trott das gerade wirklich gesagt, oder gaukelte ihm sein Gehirn aufgrund der außergewöhnlichen Belastungen besonders bizarre Dinge vor? Doch weil der Hauptmann sein Haupt bereits in den Aktenordner vertieft hatte, getraute Kapplhofer sich nicht, nachzufragen.

***

»Jetzt fahr schon ab mit dem Glumpert. Ich brauch keine Vitamine, ich brauch Nervengift.« Alois Feyertag brüllte seine Gattin beinahe in einen Schockzustand. Dabei hatte sie ihm nur ein Glas frisch gepressten Orangensaft auf den Frühstückstisch gestellt. Doch an diesem unseligen Morgen empfand der Bürgermeister keinerlei Zuneigung zu belebenden Zitrusfrüchten. Eher stand ihm der Sinn nach mörderischem Blutrausch. Da hatte ihn doch heute früh schon der Hoteldirektor angerufen und ihm mit Schnappatmung mitgeteilt, dieser Fetzenschädel von Großstadtkieberer habe den Rüdiger Bartenstein zwecks dringender Vernehmung auf das Polizeirevier geladen. Ausgerechnet die Piefkes. Die Ehrenbürger von Plutzenberg und Gfrettgstätten, die einzigen touristischen VIPs des gesamten Damischtals, deren Sohn vor Jahren sogar der Polizei auf die Sprünge geholfen hatte, genau die stellte van Trott nun unter Mordverdacht.

Am liebsten hätte Feyertag dem polizeilichen Kotzbrocken persönlich das Genick umgedreht, aber damit wäre den Bartensteins auch nur kurzfristig geholfen gewesen. Eilig rief er den Schuldirektor an, der wiederum den Gemeindebediensteten informierte, und in Rekordzeit organisierten sie eine außerordentliche Vollversammlung des Gemeinderats. So peripher sie die Verhaftung der Flüchtlinge tangiert hatte, so nahe ging ihnen nun die Festnahme von Rüdiger Bartenstein. Der Tourist war halt König, das gemeine Fußvolk, das noch dazu auf Staatskosten lebte, konnte eh bleiben, wo der Pfeffer wuchs. In einer Stunde würden sie sich beim Kirchenwirt treffen und eine Befreiungsfront für die Deutschen organisieren, dass dem Beamtenarsch nicht nur Hören und Sehen, sondern idealerweise auch gleich Ein- und Ausatmen verging.

***

Davon wusste der Hauptmann natürlich nichts, und die Luft wurde ihm auch während all seiner lautstark vorgebrachten Anschuldigungen nicht knapp. Dabei hatte er sich die ganze Nacht um die Ohren geschlagen, damit das mutmaßliche, an die neuen Gegebenheiten angepasste Täterprofil auch rechtzeitig zur Vernehmung fertig war. Und dann hatte sich zu seiner Freude sogar noch herausgestellt, dass Rüdiger Bartenstein tatsächlich der einzige Mann in der gesamten Wauness-Welt war, der allen notwendigen Kriterien des Damischtaler Mehrfachwürgers entsprach. Er war im besten Mannesalter, eindeutig zeugungsfähig, wusste mit Hundeleinen umzugehen, trieb sich laut Aussagen der Hotelgäste und aller Angestellten die meiste Zeit allein in der Botanik herum, er hatte, was gleichfalls von allen Seiten bescheinigt wurde, eine schwere Ehekrise, litt mit allergrößter Wahrscheinlichkeit unter Problemen bei der Triebabfuhr, wusste über die Bräuche der Einheimischen bestens Bescheid und hatte wegen seiner Vermeidungsstrategie gegenüber Hildegund und dem gesamten Wellness-Angebot des Resorts zu keinem einzigen Tatzeitpunkt ein wirklich wasserdichtes Alibi vorzuweisen. Was in den geröteten Augen des Hauptmanns schon mal recht vielversprechend klang.

Der ausgeschlafene Inspektor sah das zwar etwas anders, aber seine Meinung wog mal wieder weniger als der sprichwörtliche Fliegenschiss. Er konnte sich noch gut an die deutschen Urlauber erinnern, wie sie vor einigen Jahren erstmals ins Damischtal gekommen waren. Die Frau hatte zu ihren Storchenbeinen immer so Haxnbrecher getragen, mit denen sie sogar mal in die Schweinsschädelgruft vom Fleischer gestürzt war. Der Mann hingegen hatte eher den Eindruck erweckt, als würde er selbst in der kostenfreien Mitnahme einer Sonntagszeitung ein Verbrechen gegen Gott und die Menschheit sehen. Aber da er mittlerweile nicht mehr mit seiner Gattin über die Felder wandelte, sondern allein auf Buschenschanktour ging, wo er Speis und Trank angeblich in rauen Mengen zu schätzen wusste, ließ er jetzt möglicherweise auch schon mal die Zeitung mitgehen. Was ihn immer noch nicht für die Rolle des Serial-Killers qualifizierte. Und der Bub war damals bereits ein echter Vifzack gewesen.

Das wusste Kapplhofer auch noch. Der tat ihm jetzt schon leid. Mitanzusehen, wie der eigene Vater mehrerer Morde verdächtigt wurde, das war alles andere als leicht zu verdauen. Wo der Junge eh schon so verhungert aussah.

Und nun saßen sie also hier. Also, er und der Hauptmann und natürlich Rüdiger Bartenstein. Frau und Kind hatte van Trott auf der Straße stehen lassen, da ihnen der Zutritt zu den Vernehmungsräumlichkeiten nicht gestattet war. Auch wenn es sich offiziell nur um ein Gespräch zur Klärung einiger Sachverhalte handelte und keinesfalls um ein echtes Verhör. Dafür hätte der Hauptmann eine etwas stabilere Beweislage gebraucht. Seine am spärlichen Haupthaar herbeigezogenen vermeintlichen Fakten waren nicht härter als eine gekochte Kartoffel, fand Kapplhofer, doch das zu beurteilen, stand ihm nicht zu.

Daher quälten sie sich durch das aufklärerische Gespräch. Rüdiger Bartenstein wusste auf alle Fragen des Hauptmanns wenig mehr zu antworten als ein ruppiges »Mensch, Sie haben sie doch nicht alle!«, »Na hören Sie mal!« oder »Das ist doch Quatsch mit Sahne!«. Zwar hatte er tatsächlich kein Alibi, allerdings auch nicht das geringste Motiv. Er hatte die beiden Homosexuellen gekannt und einige Worte mit ihnen gewechselt, Angelika Freudentaler hingegen war er nie begegnet. Bereits zum Zeitpunkt ihres Ablebens hatte er mit seiner Frau keinerlei gemeinsame Freizeitgestaltung mehr betrieben, sah man vom Weg zum Frühstücksbüfett einmal ab. Was ihm nun sehr zum Nachteil gereichte, denn selbst Frustwandeln zu zweit wäre ihm – rückblickend betrachtet – besser bekommen als Lustwandeln allein. Und seine Fleischeslust hatte sich nach der inoffiziellen Trennung von Hilda allein auf Kassler und Schinkenspeck beschränkt, was die Bediensteten des Doggy Wellness & Human Beauty Spa Resorts bestimmt bezeugen würden.

Van Trott zog alle Register der Zermürbungstechnik.

Rüdiger Bartenstein widerstand allen rhetorischen Fallstricken und jeglichen Einschüchterungsversuchen bravourös. Nach zwanzigjährigem Ehetraining im verbalen Nahkampf konnte ihn so ein schmächtiger Kommissar nicht einmal aus der hintersten Reserve locken.

Was auch der Hauptmann einzusehen begann. Der Piefke hatte Steherqualitäten. Zumindest, was behördliche Vernehmungen betraf. Das polizeiliche Frage-Antwort-Spiel drehte sich ergebnislos in einer Endlosschleife. »Ich frage Sie jetzt noch einmal: Haben Sie mit Angelika Freudentaler kurz vor deren Ermordung den Beischlaf vollzogen?«

»Das ist doch Quatsch mit Sahne!«

»Haben Sie Manuel von Breisenberg unter welchem Vorwand auch immer auf den Hochsitz gelockt?«

»Mensch, Sie haben doch einen Sprung in der Schüssel!«

»Besitzen Sie Handschuhe aus Kunststoff?«

»Nee.«

»Aber die haben wir in Ihrer Suite gefunden.« Triumphierend hielt van Trott ein paar durchsichtige Plastikhandschuhe hoch.

»Damit färbt meine Frau sich die Haare. Dinger wie die finden Sie bei jeder Frau über vierzig.«

Da der Hauptmann chronisch alleinstehend war, konnte er diese Behauptung auf die Schnelle weder bestätigen noch widerlegen. Und Kapplhofer kannte sich damit auch nicht aus. Doch van Trott hatte noch einen Trumpf, den er zwar nicht aus dem Ärmel schütteln, aber zumindest aus der Hosentasche ziehen konnte. Ein kleines Tütchen, das er mit spitzen Fingern aufriss, um dessen pulvrig weißen Inhalt auf dem Tisch zu verteilen. »Auch das haben wir in Ihrer Suite gefunden. Reinstes Backpulver.«

»Quatsch, das Zeug verwendet meine Frau jeden Abend zum Zähneputzen. Sagen Sie mal, wollen Sie mich verhören oder über Körperpflege quasseln? Denn dann sollten Sie besser meine Frau fragen, die kann Ihnen mehr dazu sagen.«

Wenn das so weiterging, würde er um ein paar klärende Worte mit Hildegund Bartenstein nicht herumkommen, befürchtete der Hauptmann. Dabei hatte er nicht die geringste Lust, sich auch noch einen derart nervenzermürbenden Weibsteufel vornehmen zu müssen. Andererseits konnte an Zahnhygiene mit Backpulver natürlich etwas dran sein. Sogar sein Haarshampoo enthielt ja Vitamine und Mineralsalze. Was in der Nahrung fehlte, wurde offenbar in der Kosmetik draufgeschlagen.

Am liebsten hätte er Rüdiger Bartensteins verstocktem Gehirn mal eine behördliche Gehirnwäsche verpasst, aber er kannte das Gesetz. Und wusste um seine insofern leider recht beschränkten Möglichkeiten.

Was er nicht wusste, war das nahende Unheil, das sich gerade auf den Weg Richtung Wachstube gemacht hatte. Allen voran der Schuldirektor, der sich aufgrund seiner Masse wie ein Rammbock zwischen Gastgartenstühlen und verkehrsbehindernd geparkten Zweirädern hindurchzwängte. Ihm folgten der Bürgermeister und gut zwei Dutzend empörte wie besorgte Damischtaler. Wobei deren engagierter Einsatz weniger den Bartensteins als dem Wohl ihrer Tourismusbranche galt.

Vor dem Revier traf das Befreiungskomitee auf die gleichfalls empörte wie besorgte Hildegund Bartenstein, die sich verzweifelt ihr sonst so adrett in Wellen gelegtes Haar raufte. Ganz tief im Verborgenen hatte sie ihren Gatten halt immer noch gern. Und das schlechte Gewissen nagte ihr zusätzlich am Haaransatz. Kevin-Karl hingegen schwieg und schien intensiv über etwas nachzudenken.

»Machen Sie sich keine Sorgen!«, trompetete der Schuldirektor. »Wir werden Ihren Mann weder im Stich noch auf dem Revier lassen.«

»Keine Angst«, posaunte der Bürgermeister, »zur Not werden wir die Deutsche Botschaft zu Hilfe rufen.«

»Brauchst dich nicht fürchten, wir holen deinen Papa hier raus«, flötete die Doppler Bibiana und strich dem Jungen übers Haupt.

»Ich hab keine Angst um Vati«, motzte der zurück. »Ich will nur selbst mit dem Herrn Hauptmann reden.«

Dieser Punkt stand allerdings nicht auf dem Aktionsprogramm des Gemeinderats. Aber noch bevor die Bedenkenträger zu ihrem rhetorischen Befreiungsschlag ansetzen konnten, öffnete sich die Tür, und Kapplhofer trat in Begleitung von Rüdiger Bartenstein auf den Bürgersteig.

Die unerwartete Wendung der Geschehnisse nahm den engagierten Gemeindemitgliedern doch ein wenig den Wind aus ihren eilig gebastelten Spruchbändern. Auf einem stand: »Freiheit für Bartenstein!«, auf dem anderen: »Friede dem Fremdenverkehr!«. Was einer Kriegserklärung an den Hauptmann gleichkam. Aber nun wurde Rüdiger Bartenstein offenbar gar nicht mehr von den eisernen Armen des Gesetzes erdrückt, sondern von den liebevollen seiner Gattin umarmt. Da sollte noch einer die Welt verstehen.

»Der Herr Hauptmann würde gern ein paar Worte mit Ihnen wechseln«, unterbrach der Inspektor die rührende Szene.

»Keine Sorge, Hilda, er möchte mit dir nur übers Zähneputzen und Haarefärben reden«, ergänzte Rüdiger und strich ihr beruhigend über die Wange.

Die Welt vor Hildegunds Augen gestaltete sich zunehmend unverständlicher. War das Polizeirevier jetzt zur Schönheitsfarm geworden, oder was?

»Ich will auch mit dem Herrn Hauptmann reden!« Kevin-Karl gab weder auf noch nach.

Und weil ihm van Trott vor Jahren sogar eine Auszeichnung verliehen hatte, fand Kapplhofer dessen Wunsch durchaus akzeptabel. Unter Umständen wusste der Bengel sogar mehr als seine Eltern. War damals ja auch so gewesen. »Na gut, komm mit. Aber du hältst so lange deinen Mund, bis deine Mama alle Fragen beantwortet hat. Klar?«

Folgsam nickte der Junge, und das Trio zog ab.

Danach passierte zehn Minuten lang nichts.

Nach elf Minuten tauchte Hildegund wieder auf. Allein. »Der Bub wollte unbedingt ein Vieraugengespräch mit dem Krimineser haben. Vielleicht reden sie ja über die alten Zeiten«, meinte sie und griff nach Rüdigers Arm, der ihr viel stärker vorkam als sonst.

Das Gemeinderatskomitee sah angesichts der Entwicklungen keinen dringenden Grund mehr, länger auf dem Gehsteig zu verweilen, und wollte sich gerade zu einer Nachbesprechung ins Wirtshaus zurückziehen, als die Tür der Wache aufgerissen wurde und der Hauptmann höchstpersönlich nach draußen stürzte. Wortlos ergriff er den Schuldirektor am Revers seines Trachtenjankers und schleppte ihn nach drinnen, was angesichts des vierfachen Volumens von Kilian Klöpfer eine beachtliche Leistung war.

Ferdinand Kapplhofer stürmte ebenso wortlos im Laufschritt davon. Auch das war ein keinesfalls alltäglicher Anblick. Nur Kevin-Karl, der sich hinter den beiden Beamten nach draußen gedrängt hatte, stand unbewegt da und strahlte bis über beide Ohren. Vielleicht sogar noch etwas intensiver als beim ersten Kontakt mit Kathis Busen.

»Mensch, Junge, so sag doch was!«, bedrängten ihn seine Eltern.

»Bub, du bist doch sonst auch nicht auf den Mund g'fallen, jetzt red halt schon«, versuchten es die Einheimischen.

Doch Kevin-Karl schüttelte nur stumm seinen Kopf. Er hatte dem Hauptmann sein allergrößtes Indianerehrenwort gegeben, mit niemandem über das zu sprechen, was er ihm soeben erzählt hatte.

»Wenn das stimmt, was du da gesagt hast, Bub, dann bring ich dich in die Zeitung, das versprech ich dir. Auf die Titelseite. Mit Ausrufezeichen und in Großformat. Dann wirst berühmter als der Gabalier und der Hirscher zusammen.«

Kevin-Karl hatte zwar keine Ahnung, wer Gabalier und Hirscher waren, aber wenn er mit Foto in die Zeitung käme, dann würde das bestimmt auch die Kathi sehen. Weil er dann ja ein Star wäre. Und ein Star, da war er sich ganz sicher, konnte man auch ohne Bartwuchs und Moped sein.

Ausgewürgt und eingelocht

Der Kirchenwirt kam mit dem Ausschenken längst nicht mehr hinterher, weil der Schilcher in immer größeren Strömen die durstigen Kehlen hinabfloss, und stellte den Leuten einfach ein paar Flaschen auf den Tisch. Und da es keine Weingläser mehr gab, mussten die zuletzt Eingetroffenen aus Bierkrügen trinken. Aber wen kümmerte schon die Etikette, wenn es vier Morde zu besprechen gab?

Obwohl es erst zehn Uhr vormittags war, hatte sich bereits das gesamte gehfähige Damischtal im schattigen Gastgarten unter den Kastanienbäumen zusammengedrängt. Praktisch veranlagte Anrainer hatten sogar ihre eigenen Campingstühle mitgebracht, um gehörtechnisch mobil zu sein. Die robusten Holzbänke ließen sich nur schwer in Richtung der verschiedenen Informationsquellen bewegen. Die Stimmung war aufgeladen, die Gäste debattierten wild durcheinander, der Alkohol sorgte für weinwie redselige Zustände, nur Kapplhofer schwieg noch immer. Er wusste einfach nicht, wo er anfangen sollte. Jetzt, wo dank Kevin-Karl alles zu Ende war. Der beziehungsweise die Mörder waren gefasst, geständig und saßen bereits ein, wenngleich an verschiedenen Orten. Aber wenn er nicht bald seinen Mund aufmachte, geschah womöglich noch ein Mord.

»Also, die Gschicht war ah so«, begann er zögerlich und sah sich gewohnheitsmäßig nach seelischem Beistand von seiner georderten Brettljausn um, »der Klöpfer Lorenz is es g'wesen.« Schnell schob er sich ein Essiggurkerl in den Mund. »Der hat was mit der Freudentaler Angelika g'habt, in Graz, aber das is dann arg in die Hosen gegangen. Also, eigentlich aus der Hosen und rein in die Gebärmutter, sodass sie schwanger g'worden is und heiraten wollt. Aber das wollt der Lorenz nicht. Und deshalb hat er sie um'bracht.« Und wenn ihn dieser aufgeweckte deutsche Urlauberbub nicht mit Hundeleine und Wurstkranz durch den Wald hätte schleichen sehen, was dem Jungen äußerst merkwürdig vorgekommen war, hätte die moralische Kanalratte über kurz oder lang bestimmt noch ein paar weitere Opfer abgemurkst. Einfach so.

Wütend massakrierte der Inspektor ein Stück Kübelfleisch, das sich seiner Gabel zu widersetzen suchte. Danach stach er noch mehrmals auf eine fluchtbereite Käferbohne ein. Beim Gedanken an das gefühlskalte Geständnis von dieser Rotzpippn kam ihm immer noch die Galle hoch. Selbst der Hauptmann hatte ausgesehen, als würde er dem Galgenvogel am liebsten eigenhändig die Eier abreißen und in dessen Maul stopfen. Der Tathergang hatte sich in Wahrheit also etwas anders zugetragen als in der moralisch aufbereiteten Kurzversion des Inspektors.

»Sie hat ja immer nur pudern wollen«, hatte Lorenz gelassen erzählt, »aber auf die anstrengende Art. Also nicht, dass sie oben gelegen wär und die Arbeit selbst erledigt hätt, nein, fesseln hab ich s' müssen und ein bissl auspeitschen und auf den Hintern schlagen, weil sie ja auch des depperte ›Shades of Grey‹ gelesen gehabt hat. Total nervige Ficks waren das.« Dabei hatte er sich in aller Seelenruhe eine Zigarette gedreht. »Und weil mir das zu viel g'worden is, hab ich einfach nicht mehr auf ihre Anrufe reagiert und g'hofft, dass sie sich einen anderen Deppen find.«

»Dann wäre sie heute aber noch am Leben«, warf der Hauptmann provokant ein.

»Sie müssen sich das mal vorstellen, der Trampel ist mir doch tatsächlich nach Gfrettgstätten nachgereist. Offenbar hab ich dummerweise erwähnt, dass ich auf einen Sprung heim ins Damischtal muss. Und weil sie ja immer so ein Gschisdigschasdi mit ihrem Hundsviech g'habt hat, hat sie halt beschlossen, mir nachzufahren und in dem Köterhotel Urlaub zu machen. In der Hoffnung, dass ich ihr früher oder später über den Weg laufen würd. Schließlich sind weder Gfrettgstätten noch Plutzenberg Millionenstädt. Ich mein, das war ja fast schon Stalking. Und leider bin ich ihr dann halt wirklich begegnet.«

Dieser durchgeknallte Typ, der Haare hatte wie ein Wischmopp und dessen Gesicht vor lauter Piercings einem Schrottfriedhof für ausgeleierte Sechskantschrauben glich, schien in Selbstmitleid zu versinken. »Damit mich mein Oider nicht mit der Trutschn sieht, haben wir uns dann halt in der Nacht verabredet. Hinter der Klachlkapelln. Ich hab den Wagen von meim Erzeuger g'nommen, weil der schon bei Sonnenuntergang schlafen geht, und dann erzählt mir die Oide dort oben glatt, dass sie von mir schwanger ist, mit mir aufs Land ziehen und eine Familie gründen will. Ich mein, hallo? Schau ich so aus, als wollt ich Vater werden?«

Das wäre nahezu Verrat an der Menschheit, das fanden auch die beiden Polizisten.

»Dann hab ich sie halt sozusagen als Abschiedsgeschenk noch einmal ordentlich 'bumst und anschließend mit der Hundeleine erwürgt. Sie hat das bis zum Schluss voll genossen, weil sie 'glaubt hat, das wär eine neue Spielart von Hardcore-Sex.«

Kapplhofer und van Trott waren gemeinschaftlich die Grausbirnen aufgestiegen.

Wie die Tote dann allerdings in die Damisch gekommen war, hatte auch der Lorenz nicht zu sagen gewusst. Er habe sie dem Pimmelmoser ins Heu geworfen und den Hund bei dessen Nachbarn, dem Unterkofler, im Regenwasserfassl entsorgt. Weil die zwei fernab aller Trampelpfade der Gassigeher am Ortsrand wohnten. »Aber das mit dem Köter war komisch. Den hat die Geli ja wegen der Bumserei an einen Baum ang'hängt. Das Viech hätt sonst ja nur 'kläfft. Und wie ich den dann holen wollt, war er tot. Aber ich war des nicht, dem Hund hätt ich nix 'tan, den wollt ich eigentlich nur freilassen, damit er sich was zum Fressen find. Der wär sonst ja am Baum verhungert.«

Der Tierschutzgedanke eines Dreifachmörders stieß bei keinem der beiden Polizisten auf tieferes Verständnis. »Und die beiden Männer, haben Sie die vielleicht auch geschwängert?«

»Aber nein, ich hab die ja gar nicht gekannt, aber sie mich. Des is wirklich blöd g'laufen. Die haben 'glaubt, ich könnt ihnen Stoff verkaufen, und ich hab 'glaubt, die hättn mich mit der Geli zusammen g'sehen. Wir sind in der Stadt ja öfter mit dem Hund Gassi 'gangen. Und die zwei Schwuchteln waren ja auch aus der Stadt. Da sind wir uns im Hundepark halt einmal begegnet. Das war mir einfach zu riskant, wer weiß, was die herumerzählt hätten. Das Gerede hab ich abstellen müssen, bevor des wer Falsches g'hört und mich ans Messer g'liefert hätt.«

Was demnach gleichfalls einem vorsätzlichen Mord entsprach, bis ins Detail geplant und brutal ausgeführt.

Dennoch zeigte Lorenz weder Reue noch Mitleid mit den Opfern, nicht einmal in Spuren. Er schien komplett immun gegenüber menschlichen Regungen zu sein, sah man von seinem Selbstmitleid einmal ab. Genau genommen erweckte er sogar den Eindruck, auf seine Missetaten stolz zu sein.

»Die zwei Gamsbärt hab ich übrigens meim Oidn vom Hut g'fladert. Na, der wird Augen machen, wenn er sein Jagascherm das nächste Mal aufsetzen will. Kosten ja ein Schweinegeld, die Dinger.« Dass der Alte wohl eher Augen machen würde, wenn er seinen Sohn wegen versuchten Dreifachmordes auf der Anklagebank sähe, schien dem Burschen nicht in den Sinn zu kommen.

Die unzensierte Wiedergabe eines so haarsträubenden Verhörs wollte Kapplhofer seiner ohnedies bereits ausreichend erregten Zuhörerschaft keinesfalls zumuten. Daher beschränkte er sich auf ausgewählte Fakten und drehte die noch so lange zurecht, bis sie seiner Ansicht nach selbst den unschuldigen Ohren von Kleinkindern und Klosterschwestern kein seelisches Leid mehr zufügen konnten. Damit, so fand er, hatte er seinen Beitrag zum Gemein(de)wohl eigentlich geleistet. Die ansässigen Nachrichtenzentralen würden von nun an für Wochen beschäftigt sein. Nur die Sache mit dem religiös motivierten Himmelfahrtskommando des Mopses musste er den versammelten Ohrenzeugen noch in gebotener Kürze berichten. Das spurlose Verschwinden des Herrn Pfarrer würden sie sowieso spätestens beim nächsten Gottesdienst bemerken. Im Unterschied zu Lorenz Klöpfer würde Hochwürden Hafernas sein Gewissen allerdings nicht vor Gericht, sondern vor dem Erzbischof erleichtern müssen. Um danach nicht in der Hölle, aber zumindest in einer Nervenheilanstalt vor sich hin zu schmoren. Es war nämlich ihr Herr Pfarrer gewesen, der den Mops der Angelika Freudentaler erwürgt hatte. Mit eigenen Händen. Der Hund war wegen der unzüchtigen Bestrebungen seiner Besitzerin an eben jenen Baum gebunden worden, wo ihn Hafernas gesehen hatte, wie er am angrenzenden Haselbusch ebenso unzüchtig seine Pfote hob. Damit hatte der Mops den heiligen Haselbusch des Geistlichen profaniert und besudelt und sich also ausgerechnet an dem Ort versündigt, wo der allmächtige Gott und Vater – Hafernas' Halluzinationen zufolge – einen seiner irdischen Wohnsitze hatte. Ein derartiges Sakrileg konnte ihm der Geistliche einfach nicht durchgehen lassen und hatte das Tier als Strafe für sein gotteslästerliches Verhalten an Ort und Stelle mit dessen Leine stranguliert. Im Unterschied zu Lorenz Klöpfer bereute der Mann Gottes seine frevelhafte Tat jedoch unaufhörlich, flehte den Herrn um Vergebung an und ging mit sich selbst seitdem schmerzhaft ins Gericht.

Und wieder war es der unübertreffliche Vifzack des Damischtals, Kevin-Karl, gewesen, dem diese Selbstgeißelungen mit Hundeleine nicht mehr aus dem Kopf gegangen waren. Und der dem Hauptmann ein weiteres Mal die entscheidenden Hinweise zur Festnahme des Verbrechers geliefert hatte. Wobei der Pfarrer weniger Täter als Opfer seiner eigenen Verwirrtheitszustände war.

»Meiner Seel, der arme Mann«, kommentierten die Damischtaler dieses strafrechtlich eher vernachlässigbare Vergehen und sahen dem Seelsorger sein frevelhaftes Verhalten großmütig nach. Er war halt eh schon immer ein wenig komisch im Kopf gewesen. Und durch den Tod seines Frauerls wäre der arme Mops sowieso zur Vollwaise geworden. Im Grunde hatte ihm der Diener Gottes ein derart tragisches Schicksal erspart.

Aber dass ausgerechnet der Sohn des Schuldirektors die Karriere eines Massenmörders eingeschlagen hatte, das war ein Skandal, den man sich nicht einmal mehr plausibeltrinken konnte. Es war schlichtweg unbegreiflich, wie das hatte passieren können. Da hatte der resolute Pädagoge alter Schule jahrzehntelang seine gesunden Grundsätze einer ebenso gesunden Watschn vertreten, und nun war sein einziger Sohn offenbar krank davon geworden. Also, krank im Kopf, anders konnten sich die Leut das nicht erklären. Nur blöd, dass sie den Vater nicht direkt danach fragen konnten, denn der vom Sohn enttäuschte und vom Schicksal geschlagene Kilian hatte bereits vorsorglich das Weite gesucht. Wer den Schaden hatte, brauchte für Spott ja bekanntlich nicht zu sorgen, schon gar nicht in einem kleinen, abgeschiedenen Tal, wo Klatsch, Tratsch und invasive Anteilnahme zu den ersten Bürgerpflichten zählten.

»Ja, bist du deppert, da legst di nieda«, lautete schlussendlich das allgemeine Statement zu diesem mörderischen Jahrhundertereignis. Aber aus Prinzipientreue warteten die Wirtshausgäste mit dem Niederlegen noch, bis sie ordentlich einen sitzen hatten. So wollte es der südweststeirische Brauch.

Epilog

Eine Woche später

Wir befinden uns unverändert im Jahr 2016 nach Christus. Nach wie vor erbebt ganz Österreich unter Rauchverboten und Registrierkassenpflichten, Flüchtlingskrisen und Gatterjagdskandalen. Die Willkommenskultur wird zunehmend zurückgedrängt, neue Zaunpfosten und altes Gedankengut treten in den Vordergrund. Aber nicht immer und überall.

Im südweststeirischen Damischtal sind wieder Ruhe und Frieden eingekehrt. Über die schauerliche Mordserie beginnt langsam, erstes Gras zu wachsen, und die hundefreundliche Wowness-World erfreut sich ihrer zweiten touristischen Blüte. Kurz gesagt: Das Leben verläuft wieder in gewohnt unaufgeregten Bahnen. Die Toten sind begraben, die Lebensfreude ist wieder auferstanden. Und des inhaftierten Täters Leid ist für einige zur großen Freude geworden. Etwa für den deutschen Urlauberbuben Kevin-Karl. Der blitzgescheite Bursche ist binnen kürzester Zeit vom ungeliebten Mauerblümchen zum heiß begehrten Medienstar avanciert. Nun liegt ihm die ganze Steiermark zu Füßen; die Mädchen wollen ihn küssen, die Mütter zwangsadoptieren und die Omas mit Schokoladenkuchen beschenken. Doch das alles lässt den Jungen kalt, weil die blonde Katharina wieder für ihn entflammt ist. Auch seine Eltern, Rüdiger und Hildegund, haben einen neuen Versuch leidenschaftlicher Annäherung gestartet, der wegen der alten, quietschenden Betten im Landhaus Lärcherlhof kaum jemandem verborgen bleibt. Der trendigen Wowness-World mit Verwöhnprogramm für Hund und Herrl haben sie im beidseitigen Einverständnis den Rücken gekehrt und logieren wieder bei ihrer alten Zimmerwirtin. Was die Rosi Filipić so freut, dass sie vor lauter Kochen, Backen und Braten gar nicht mehr an die frische Luft kommt.

Polizeihauptmann van Trott hingegen hat seine Höhenangst – zumindest in symbolischer Hinsicht – über Nacht bezwungen, weil ihn die rasche Aufklärung der Damischtaler Massenwürgerei auf der Karriereleiter einige Stufen nach oben katapultiert hat.

Von dort sieht die Welt gleich viel freundlicher aus, findet er und betrachtet Ferdinand Kapplhofer mit nachsichtigeren Augen. Statt den Inspektor für das eigentlich unverzeihliche Versäumnis, bei der groß angelegten Fingerabdruckabnahme aller kopulationsfähigen Damischtaler Lorenz Klöpfer vergessen zu haben, weil der seinen Wohnsitz halt schon seit Jahren in die Großstadt verlegt hat, statt ihn also für diesen kapitalen ermittlungstechnischen Fehltritt umgehend und auf Lebenszeit zur Verkehrsstreife nach Wien-Favoriten versetzen zu lassen, hat er sich mit einer nicht einmal sehr dezibellastigen Rüge begnügt. Dass van Trott selbst an dem Versäumnis schuld gewesen ist, kam natürlich nicht zur Sprache. Stattdessen hat er Kapplhofer zum mahnenden Andenken eine neue, maßgeschneiderte Uniformjacke geschenkt. Mit den Worten: »Vom ständigen Baucheinziehen kriegt man nämlich ein unschönes Doppelkinn.«

Sogar der Pimmelmoser Paul und der Unterkofler Poldl kommen einigermaßen ungeschoren davon. Für die heimliche Umlagerung der Corpora Delicti und die dadurch verursachte Verzögerung der Ermittlungsarbeiten hat van Trott ihnen ein paar Wochen gemeinnütziger Arbeit aufgebrummt, doch über die Hanfpflanzen gnädig hinweggesehen. Schließlich ist er Mordermittler, kein Drogenfahnder. Und für die paar armseligen Rohrkrepierer würde bestimmt niemand einen Mord begehen.

Selbst die Asylwerber im ehemaligen Plutzenberger Krankenhaus haben heute einen besseren Stand als noch vor zwei Wochen. Was einerseits an den erfolgreichen Rettungsmaßnahmen des syrischen Sanitäters liegt, der durch die Wiederbelebung des Manuel von Breisenberg der Furcht vor der »barbarischen Terroristenhorde« entgegengewirkt hat – angeblich hätte sich seither sogar die Anzahl der ebenso angeblichen Hühnerdiebstähle merklich reduziert –, andererseits hat sich ausgerechnet der Mostburger Bartl zum guten Engel der Flüchtlinge aufgeschwungen. Er weiß, wie es ist, ständig unter Generalverdacht zu stehen und den unschuldigen Sündenbock für Kapitalverbrechen spielen zu müssen. Diese leidvolle Erfahrung will er den Asylwerbern durch sein Engagement ersparen. Und weil der Bartl halt ein Schutzengel mit flammendem Fleischerbeil ist, hält sich die fundamentalistische Überfremdungsschutzfraktion seitdem mit Kampfansagen auffallend zurück.

Nur Kilian Klöpfer, der unselige Vater des Mörderbuben, profitiert von dem Drama in keinster Weise. Sieht man von einer minimalen Reduktion seines Taillenumfangs einmal ab. Gebrochen im Geiste und geschmälert in der Figur, hat er sämtliche seiner schulischen Ämter und pädagogischen Funktionen niedergelegt und widmet sich stattdessen der häuslichen Kakteenzucht. Verglichen mit dem schmerzhaften Stachel im Fleisch, den ihm sein eigener Nachwuchs bis in die Vorkammer des Herzens getrieben hat, kommen ihm die wehrhaften Topfpflanzen beinahe kuschelig vor.

Steirische Hausmannskost für Hund und Herrl

(Alle Mengenangaben beziehen sich auf vier Personen.)

Im Unterschied zur anderswo beliebten Hausmannskost gibt's zwischen Gfrettgstätten und Plutzenberg nur Hausfrauenkost. Weil erstens sind Hausmänner im Damischtal ähnlich oft anzutreffen wie Freidenker im Finanzamt, und zweitens erschöpft es die einheimischen Hosenträger bereits ausreichend, ihren Mann zu stehen; da können sie nicht auch noch tatkräftig in der Küche herumwerken. Also kocht das Weib.

Damische Schwammerlnudeln

(ein ausreichender Grund für einen ausgedehnten Waldspaziergang)

Zutaten:
1 Zwiebel
1 Chilischote
10 Scheiben Rohschinken
2 EL Schilcher
3 Handvoll Eierschwammerl
400 g Bandnudeln
1 Handvoll frische Cocktailtomaten
Petersilie, Pfeffer, Salz

Zubereitung:
Zwiebel und entkernte Chilischote hacken, Rohschinken in feine Streifen schneiden, alles kurz anrösten, mit dem Schilcher ablöschen, Eierschwammerln dazugeben und dünsten. Danach Bandnudeln bissfest kochen, Mischung mit den Schwammerln hinzufügen und mit den klein gewürfelten Tomaten vermengen. Salzen, pfeffern und mit Petersilie garnieren.

Schneller Plutzer

(ein beliebtes Damischtaler Ein-Topfgericht, weil man nur einen Topf dafür braucht)

Zutaten:
1 Zwiebel
1 ca. 10 cm dicke Scheibe Butternusskürbis
2 mehlige Kartoffeln
Gemüsebrühe
etwas Sauerrahm
ein Paar Würstl (idealerweise Selchwürstl von glücklichen Schweinen)
Salz, Pfeffer, Petersilie (für die weniger Bodenständigen auch Koriander)

Zubereitung:
Klein gehackte Zwiebel anrösten, Kürbis und Kartoffeln schälen, würfeln und dazugeben. Mit etwas Gemüsebrühe aufgießen und dünsten lassen. Wenn Kürbis und Kartoffeln weich sind, pürieren, mit etwas Sauerrahm abschmecken und die Selchwürstl reinschneiden. Würzen und mit einer dicken Schnitte Schwarzbrot servieren. Auch dieser Ein-Topf ist natürlich schilchertauglich.

Schwammerlsuppe mit Brennsterz

(keinesfalls als Suppengang oder Diätkost tauglich)

Zutaten Suppe:

3 mittelgroße Steinpilze
40 g Schmalz
1 Zwiebel
1 Knoblauchzehe
3 EL Mehl
1 ¼ l Wasser
750 g Kartoffeln
1 Karotte
Salz, Pfeffer, Majoran, Thymian, Kümmel, Petersilie, 1 Lorbeerblatt

Zubereitung:

Geputzte und klein geschnittene Pilze im heißen Schmalz anrösten. Aus der Pfanne nehmen und auf Küchenpapier zwischenlagern. Fein gehackte Zwiebel und Knoblauch ebenfalls anrösten, mit Mehl andicken, mit 2 bis 3 EL Wasser aufgießen und gut durchmischen. Suppe mit würfelig geschnittenen Kartoffeln, der klein geschnittenen Karotte und Gewürzen zustellen und die Pilze sowie die Zwiebel-Knoblauch-Mehl-Masse untermengen, sobald sie leicht köchelt. Sind Kartoffeln und Karotten weich, mit etwas Petersilie verfeinern und zum Brennsterz servieren.

Zutaten Brennsterz:

300 g Heidenmehl (Buchweizenmehl, am Besten grob gemahlen)
Salz
Schmalz
Grammeln (wer keine Grammeln bekommt, kann auch würfelig geschnittenen fetten Speck nehmen)

Zubereitung:

1 ¼ l Wasser salzen und aufkochen lassen, dann das gesamte Mehl auf einmal ins Wasser schütten, damit ein großer Knödel entsteht.

Den Knödel etwa eine Viertelstunde lang kochen lassen, dann mit einer Gabel anstechen, umdrehen und nochmals kochen lassen. Wasser abgießen und beiseitestellen, den Sterzknödel mit einer Gabel in kleine Stücke zerteilen, bei Bedarf etwas vom Kochwasser dazugeben und fünfzehn Minuten nachquellen lassen. Nun Schmalz erhitzen, die Grammeln darin anrösten und den Sterz damit übergießen.

Backhendl mit Kürbispanier und Erdäpfel-Vogerlsalat

(der Klassiker der steirischen Fleischeslust)

Zutaten Backhendl:
1 ehemals glückliches Maishendl (etwa 1,5 kg)
Salz
Milch
Mehl
Eier
Semmelbrösel
grob gehackte Kürbiskerne
einige Zitronenspalten

Zubereitung:
Huhn zerteilen, Gelenke einschneiden oder ganz entfernen, salzen und mit Mehl, Milch, Eiern und einer Brösel-Kürbiskernmischung panieren, diese dabei gut andrücken. In reichlich Öl langsam goldgelb backen, danach auf Küchentuch legen und abtropfen lassen. Mit den Zitronenspalten servieren.

Zutaten Erdäpfel-Vogerlsalat:
500 g festkochende Kartoffeln
Apfelessig, Kernöl
½ Zwiebel
Salz, Pfeffer, Zucker, Schnittlauch
200 g Vogerl- oder Löwenzahnsalat
2 Knoblauchzehen

Zubereitung:
Erdäpfel kochen, schälen und noch warm in Scheiben schneiden. Mit Essig und Kernöl anmachen, gehackte Zwiebel, Salz, Pfeffer und eine Prise Zucker untermengen und mit etwas Schnittlauch abschmecken. Den Vogerl- oder Löwenzahnsalat gleichfalls durch die Marinade ziehen und in einer mit Knoblauch ausgeriebenen Schüssel servieren. Schmeckt besonders gut, wenn der Erdäpfelsalat lauwarm ist.

Verhackert

(unverzichtbar vor, mit und nach dem Schilcher)

Zutaten:
500 g luftgetrockneter fetter Schweinsspeck ohne Schwarte
Schmalz
Salz, Pfeffer, Knoblauch, Majoran

Zubereitung:
Speck durch den Fleischwolf drehen, salzen und in einen mit Schmalz ausgeriebenen Emailletopf oder eine Steingutform geben. Masse andrücken, mit dem erhitzten Schmalz übergießen und drei bis vier Wochen an einem kühlen Platz reifen lassen. Danach erneut gut durchmischen und würzen. Schmeckt am besten auf Schwarzbrot, garniert mit Zwiebelringen. Und einem Glas Schilcher.

Wuchteln

(auch Buchteln genannt)

Zutaten:
20–25 g Germ
300 ml Milch
500 g Mehl (halb griffig, halb glatt oder universal)
120 g Butter
1 Ei und 1 Dotter
60 g Zucker
Salz, Vanillezucker, Rum
abgeriebene Zitronenschale
Marillen-, Zwetschken- oder Erdbeermarmelade
Staubzucker zum Bestreuen

Zubereitung:
Germ in einem Drittel der lauwarmen Milch auflösen, mit ganz wenig Zucker und 1 EL Mehl verrühren, zudecken und an einem warmen Ort gehen lassen, bis sich die Menge in etwa verdoppelt hat. Danach Mehl, den Rest der lauwarmen Milch, flüssige Butter, Eier, Zucker, Salz, Vanillezucker, Rum und Zitronenschale gut miteinander verrühren und das Dampfl – den Vorteig – unterheben. Mit Knethaken kneten oder einem Kochlöffel schlagen, bis der Teig glatt ist, sich gut von den Haken, dem Kochlöffel oder dem Schüsselboden löst und Blasen wirft. Danach noch einmal mit einem Tuch zudecken und an einem warmen Ort etwa dreißig Minuten ruhen lassen. Anschließend den Teig erneut durchkneten, auf einer bemehlten Unterlage mit dem Nudelholz etwa fingerdick ausrollen und in gleichmäßige Quadrate schneiden. Etwas Marmelade in die Mitte der einzelnen Stücke geben, die Seiten gut zusammendrücken, mit flüssiger Butter bepinseln, in eine mit Butter gefettete Auflaufform geben und erneut etwas gehen lassen. Etwa dreißig Minuten bei 180 Grad im vorgeheizten Rohr backen und vor dem Servieren mit Staubzucker bestreuen.

Fleischpralinen

(für den Hund, nicht das Herrl)

Zutaten:
300 g Haferflocken
170 g faschierte Rindsleber
200 g ungewürzter Frischkäse
1 Ei
Rindsuppe oder Hühnersuppe
Öl zum Anbraten

Zubereitung:
Alle Zutaten zu einem kompakten Teig vermengen, bei Bedarf Flüssigkeit zugeben und die Pralinen in heißem Öl kurz anbraten. Danach im Backrohr etwa eine halbe Stunde bei mittlerer Hitze fertig backen. Vor dem Verfüttern gut auskühlen lassen.

Bratwurst-Karotten-Kekse

(für brave Vierbeiner)

Zutaten:
300 g Wurstbrät (das Innere von Bratwürsten)
100 g geriebene Karotten
200 g Semmelbrösel
Rindsuppe, Hühnersuppe oder Wasser

Zubereitung:
Wurstbrät, Karotten und Brösel vermengen und so viel Flüssigkeit beimischen, bis ein kompakter Teig entsteht. Mit dem Nudelholz auf einer bemehlten Arbeitsfläche fingerdick ausrollen und Kekse ausstechen. Etwa eine halbe Stunde bei mittlerer Hitze im vorgeheizten Backrohr backen. Gut auskühlen lassen.

Glossar der Austriazismen und Dialektausdrücke

abmurksen – etwas oder jemanden durch extreme Gewaltanwendung in den Zustand lebloser Materie überführen

Bagage – Gesindel, *Gscherte*

Bankert – uneheliches Kind

Bissgurn – verbal zuschnappende unholde Weiblichkeit

blad – fettleibig, wampert

Breinwurst – steirische Wurstspezialität aus gekochtem Schweinefleisch

brunzen – pinkeln

Buschenschank – Weinbaubetrieb, wo der Winzer neben seinem Wein auch kalte Speisen serviert, etwa die berühmten Brettljausen

damisch – verrückt, geistig etwas minderbegabt

Dampfl – ein Gemenge aus Hefe, Milch und meist ein wenig Mehl; Vorteig

Depp, Fetzenschädl, Pleampel – Idiot meist männlichen Geschlechts

Erbsenklauber, Itipfleiter, Tintenscheißer – pedantischer Mensch

Fotzhobl und Quetschen – Mundharmonika und Akkordeon

Fotzhobl-Huabm – Almwirtschaft mit Mundharmonika-Klängen

Funzn, Trampel, Trutschn – weibliche Intelligenzverweigerinnen

gambrig – geil

Gamsbart – Hutschmuck, Teil der typischen Steirertracht

Gattihose – zeltartige, großmütterliche Unterhose

Gfrast – Nichtsnutz, nervendes Kind, meistens in der Mehrzahl, daher die *Gfraster*

Gfrettgstätten, Plutzenberg – hierbei handelt es sich nicht nur um Namen fiktiver Orte, sondern auch um Anspielungen auf den Geisteszustand der Einheimischen; im steirischen Dialekt ist ein *Plutzer* ein Synonym für Kürbis beziehungsweise einen Wasserkopf; ein *Gfrett* entspricht einer ärgerlichen Situation

Glumpert – unnützes Zeug, Krempel

Grantscherm – Mensch, der leidenschaftlich gern das Schlechte in allem und jedem sieht und zum Lachen stets in den Keller geht

Grausbirn – Grausbirnen wachsen nicht an Bäumen, sondern im menschlichen Schlund, von wo sie angesichts ekelerregender Situationen gern aufsteigen

Gschaftlhuaba – ein Mensch, der stets alle Hände voll zu tun hat, ohne wirklich etwas zustande zu bringen außer Hektik

Gschisdigschasdi – übertriebenes Getue mit einem unwürdigen Ding oder Menschen

Haderlump – Taugenichts

Halt die Pappn bzw. Goschn – brachialrhetorisch für »Halt endlich deinen Mund«

Harpfn – Bettgestell, das man bevorzugt allein beschläft

hinig – kaputt, defekt; der Mensch kann am ganzen Körper hinig sein, dann ist er tot oder zumindest schwer erschöpft, oder man ist *hinig in der Marille*, was einem geistigen Totalschaden entspricht

Klapotetz – eine windradartige Vogelscheuche

Koschplkübl – Plastikeimer, der als Sammelstelle für Essensreste dient, welche an Schweine verfüttert werden

Kracherl – Limonade

Krenwurzn – Meerrettich

Kukuruz – Maispflanzen, unverzichtbar für die Polenta, auch *Woaz* genannt

Kuttenbrunzer – wenig liebevolle Bezeichnung eines Pfarrers

Leck mi (am Oarsch) – Unmutsbekundung dritten Ärgernisgrades

Mieselsucht – Miesmacherei, Kritiksucht; wer wie die meisten Österreicher mieselsüchtig ist, der *sudert/matschgert/motzt* unentwegt, siehe auch *Grantscherm*

narrisch – Zustand extremer geistiger Verwirrtheit

Oarschkrätzn – besonders lästiger Mensch

Piefke – deutscher Bundesbürger

Plutzer (auch: Blutzer) – liebevoller Kosename für Kürbisse, die man im Übrigen auspatzeln muss, um an die wertvollen Kerne zu kommen; weniger liebevoll für Menschen mit Wasserkopf

Puffn – Handfeuerwaffe, meist Pistole; im Unterschied zur *Krochn*, dem Gewehr

Sammas, dann pack mas – wenn wir Gedanken, Getränke und Sitzgelegenheiten ausreichend geordnet haben, dann könnten wir die Sache in Angriff nehmen

Saubartl – dreckiger Mensch, bei dessen Anblick einem die *Grausbirn* aufsteigt

Schas – Furz oder Schwachsinn, je nach Notwendigkeit

den Scherm bzw. Scherben aufhaben – der *Scherm* ist ein Nachttopf; diesen aufzuhaben zeichnet einen als besonderen Pechvogel aus

Schilcher – berühmter Roséwein (blauer Wildbacher), den es nur in der Steiermark gibt und der im Frühstadium seiner Gärung als Schilchersturm angeboten wird

Schlapfn – Pantoffel für die ältere Generation; oft auch für pensionsreife Schuhe verwendet

Steirerblut ist kein Himbeersaft – literarische Anspielung auf das wohl berühmteste Werk über die Steiermark, »Aus dem Leben Hödlmosers« von Reinhard P. Gruber

Stelzen – Schweinehaxe, bezeichnet in der Luxusvariante der *Genussstelzen* auch verführerische Frauenbeine

Sterz – Speise aus einem mit Buchweizenmehl, Maismehl oder Grieß zubereiteten Teig, der in Schmalz gebacken oder in heißem Wasser gegart und dann in kleine Stücke zerteilt wird

Sumpfwachtel – zickige Tussi

tummeln – Tempo all jener, denen für Eile mit Weile die Zeit fehlt

Vifzack – kleine Intelligenzbestie

Wampe – bierfassförmige Körpermitte, siehe *blad*

Watschn – handgreifliche Straf- und Erziehungsmaßnahme, die in den Varianten »saftig« und »gesund« existiert; von der modernen Pädagogik längst verpönt, erfreut sich dieser flache Schlag ins Gesicht bei Wirtshausraufereien immer noch großer Beliebtheit

Zniachtl – Mann mit der Optik einer Bohnenstange, Spargeltarzan

Zwiderwurzn – geborener Schwarzseher, der gern sudert und einen Grantscherm aufhat

Schlusswort und Danksagung

Gott sei Dank! Nun ist's vorbei
Mit der Übeltäterei.
Wilhelm Busch

Zumindest im fiktiven Damischtal. In der wirklichen Welt treiben üble, fremdenfeindliche Gedanken, Worte und Taten leider weiterhin ihr Unwesen, weshalb ich mich an dieser Stelle ausdrücklich von xenophoben beziehungsweise rechtslastigen Gesinnungen und Handlungen distanzieren möchte. Ich hege keinerlei Sympathien für Ausländerfeindlichkeit, habe keinerlei Anzeichen dafür in der Südweststeiermark entdeckt, und die überparteiliche fundamentalistische Überfremdungsschutzfraktion existiert nur in meiner schriftstellerischen Phantasie – was in alle Ewigkeit so bleiben möge.

Doch weil das Leben kein Wunschkonzert ist und ein Kriminalroman kein Kindermärchen sein kann, bedarf es in zeitgemäß bösen Geschichten auch böser Gestalten mit ebensolchen Absichten. Und diese umfassen heutzutage nicht nur klassische Delikte wie Mord und Totschlag, sondern auch fremdenfeindliche Aktivitäten unterschiedlichster Ausprägung.

Und nun zu meinen Wohltätern:
Weil selbst böse Taten – wie das Verfassen von Krimis – nicht ohne Unterstützung guter Menschen gelingen, möchte ich mich an dieser Stelle ganz, ganz, ganz herzlich bedanken: bei meiner Mutter, die immer an mich geglaubt hat, bei Franz für dessen unendliche Geduld und Motivation, bei Madeleine, die jede einzelne Manuskriptseite auf ihre Tauglichkeit hin geprüft hat, bei Elke, die mir alle Sorgen um meinen heiß geliebten Vierhufer genommen hat, bei Reini für dessen vierundzwanzigstündige Hotline im Fall von computertechnischen Krisen, bei Gerry für dessen Ermunterung, auch heikle Themen zur Sprache zu bringen, und natürlich bei allen Freunden, die meine Schreibklausur ohne Wehklagen und Vorhaltungen ertragen haben. Danke, Waltraud, Erika, Christa, Julia, Karin, Dagmar, Ralph, Thomas, Bernd, Sylvia, Lucienne, Guido, Günther, Maria …